L'amour
de Jeanne

DU MÊME AUTEUR:

LES SOLITUDES HUMAINES, Les Écrits du Canada français, Montréal, 1962.

VOYAGE EN POLOGNE, éd. du Jour, Montréal, 1962.

FUIR, éd. Déom, Montréal, 1963.

SURVIVRE, éd. Pierre Tisseyre, Montréal, 1964.

UNE DEMI-HEURE AVEC... (textes historiques, en coll.), éd. Publications de Radio-Canada, Montréal, 1964.

UNE QUÉBÉCOISE EN EUROPE «ROUGE», éd. Fides, Montréal, 1965.

RUE SHERBROOKE OUEST, éd. Pierre Tisseyre, Montréal, 1967.

LES MILITANTS, éd. Pierre Tisseyre, Montréal, 1974.

L'ENVERS DE L'ENFANCE, éd. La Presse, Montréal, 1976.

LES LILAS FLEURISSENT À VARSOVIE, (Vol. I), éd. Pierre Tisseyre, Montréal, 1981.

Prix européen de l'Association des écrivains de langue française, Paris, 1982.

LA CHARGE DES SANGLIERS, (Vol. II), éd. Pierre Tisseyre, Montréal, 1982.

CÔTE-DES-NEIGES, éd. Pierre Tisseyre, Montréal, 1983, France Loisirs, Paris, 1984.

THE LILACS ARE BLOOMING IN WARSAW, (trad. A.D. Martin-Sperry), New American Library, New York, 1985.

ILS SE SONT CONNUS À LWOW, éd. Pierre Tisseyre, Montréal, 1985, Québec Loisirs, 1986.

ALICE PARIZEAU

L'amour de Jeanne

roman

PIERRE TISSEYRE
8925, boulevard Saint-Laurent — Montréal, H2N 1M5

À Jeanne, l'héroïne anonyme de l'armée des ombres...

Dépôt légal: 3e trimestre 1986
Bibliothèque nationale du Québec
Bibliothèque nationale du Canada

ISBN-2-89051-314-9

Depuis quelques jours maman est étrange. Nerveuse, impatiente, elle s'arrête brusquement devant moi et me regarde d'une drôle de façon. Et puis, pas plus tard que la nuit dernière, je l'ai entendue pleurer. Pense-t-elle à papa? Non, ce n'est pas cela. En fait quand papa a été arrêté elle n'était pas triste, mais fébrile. Elle courait chez des gens, rencontrait des avocats, revenait à la maison tard et faisait ses comptes.

— Vois-tu, me disait-elle, ton père a été arrêté comme ça, dans la rue. L'avocat dit que ceux qu'on ramasse au hasard d'une rafle ne sont pas interrogés. On les fait monter dans ces horribles camions, les soldats de la Gestapo les poussent et les bousculent, mais par la suite ils ne restent pas longtemps à Pawiak. On les expédie travailler en Allemagne. L'avocat dit que ton papa doit être encore à Pawiak. Seulement, pour qu'il puisse se renseigner, il lui faut de l'argent. Ce n'est pas pour lui, c'est un brave homme, ta tante Fela le connaît, mais juste pour payer des informateurs. Tiens, regarde cette broche. Elle est belle, elle a appartenu à ta grand-mère, mais je peux m'en départir. C'est un héritage, ce n'est pas un cadeau de ton père. Tu comprends, ses cadeaux ce sont surtout des souvenirs d'un bon moment vécu avec lui, tandis que cette broche...

Demain, avant de me rendre au laboratoire, je vais la vendre, voilà tout. Monsieur Schwartz la prendra certainement. C'est un bon bijoutier. Sa boutique est fermée, mais j'ai son adresse chez lui.

L'avocat devait avoir beaucoup d'informateurs parce que maman a vendu beaucoup de choses l'été dernier, y compris ma petite croix en or. En novembre, maman m'avait dit que papa était parti avec un transport en Allemagne. Cela fait plus de six mois déjà et depuis Pâques maman paraît plus calme, mais voilà que cela change. J'ai d'autant plus de peine à comprendre ce qui se passe qu'elle ne me raconte plus rien. Avant, elle m'emmenait dans sa chambre, je me couchais sur son lit et elle me parlait en pleurant parfois de chagrin et d'énervement. Mais c'est fini. Quand elle arrive, elle fait à manger, on s'assoit à table et c'est à peine si elle dit quelques mots. C'est comme si elle était absente. Je ne sais pas pourquoi, mais j'ai peur. Et puis je m'ennuie. Maman ne veut pas que je sorte. Autrefois, avant la guerre, j'allais à l'école, j'avais des amies, mais maintenant comme les Allemands ont fermé les collèges je n'ai plus de raisons de quitter notre appartement. Dans la rue il y a des soldats, des officiers de la Gestapo se promènent deux par deux et je passe mes journées à les regarder par la fenêtre. Nous habitons rue Szopena et comme c'est un joli quartier ils en profitent. Selon maman cela a des avantages. Dans notre immeuble nous sommes la seule famille polonaise. Les autres appartements ont été réquisitionnés par la Gestapo parce qu'ils étaient occupés par des israélites qui sont partis Dieu sait où. Comme ça, il n'y a pas de perquisitions, pas de bruit dans les escaliers la nuit, pas de cris de ceux qu'on arrête. Ailleurs, ce n'est pas ainsi. Maman me répète souvent que c'est une chance inouïe qu'il nous faut apprécier, mais moi je voudrais jouer dans la cour, comme Tomek. Dimanche dernier, il est venu dans l'après-midi. Maman semblait mécontente de sa visite, mais elle lui a offert quand même à goûter. Ils nous a annoncé qu'on organise des cours clandestins et que je pourrais bientôt les suivre avec lui. Cela serait formidable! Maman l'a écouté et lui a posé des questions, mais après son départ elle m'a dit que c'est très dangereux et qu'elle veut réfléchir avant de me donner la permission d'aller à ces cours-là. Ensuite, contrairement à ses habitudes, elle est sortie sans me dire où elle allait et quand elle reviendrait. En l'attendant, je me suis assise dans le fauteuil de papa que j'aime beaucoup parce qu'il a une drôle d'odeur. C'est comme s'il était encore avec nous en train de fumer sa pipe. Tout en pensant à papa, je me suis endormie et quand je me suis réveillée maman était devant moi. Je ne sais pas pourquoi, je me suis mise à sangloter et elle m'a prise dans ses bras.

Elle est très petite maman et je commence à la dépasser. Quand on est l'une à côté de l'autre, mon épaule dépasse un peu et cela a l'air de lui faire plaisir. Pour appuyer ma tête contre sa poitrine, j'ai dû me baisser. J'ai fermé les yeux. J'étais bien ainsi, mais elle m'a repoussée et elle m'a dit qu'elle n'avait pas le temps, que nous devions manger pour qu'elle puisse ensuite examiner des documents. C'est la première fois qu'elle agissait ainsi avec moi et j'ai eu de la peine. J'aurais voulu qu'elle me cajole, mais elle était déjà occupée à la cuisine et moi je me tenais derrière et je n'osais pas la déranger. C'est triste de ne pas savoir ce qu'elle pense et pourquoi elle est si préoccupée. J'espère qu'elle va changer et qu'elle redeviendra comme avant. Et puis, si Tomek accepte de m'aider, j'irai aux cours. Maman ne pourra pas m'en empêcher. Je trouverai bien un moyen de lui prouver que je dois recommencer à étudier et que papa serait certainement d'accord pour me le permettre.

Il fait très chaud ce matin. J'ai beau me tenir tranquille, je transpire quand même. Maman est partie à son travail. Elle m'a promis une surprise pour ce soir. Je voudrais que le temps avance plus vite pour que je puisse savoir ce que cela sera. Elle est plus calme à présent. C'est comme si elle avait pris une décision. Je ne sais toujours pas de quoi il s'agit, mais je le sens, rien qu'à regarder son visage. Elle serre drôlement ses lèvres et son front se plisse comme si elle réfléchissait très fort. Les grandes personnes sont drôles. Moi, quand je relève un peu mes sourcils pour lui ressembler je me fais gronder. Maman dit que c'est mauvais parce que plus tard j'aurai de vilaines rides, mais son front à elle est lisse malgré tout. Alors pourquoi me défend-elle de lui ressembler un peu? Je voudrais être comme maman, mais elle est blonde et moi j'ai les cheveux châtains comme papa. Elle a de beaux yeux noirs et des cils très longs, tandis que mes yeux sont verts et mes cils si clairs qu'on ne les voit pas. Plus tard, je les teindrai en noir avec la minuscule brosse que maman garde dans une boîte sur sa coiffeuse et que je n'ai pas le droit de toucher.

Tiens! on frappe à la porte. Dois-je ouvrir? Maman ne veut pas que j'ouvre quand elle n'est pas là. Pourvu que cela ne soit pas la Gestapo. Suis-je bête! La Gestapo aurait déjà défoncé la porte. Et si c'était Tomek? Je n'ai pas hésité et j'ai été déçue. C'était maman. Elle avait oublié ses clefs. Une dame l'accompagnait. Une dame que je ne connaissais pas. Grande, mince, elle avait un visage très rond et des cheveux très blancs.

— Je vous présente ma fille, a dit maman. Zosia s'ennuie. Je ne veux pas qu'elle sorte parce que j'ai peur qu'il lui arrive d'être prise dans une rafle, comme mon mari. Vous me comprenez n'est-ce pas? Zosia sera contente de vous tenir compagnie. Madame va habiter avec nous. Tu veux bien être gentille avec elle?

La vieille dame me souriait et j'ai pris son sac de voyage. Il était gros et lourd. Maman m'a ordonné de le porter dans sa chambre et m'a expliqué que madame Dorota va coucher dans son lit et qu'elle-même va s'installer sur le canapé du salon. Madame Dorota a des yeux verts brillants et des mains qui tremblent un peu quand elle boit son thé. Je crois que je vais m'habituer à sa présence, mais si c'est cela la surprise c'est plutôt décevant. Maman a été obligée de partir et nous sommes restées seules, elle et moi.

— Tu sais, Zosia, m'a-t-elle dit, il ne faudra raconter à personne que je suis ici. C'est un grand secret. Tu ne me trahiras pas?

Ses yeux verts ne brillaient plus. Ils étaient comme voilés et j'ai eu envie de la prendre par le bras, mais je n'ai pas osé. J'ai juré que même Tomek n'en saurait rien et je lui ai expliqué que c'est mon meilleur ami, que nous avons terminé ensemble l'école primaire et que maintenant il essaie de persuader maman de me laisser aller avec lui aux cours clandestins. Je lui ai demandé aussi de m'aider à convaincre maman de me donner la permission.

— C'est entendu, a promis madame Dorota et elle m'a caressé les cheveux.

Je crois que je vais l'aimer cette vieille dame.

Cela fait plusieurs jours que je n'ai pas eu le temps d'écrire une ligne. Je ne m'ennuie plus. Madame Dorota me donne des cours de littérature et m'aide à choisir des livres dans la bibliothèque de papa à laquelle auparavant je n'avais pas le droit de toucher. Elle me fait aussi réciter des poèmes que j'apprends par cœur. Parfois, quand elle est fatiguée, elle me demande de lui chanter des chansons. C'est difficile, parce que dès que j'élève un peu la voix, elle devient pâle comme un linge. Elle a peur. Elle prétend qu'on peut nous entendre dans l'appartement du dessous. C'est ridicule! Les murs sont bien trop épais. C'est vrai que notre appartement est un ancien grenier que papa a fait arranger, mais nous avons un double plancher ce qui l'isole bien. Elle a peur de tout, madame Dorota. Le moindre bruit la fait sursauter. Pour la calmer j'ai parlé des officiers de la Gestapo qui habitent notre immeuble, mais elle s'est mise à trembler et j'ai dû l'embrasser à plusieurs reprises pour la faire sourire à nouveau. Ensuite, je lui ai demandé si elle avait des enfants et elle m'a montré la photo d'un bébé. Pendant que je la regardais elle fouillait dans son sac et sortait d'autres photos. Elles étaient enveloppées dans un gros papier brun et entourées d'une ficelle que nous avons eu du mal à dénouer. On ne pouvait pas utiliser les ciseaux parce que la ficelle est introuvable et il faut économiser le moindre petit bout. Les doigts de madame Dorota étaient comme engourdis et j'ai dû me débrouiller seule.

— Mon fils, disait-elle. C'est sa photo quand il était âgé de six mois. Maintenant c'est un homme. Il a trente-cinq ans.

Regarde, c'est notre maison et ça c'est mon mari qui est en train de lire dans le parc.

J'aurais voulu qu'elle m'explique pourquoi elle est venue s'installer chez nous au lieu de vivre dans sa maison, mais j'ai relevé la tête et j'ai vu les larmes qui coulaient sur sa figure. J'ai ramassé les photos et j'ai refait le paquet.

Elle est très mince madame Dorota. Aussi mince que maman. Je me demande si son fils a été arrêté comme papa et si son mari vit encore, mais maman m'a recommandé de ne pas lui poser de questions et je me tais. Finalement, c'est grâce à cette histoire de découpures que je commence à comprendre. Depuis que madame Dorota est avec nous, maman apporte le journal le soir et nous le lisons ensemble le lendemain, puis madame Dorota découpe soigneusement certains articles et les range dans un tiroir.

— Cela servira un jour pour que le monde sache et comprenne, répète-t-elle. C'est important! Tu vois petite, rien ne reflète aussi bien la réalité que les journaux. Les Allemands mentent, c'est de la propagande, mais c'est aussi leur vérité à eux. Ces caricatures des juifs, horribles, où tout est déformé, où on les présente comme des monstres qui exploitent les pauvres et empoisonnent l'eau dans les puits, sont une insulte à l'humanité. Ah! la culture allemande... Des philosophes, des poètes, des écrivains et des compositeurs juifs. Sont-ils tous morts? Non, ils sont partis! Ils sont en sécurité en Amérique ou ailleurs. Savent-ils seulement ce qui se passe ici?

Certains jours, madame Dorota passe des heures à regarder les caricatures et à classer les articles. J'ai l'impression que cela n'est pas bon pour elle, mais je n'ai aucun moyen de l'en empêcher. Ce n'est que récemment que j'ai trouvé une façon de la faire rire. Je suis très souple et je sais marcher sur les mains. Au début, elle craignait que je me fasse mal, mais petit à petit elle s'est habituée et elle ne proteste plus que pour la forme. Dès qu'elle sort ses découpures, je me mets à faire des grimaces, à imiter les aboiements d'un chien et à tourner autour d'elle aussi vite que je le peux, la tête en bas, la bouche grande ouverte. C'est un jeu qui me fait beaucoup de bien. J'ai constamment faim. À force de faire de la gymnastique, je parviens à calmer les crampes de mon estomac et à faire disparaître la boule qui se forme comme ça, juste sous ma poitrine. Ce n'est pas drôle d'avoir faim... Selon maman, quand il y en a assez pour deux cela doit suffire pour trois, mais je ne suis pas de son avis. Madame Dorota n'existe pas. C'est-à-dire qu'elle demeure ce qu'elle est, une dame que j'aime beaucoup, mais pour l'administration elle n'a ni identité, ni corps, ni visage. Par conséquent, nous n'avons que nos tickets d'alimentation à maman et à moi, tout en étant trois à manger. Même le pain est rationné. Dimanche, maman en achète au marché noir et c'est un vrai festin. On le réchauffe et on le coupe en grosses tranches sur lesquelles on met un peu de confiture de betteraves qu'on reçoit grâce à mes tickets d'enfant. Quel dommage qu'il n'y ait qu'un dimanche par semaine.

Elle est surprenante madame Dorota! Grâce au fermier qu'elle a connu autrefois, maman a eu de la farine, du sucre, puis de la margarine et du cacao en poudre, volés selon toute probabilité, dans un entrepôt militaire. Depuis, madame Dorota fabrique des gâteaux et des tartes. Cela sent bon partout, à la cuisine comme dans les chambres et moi j'ai plus faim que jamais. Quand les pâtisseries sont prêtes, il est défendu d'y toucher et je vais avec maman les porter au Café des Artistes. C'est un joli endroit. Une grande salle, des petites tables rondes et, au bout, une porte vitrée qui donne sur la terrasse. C'est plein de monde et les dames qui servent sont très gentilles et très belles.

— Ce sont de grandes artistes, m'a expliqué maman, quand nous y sommes allées la première fois. Regarde-les bien! Elles préfèrent ce métier-là à celui de se produire sur scène. Il paraît que la Gestapo va rouvrir les théâtres et les forcer à jouer sous peine de représailles. Tiens, je vais demander à Malicka un autographe pour toi. C'est une occasion unique. Avant la guerre je ne rêvais même pas de l'approcher.

Toute souriante maman est partie et moi j'ai attendu dans la cuisine. Il y avait là une dame, grande et grosse, qui parlait sans cesse le dos tourné sans que je puisse comprendre ce qu'elle marmonnait ainsi. Et puis, deux paysannes sont arrivées avec de gros paquets et elle s'est précipitée pour les aider à les déposer.

— Nous sommes en retard, racontait la plus âgée. — Elle avait un fichu sur la tête et sa figure était ridée comme une pomme qu'on aurait oublié de manger à temps. Assise sur un tabouret elle étirait ses jambes endolories. — Les Boches sont montés sur le train à Otwock. Des S.S. et des jeunes, des *Hitlerjugend*, la pire racaille! Vous savez, ceux qui ont des chemises jaunes et des pantalons noirs. Ils avaient des chiens et les gens ne pouvaient pas fuir. Nous, on a eu de la chance. On était dans le dernier wagon. Nous avons sauté sur les rails et les cheminots nous ont aidées. On a grimpé sur une locomo-

15

tive en réparation et on a attendu que cela se calme. Je vous préviens que la farine sera plus chère que la dernière fois.

— Vous exagérez, vous de la campagne, protestait la dame.

— Ah! vous trouvez, eh bien! si c'est ça, on s'en va. Sans nous, vous de la ville vous seriez tous morts de faim. On risque notre vie pour vous apporter à manger. Avant, les Boches saisissaient ce qu'on transportait et nous laissaient partir, mais maintenant ils battent les femmes et ils les arrêtent. Si vous ne voulez pas payer, d'autres vont le faire avec plaisir. Allons, nous deux, on s'en va...

La grosse dame l'a retenue aussitôt, puis elle a commencé à ouvrir les paquets et à fouiller dans les sacs. Quand maman est revenue me chercher, elle préparait du thé. Maman était contente. Malicka avait signé son nom sur un paquet de cigarettes vide et elle me le montrait en répétant que cela serait un beau souvenir pour plus tard. Maman aime imaginer comme ça ce qui va se produire quand la guerre sera finie, quand les Allemands seront vaincus et quand nous aurons notre pays à nous. Elle a l'air toute jeune quand elle dit «plus tard» et j'aime beaucoup la voir ainsi, mais la grosse dame n'a pas apprécié.

— Il n'y aura pas de «plus tard», a-t-elle dit, en nous donnant notre argent puis un panier, où elle avait placé des œufs, du sucre et de la farine. La guerre sera longue et nous allons tous crever.

Maman était trop pressée pour engager une discussion et nous sommes parties. En chemin, maman n'a pas desserré les lèvres et moi je faisais surtout attention de ne pas casser les œufs. Le panier était lourd, le fichu, sous lequel je devais le dissimuler, glissait sans cesse, mais dans la poche de ma jupe j'avais le paquet de cigarettes autographié et j'étais bougrement contente.

Tout en faisant ses pâtisseries, madame Dorota me fait réciter des conjugaisons latines. C'est fatigant parce qu'il fait chaud à la cuisine comme dans une fournaise et on ne peut pas ouvrir la fenêtre de crainte qu'on voie madame Dorota de la maison d'en face, mais j'ai des compensations. J'ai le droit de lécher ce qui reste dans les casseroles. Des crèmes à la vanille et au chocolat me donnent mal au cœur, mais je n'ai plus faim. Tout compte fait, il est plus agréable d'avoir envie de vomir que d'avoir faim. Les rhumatismes empêchent madame Dorota de rester longtemps debout et c'est moi qui l'aide à sortir les moules du four. C'est drôle! La chaleur me brûle les joues, je pense à l'enfer et je me promets de ne pas mentir pour éviter de m'y retrouver pour toute l'éternité. Hier après-midi nous avons vécu des moments pénibles. Il y a eu des bruits de pas dans l'escalier, puis quelqu'un s'est arrêté sur notre palier. Madame Dorota est devenue très pâle. J'ai dû l'emmener par la main jusqu'à la grande armoire de maman où elle se cache quand quelqu'un arrive. La dernière fois, quand Tomek est venu m'apporter des manuels, elle y est restée pendant une bonne heure. C'était de ma faute. J'avais complètement oublié sa présence. Depuis, je fais attention. Donc, je l'ai enfermée dans l'armoire et je suis allée regarder par le trou de la serrure en retenant mon souffle de crainte qu'on ne m'entende. C'était un officier de la Gestapo qui habite l'appartement en-dessous. Il était avec une fille et il l'embrassait sur la bouche. Cela a duré longtemps, puis j'ai senti l'odeur de la fumée et j'ai couru à la cuisine. La casserole qui était sur le feu était déjà toute noire et il me fallait l'enlever. Comme je suis maladroite, je me suis brûlée. Cela fait très mal de se brûler comme ça la main et j'ai failli crier, mais je me suis mordu les lèvres à temps. J'étais très fière de moi, par la suite, d'avoir su me retenir, mais madame Dorota m'a grondée parce que sa crème était gâchée. Je suis incapable de penser à plusieurs choses à la fois. Je voulais avant tout la mettre à l'abri et la casserole m'importait peu. J'ai trouvé que madame Dorota était méchante et injuste de me le reprocher, pendant que moi j'avais mal à la main...

Ma brûlure guérit lentement et comme je ne peux me servir de ma main droite j'écris avec ma main gauche, ce qui n'est pas facile et ce que je considère comme une sorte de petite victoire. N'empêche que maman me gronde de crainte que je ne devienne gauchère ce qui, selon elle, est un signe de débilité. Je dois faire attention de ne pas déplaire à maman. Depuis peu, elle me permet de porter les gâteaux au Café des Artistes. C'est un signe de confiance de sa part et je tiens à ne pas la décevoir. Tomek se moque de moi et me traite de naïve.

— Ta mère n'a pas d'autre solution, me dit-il. Vous livrez vos pâtisseries quatre fois par semaine et elle ne peut s'absenter de son laboratoire. Elle est forcée de te faire confiance.

Moi, je suis persuadée qu'il suffirait que maman me surprenne à faire quelque chose qui m'est défendu pour m'enlever ce privilège de sortir seule et pour me traiter à nouveau comme un bébé. Je ne suis plus une petite fille, mais il n'est pas certain que maman soit capable de l'admettre.

Il pleuvait jeudi dernier, le ciel était gris et les nuages avaient l'air de pleurer. En partant de la maison j'étais contente de ne plus avoir chaud, mais j'ai été obligée de mettre ma veste qui est trouée dans le dos. Pour la réparer il faudrait trouver un morceau de la même couleur bleu marine, mais les magasins sont vides et il n'y a pas de tissu. Maman m'avait promis qu'elle irait à Zelazna Brama chercher chez les marchands ambulants une veste qui m'irait. En attendant, je m'efforce de me tenir très droite pour que ça se voie moins. Jeudi, c'était plutôt malaisé puisque je devais tenir devant moi la tôle sur laquelle madame Dorota avait disposé ses gâteaux pour qu'ils ne s'abîment pas en route. Madame Dorota prétend qu'avant la guerre on avait des boîtes pour cela et qu'elles étaient jolies. Moi, je ne m'en souviens pas et je n'y pense même pas. Tout en marchant j'essayais d'imaginer le camp où papa souffre sans doute de faim et de froid et je me disais que je n'ai pas le droit de me plaindre. Pour lui c'est certainement plus difficile parce qu'il est seul, tandis que moi j'ai maman et madame Dorota que j'aime de plus en plus. J'avais dans ma poche une feuille de papier et j'espérais obtenir pour Tomek la signature de madame Malicka. Je me souviens de tout cela d'autant mieux que ce fut vraiment une journée particulière.

En arrivant au Café des Artistes, je suis passée par la cuisine, comme d'habitude. La grosse dame, madame Lili qui est désormais mon amie, m'a embrassée et m'a fait une tasse de thé. Ensuite, pendant qu'elle préparait le panier que je devais ramener à la maison et l'argent, je me suis glissée dans la salle et j'ai commencé à me faufiler entre les tables pour rejoindre madame Malicka qui servait à l'autre bout. Soudain, quelqu'un s'est mis à hurler: Attention! Autour de moi, les clients se mettaient debout, reculaient vers la sortie, ou encore ne bougeaient pas de leurs places, comme rivés à leurs tables et à leurs chaises. Les officiers de la Gestapo avançaient en renversant tout sur leur passage, puis un homme me bouscula en essayant de parvenir jusqu'à la porte de la cuisine, il y a eu un sifflement et il est tombé sur le plancher juste devant moi. Je me suis baissée pour l'aider, mes mains ont touché quelque chose de gluant, quelqu'un m'ordonna de me mettre à quatre pattes et c'est ainsi que je suis parvenue, sans trop savoir comment, jusqu'à la cuisine, où madame Lili m'a relevée et m'a poussée dehors, dans la ruelle en arrière. J'ai couru ensuite jusqu'à la maison et c'est seulement là que j'ai réalisé que je n'avais ni argent, ni farine. Madame Dorota aurait été déçue de me voir ainsi, les mains vides. J'ai attendu un peu, je me suis calmée et j'ai décidé de retourner. Devant le Café des Artistes il n'y avait plus personne. Les voitures noires de la Gestapo étaient parties. À la cuisine, madame Lili consolait madame Malicka et elles étaient entourées par quelques autres acteurs et actrices dont je ne connais pas les noms. J'ai eu mon autographe. Sa main tremblait pendant qu'elle signait le nom de Tomek, mais je l'ai eu. Au même moment, quelqu'un a ouvert la porte qui donne dans la salle. Les tables et les chaises étaient renversées et deux femmes frottaient le plancher sur lequel il y avait une grande tache noire.

— Il a perdu beaucoup de sang, m'a dit madame Lili. J'espère qu'il mourra avant qu'ils ne commencent à le torturer. C'est un héros. Un de nos meilleurs officiers du maquis.

Ne l'oublie pas, petite. Encore heureux qu'ils ne nous aient pas arrêtés. Un simple hasard. Ils sont venus en voiture et ils sont tombés sur lui. Cela faisait longtemps qu'ils le recherchaient. Va-t-en vite! Nous allons fermer. On ne sait jamais. Ils peuvent revenir et cette fois-ci ils vont envoyer un camion et nous ramasser tous.

J'ai pris l'argent, le panier et je suis partie sans savoir comment il s'appelait cet homme dont madame Lili souhaitait la mort...

Le soir j'ai du mal à m'endormir, mais maman ne permet pas que je rallume ma lampe. Elle m'envoie me coucher à neuf heures et après elle ne veut plus m'entendre, comme elle dit. Selon maman les enfants doivent dormir beaucoup, comme si le sommeil pouvait arriver sur commande! Heureusement, j'ai ma lampe de poche et la pile est encore bonne. Ce n'est pas commode d'écrire comme ça sous les couvertures qui cachent la lumière, mais j'y arrive quand même. De mon lit, j'entends tout ce qui se passe dans le salon à côté et c'est d'autant plus intéressant que maman s'arrange pour parler avec madame Dorota des choses qu'elle ne veut pas lui dire devant moi. Je connais ainsi leurs secrets sans avoir besoin d'écouter aux portes et de me sentir coupable à son égard.

Pas plus tard qu'hier, maman discutait avec madame Dorota de la fausse carte d'identité qu'elle avait réussi à se procurer pour elle.

— Vous devez répéter la date de naissance, le nom et le prénom de façon à être absolument sûre de les connaître par cœur. C'est très important! Si on vous interroge à brûle-pourpoint, vous devez être en mesure de répondre sans la moindre hésitation.

— Un faux nom, comme une criminelle, protestait madame Dorota. Et je dois encore vous remercier ma pauvre. Combien cela va coûter cette *Kenkarte* fausse?

— Ne vous en faites pas. Je l'ai eue grâce à... Enfin, je l'ai. Il vaut mieux que vous ne sachiez pas qui l'a fabriquée, mais je vous assure que c'est un brave homme. Un officier de l'A.K., un maquisard... À force de s'exercer, il est devenu un faussaire de premier ordre. Quelqu'un a été arrêté récemment dans la rue et c'est grâce à une carte d'identité comme celle-là qu'il a eu la vie sauve. Pourtant, il était recherché, son nom était affiché et il était obligé de se cacher tantôt chez les uns et tantôt chez les autres.

— Pour nous ce ne sont pas les papiers qui comptent, ce sont nos visages qui nous trahissent, disait madame Dorota.

— Voyons, objectait ma mère, vous n'avez qu'à changer de coiffure, vous maquiller un peu et puis, de toute façon, vous ne sortez pas d'ici, alors pourquoi vous énerver comme ça? C'est juste pour le cas où...

— Je suis fatiguée. — La voix de madame Dorota s'imposait, le ton montait légèrement. — Je ne veux plus me cacher. Je veux partir avec les miens, partager leur sort et disparaître avec eux.

— Pensez à Karol. Il vous aime tant!

— Quand on extermine un peuple, les individus qui se permettent d'aimer sont dangereux. Cela gruge la volonté et le courage, ce genre d'amour...

Ensuite il y a eu le bruit des chaises et j'ai eu juste assez de temps pour éteindre ma lampe de poche et la cacher avec mon carnet sous les couvertures. Maman est entrée dans ma chambre sur la pointe des pieds, s'est installée sur le bord de mon lit et m'a caressé tout doucement la joue. J'ai ouvert les yeux et je lui ai tendu les bras. Nous sommes restées ainsi, serrées l'une contre l'autre dans le noir. Malheureusement, au lieu de profiter de ce moment privilégié pour poser à maman des questions que je n'ose pas formuler en plein jour, je me suis endormie.

«Monsieur Jean fait dire à sa fille qu'il est à l'hôpital, mais qu'il se porte bien. Joséphine demande à Louis de prendre des vacances et d'aller la rejoindre.»

Une série de bruits a couvert la voix, comme toujours quand l'émission se termine. J'ai relu deux fois les notes que j'avais prises pour maman et j'ai tourné le bouton. Depuis qu'on nous a apporté cet appareil qu'on cache sous le divan du salon, mon statut a changé. Maman me laisse libre et me consulte. En son absence, c'est moi qui suis chargée de relever les titres et les paroles de chansons qu'on diffuse, les textes qu'on lit et les messages qu'on transmet. Ce n'est pas toujours facile, parce que certains messages ne cessent de me surprendre. C'est étonnant quand même qu'il y ait encore des gens qui vont en vacances. Maman affirme que c'est normal parce que les émissions proviennent de Londres et que l'Angleterre n'est pas occupée par les Boches. C'est gentil de la part des Anglais de nous parler de si loin en polonais. Cela prouve que papa avait raison de prétendre que les yeux du monde sont tournés vers nous, les gens d'ici, et que l'issue de la guerre mondiale dépend de notre attitude face à l'ennemi.

Je suis très fière d'être polonaise!

Madame Dorota est triste et j'ai du mal à la faire sourire. Elle est irritable, elle contredit maman et se permet même de la critiquer. Je crois que ce sont ses rhumatismes qui la font souffrir. Ce qui est plus étonnant c'est qu'elle se fâche quand je sors l'appareil, et que je le branche pour écouter les émissions en provenance de Londres. Selon madame Dorota c'est dangereux et inutile. Je l'aime bien et j'essaie de la comprendre, mais ses affirmations me déplaisent.

— Nous serons prises comme des souris, affirme madame Dorota.

— Les Boches ne peuvent quand même pas deviner que nous avons un poste capable de capter l'étranger...

— Mais si petite. Ils ont des appareils détecteurs. Des appareils qui permettent de situer la maison où quelqu'un a un poste comme celui-là.

Madame Dorota a beau me répéter jour après jour la même chose, moi je n'ai pas peur. Selon maman ses objections sont ridicules. Elle est certaine que les officiers de la Gestapo, nos voisins, ont tous des postes comme le nôtre parce qu'ils veulent en savoir plus long que ce que leur propagande les oblige de croire. Madame Dorota qui a réponse à tout parce qu'elle est beaucoup plus âgée que maman, dit que les Allemands sont un peuple de moutons habitués à obéir, à marcher au pas et à ne jamais raisonner, ou à plus forte raison transgresser les ordres. Par conséquent, nos voisins n'écoutent pas les émissions de Londres! Maman ne se rend pas compte que je ne peux plus supporter l'atmosphère de la maison, les remontrances de madame Dorota et sa mauvaise humeur. Ah! si seulement le Café des Artistes pouvait rouvrir, tout changerait. Ce qui manque à madame Dorota c'est de se sentir indispensable, capable de gagner de l'argent et de ne pas être à notre charge. Mais moi, de mon côté je voudrais leur échapper à toutes les deux, retourner à l'école et revoir Tomek. Dès que j'ai un moment, je m'installe devant la fenêtre, je regarde la rue, en bas, et je prie pour qu'il arrive, mais madame Dorota m'appelle aussitôt pour me demander de réciter des poèmes, ou de lire à haute voix. Hier, elle s'est endormie, contrairement à son habitude, tout de suite après le repas du midi. J'en ai profité pour m'installer à la fenêtre. Deux hommes, deux juifs avec leur brassards marqués de l'Étoile de David marchaient sur le trottoir. Une patrouille arrivait en sens inverse et aussitôt ils sont descendus sur la chaussée comme l'exige le règlement, affiché un peu partout, selon lequel les israélites n'ont pas le droit d'occuper le trottoir. Pourtant les policiers les ont bousculés et les ont frappés au visage, les ont fait tomber par terre et leur ont donné des coups de pied jusqu'à ce qu'ils cessent de bouger. Derrière mon dos, madame Dorota s'approchait et je me suis retournée pour qu'elle ne puisse pas voir la scène.

La radio joue un rôle de plus en plus grand dans notre vie. Le soir, c'est à peine si maman nous parle. L'oreille collée au poste elle écoute et ne veut pas qu'on la dérange. Cela dure tard dans la nuit. Par contre, moi, je n'ai plus le droit d'y toucher. Il n'y a pas d'émissions le jour et puis ce que transmet la B.B.C. est soudain trop important pour que maman songe à me faire confiance. Les adultes ne savent pas ce qu'ils veulent! Tantôt ils permettent et tantôt ils défendent. Ils prétendent que tout dépend des circonstances, mais moi, je crois qu'ils s'amusent à exercer leur pouvoir pour bien démontrer leur supériorité. Entre eux, par contre, ils jouent au chat et à la souris. La dernière marotte de madame Dorota consiste à m'enseigner l'anglais, tandis que maman estime que je dois d'abord posséder à perfection le polonais, ma propre langue. Dommage que je ne me souvienne pas comment c'était quand papa était encore là. Est-ce que lui et madame Dorota se connaissaient et avaient les mêmes idées? C'est drôle, mais quand j'ai posé cette question à maman elle est devenue rouge et elle m'a ordonné de me taire.

— La curiosité est un péché grave, m'a-t-elle dit, et elle peut avoir des conséquences incalculables.

Madame Dorota en a profité pour me parler pendant tout un après-midi de la femme de Loth.

— Vois-tu, expliquait-elle, Loth, le neveu d'Abraham et le père de Moab et d'Ammon, avait une femme qu'il aimait beaucoup. Ensemble, ils menaient une vie pieuse et honnête et pour les récompenser Dieu les avait aidé à quitter Sodome, la ville destinée à la disparition à cause de la dépravation de ses habitants. Les anges leur ont demandé de partir vite sans se retourner. Trop curieuse, la femme de Loth osa leur désobéir et, aussitôt, fut transformée en statue de sel.

J'ai eu la mauvaise grâce de leur demander à toutes les deux si Varsovie disparaîtrait comme Sodome ce qui provoqua la colère de maman qui me renvoya dans ma chambre. N'empêche que si Dieu avait pu détruire une ville de péché, Il doit pouvoir aussi défendre Varsovie et chasser les Allemands. S'Il avait pu transformer une femme en statue de sel, Il doit pouvoir me donner des nouvelles de mon père... Je ne suis pas pécheresse moi, je me confesse régulièrement et monsieur le curé me donne l'absolution! Alors pourquoi ne répond-Il pas à mes prières et la Sainte Vierge non plus?

Je suis ingrate! Quelqu'un a dû m'entendre là-haut et j'ai été exaucée en partie. Madame Dorota fait des gâteaux, ses crèmes sont aussi délicieuses qu'avant et au Café des Artistes, qui a pu rouvrir ses portes, madame Lili m'offre, quand j'arrive, des bonnes choses à manger. Madame Dorota est beaucoup moins triste, moi, je n'ai plus mes crampes d'estomac et il n'y a plus que maman qui s'énerve dès que je suis un peu en retard.

— Je t'assure, me répète-t-elle, qu'il y a parmi nous des gens méchants, des véritables Judas Iscariote. Il suffit que tu rencontres un de ceux-là en livrant les pâtisseries pour qu'il te dénonce et t'oblige à le suivre jusqu'au poste de police. Là, ils vont te garder pour me réclamer à moi de l'argent en me déclarant que, si je n'apporte pas à temps la somme, ils vont te référer à la Gestapo. Au Café des Artistes tout est illégal: les achats des produits que les cultivateurs apportent en fraude, au lieu de remplir les quotas, la qualité des repas qu'ils servent et les contacts qu'ils ont avec le maquis. Je me demande même si la Gestapo n'a pas autorisé la réouverture pour y pratiquer tôt ou tard une rafle géante. Je t'en supplie, Zosia, sois prudente!

Maman a peut-être raison, mais elle exagère. C'est parce que je suis fille unique. Si j'avais des frères et des sœurs comme Tomek elle serait différente, mais depuis que papa est parti elle n'a que moi. Nous sommes seules à nous souvenir comment il était et à prier pour son retour.

Dimanche dernier, après la messe, j'ai dû aller au Café des Artistes chercher l'argent qu'on nous devait. Maman avait rendez-vous avec tante Fela. Avant, elle nous rendait souvent visite mais, depuis que madame Dorota habite chez nous, elle ne vient plus. C'est dommage parce que tante Fela, la sœur de maman, est très gaie, bien que son fils Mietek, mon cousin, soit parti à la guerre et ait été fait prisonnier. Maman dit que bientôt on pourra lui envoyer des colis mais pour le moment on attend sa carte. Selon la Convention internationale, signée à Genève bien avant la guerre, il doit avoir le droit à la fameuse carte et nous l'expédier, mais cela tarde et je prie pour lui non seulement à l'église mais aussi comme ça, n'importe où. Je me souviens que j'ai pensé à Mietek dans ce tramway plein de monde. Pour une fois je n'étais pas accrochée sur le marche-pied et j'avais une place à l'intérieur. Les gens m'avaient poussée là et j'étais écrasée entre deux dames. Je n'aime pas cela. Sur le marchepied il y a le vent qui, même quand il fait froid, m'est agréable et puis on voit beaucoup mieux les choses et les gens. D'habitude ce sont des garçons et des filles de mon âge qui se suspendent ainsi à l'extérieur. On se tient comme on peut, on rit, on chantonne et quand on arrive à destination on saute directement sur le trottoir, au lieu de jouer des coudes pour se frayer un passage dans la foule. Voyager accrochée à la rampe, c'est un sport, tandis qu'à l'intérieur c'est une humiliation. Une section du tramway est réservée aux Boches, ils ont beaucoup d'espace et ils sont assis, tandis que de notre côté on se tient debout, tassés les uns sur les autres, en se retenant comme on peut dès que le conducteur freine.

Quand je suis descendue à l'arrêt j'ai été tellement contente de retrouver la liberté de mes mouvements que je n'ai pas fait attention à ce qui se passait autour. Je n'ai pas vu les camions couverts de toiles noires qui attendaient juste devant et je n'ai pas eu le temps de reculer. Déjà les soldats nous poussaient avec leurs carabines, les chiens tiraient sur les laisses trop courtes et montraient les crocs et un officier criait : *schnell, schnell*. À la dernière minute, au moment où je montais déjà dans le camion, l'officier me repoussa en hurlant qu'il ne veut pas d'enfants. J'ai l'air jeune, il est vrai, mais je ne suis plus une enfant et cela me fâche quand on me traite ainsi, mais pour une fois j'étais contente! J'ai pensé à papa, j'ai compris qu'il avait dû avoir très peur quand il a été pris dans une rafle comme celle-là et j'ai eu du chagrin pour lui. Autour de moi il y avait des gens, une femme très pâle qui paraissait déterminée et un vieux monsieur que j'ai remarqué parce qu'il s'aidait de sa canne pour avancer plus vite afin d'éviter les crocs d'un chien-loup noir. Je me suis faufilée entre les soldats et contrairement à toutes les recommandations de maman, j'ai couru dans la rue. Mon cœur battait drôlement et quand je me suis retrouvée à la cuisine du Café des Artistes j'ai été obligée de m'asseoir pour ne pas tomber. C'est mal! Cela prouve que je ne suis pas courageuse comme Tomek et que pour mériter son amitié je dois me contrôler mieux. J'aurais voulu parler de la rafle avec madame Lili, mais elle paraissait nerveuse et pressée.

— Va-t-en vite, m'a-t-elle murmuré, et préviens ta mère que Karol sera au rendez-vous ce soir.

Je n'ai pas osé demander qui est ce monsieur Karol. C'est pénible cette façon qu'ils ont tous de se méfier de moi. Ils se lancent des mots, des noms, des dates, comme ça, au-dessus de ma tête, puisqu'ils sont généralement plus grands que moi, comme si je n'existais pas. Autrefois, maman me traitait autrement. J'étais la plus importante, l'unique, l'irremplaçable, mais maintenant, surtout en présence des autres, je deviens pour elle une sorte d'objet encombrant. En ce qui a trait à madame Dorota, elle m'écoute et s'intéresse à ce que je peux vouloir ou penser d'une façon particulière, comme si j'étais un phénomène, placé sous observation d'un savant déterminé à mieux l'influencer ainsi dans son évolution...

C'est gagné! Maman m'a donné la permission. À partir de la semaine prochaine je vais suivre des cours. Je suis inscrite et j'ai reçu le manuel de mathématiques. Je ne saurai qu'à la dernière minute où les cours vont avoir lieu et je suis très nerveuse. Quand j'étais jeune j'allais tous les matins à l'école et je me plaignais, tandis que maintenant tout cela est entouré de mystères et de secrets qui ne m'amusent plus. Pourvu que Tomek me prévienne à temps à quel endroit et à quelle heure on va rencontrer nos professeurs. Tomek sait tout, passe partout et je l'admire beaucoup. Lui, trouve cela excitant que nos cours vont être clandestins! Selon Tomek, les Boches nous ont rendu service, à nous les étudiants, en fermant les collèges et les lycées. Je ne suis pas de son avis, mais je préfère ne pas l'avouer pour ne pas l'indisposer. C'est mon meilleur ami et je sais à quel point il tient à être admiré sans réserve par moi et par tous ses copains.

Les cours vont-ils commencer demain, tel que prévu? J'ai honte de ne penser qu'à cela, car c'est de l'égoïsme de ma part, mais je n'y peux rien. Pourtant, il nous est arrivé un grand malheur. Madame Dorota est tombée devant le fourneau et doit rester couchée. Maman dit que c'est une fracture de la hanche, mais il est impossible de le vérifier. Elle refuse de prendre le risque d'aller à l'hôpital avec sa fausse carte d'identité et maman cherche en vain un médecin qui accepterait de venir chez nous.

— Notre docteur du maquis est débordé, explique maman. De ces temps-ci, il a plusieurs blessés à soigner. Des filles et des garçons de Varsovie et d'Otwock qui ont participé aux attentats et aux actions de sabotage. À la clinique il est très surveillé et ne peut s'absenter comme il veut.

— Ne le dérangez pas pour moi, lui a répondu madame Dorota. Je ne suis plus qu'une vieille femme, juste bonne à disparaître discrètement en laissant de la place aux autres. Je suis désolée de vous causer tant d'ennuis.

En attendant la visite du docteur, madame Dorota souffre, mais s'efforce de ne pas le montrer. Pendant des heures elle reste couchée sur le dos, les yeux fermés et ne s'anime que quand je viens lui proposer de faire de la lecture à haute voix. Madame Dorota aime la poésie et cet après-midi je lisais pour elle le petit livre, qu'elle m'avait demandé de chercher dans la bibliothèque de papa, de Slowacki. C'est drôle, Slowacki vivait et écrivait au début du siècle dernier et moi j'ai l'impression qu'il savait déjà ce qui allait nous arriver et ce que nous allons être obligés de supporter à cause de cette guerre. J'aurais voulu en parler avec madame Dorota, mais elle sembla soudain obsédée par ses souvenirs et par les corneilles.

— J'habitais autrefois dans une maison, disait-elle, entourée d'un parc. Dès l'aube les corneilles croassaient. C'était fatigant. Elles étaient si nombreuses que malgré les fenêtres fermées je croyais qu'elles étaient dans ma chambre en train de m'agresser. Des corneilles noires, affreuses, avec des gros becs qui frappent et font mal, elles étaient partout, sous le plafond, sur ma coiffeuse, sur mon couvre-lit... Il faut tuer les corneilles, il faut les exterminer pour qu'elles cessent de déranger. Elles prennent trop de place, elles chassent les autres oiseaux parce qu'elles sont plus grosses et plus effrontées, plus brillantes, plus voyantes et plus agressives... Aimes-tu les corneilles?

Sans attendre ma réponse, madame Dorota s'est mise à agiter ses mains devant mes yeux.

— Une corneille blessée, couchée sur le palier... Une corneille différente que je pouvais toucher et prendre entre mes mains... Une corneille qui avait besoin de moi... Au lieu de la tuer je l'ai soignée. J'avais tort. Il y a trop de corneilles! Je lui ai donné à manger comme ça, dans ma main, miette par miette. Puis, il a commencé à pleuvoir et elle a bu de l'eau, de l'eau du bon Dieu... Donne-moi de l'eau Zosia, j'ai soif...

J'ai cherché de l'eau, elle a avalé une gorgée et peu après maman est rentrée. Elle a pris la température de madame Dorota et m'a dit qu'elle avait une forte fièvre. D'habitude, maman sait toujours ce qu'il convient de faire, mais là elle paraissait inquiète et incapable de prendre une décision. Désorientée, elle déplaçait les choses sans raison aucune, faisait avaler à madame Dorota deux cachets d'aspirine, s'éloignait, la regardait, hochait la tête et finalement décida de disparaître à la cuisine en me recommandant de ne pas bouger de ma place à côté de son lit. J'avais faim et j'ai été contente de manger, bien que maman n'ait pas mis la table et que j'aie dû me contenter de tartines avalées dans la chambre de madame Dorota, qui semblait ne pas nous voir, ni nous entendre. Ensuite, maman a pris son manteau et elle est partie en promettant de revenir bientôt, mais l'heure du couvre-feu est passée et nous étions toujours seules, madame Dorota et moi. Elle sommeillait, tandis que moi je pensais à mes cours et je ne sais trop comment je me suis endormie assise par terre, le dos appuyé contre le mur. Ai-je rêvé le retour de maman et cet homme blond aux yeux verts, grand et mince, qui se penchait pour embrasser madame Dorota? Tout ce dont je me souviens c'est que quelqu'un m'a porté dans ma chambre. Ce fut une sensation très douce, très agréable, de me retrouver allongée sur mon lit et le matin au réveil j'ai eu l'impression d'avoir encore autour de moi des bras forts, comme ceux de papa quand il m'aidait à franchir la passerelle à nos retours de pêche. Le soleil dansait sur le plancher et maman semblait détendue et souriante. Elle m'a annoncé que madame Dorota n'avait pas de fracture, mais juste des contusions, que le médecin est venu et qu'il lui a prescrit un traitement.

— Madame Dorota sera sur pied dans un mois ou deux, disait maman, et d'ici là je vais prendre un congé au laboratoire et je m'occuperai de tout. Habille-toi vite. Tomek doit venir te chercher et il ne faut pas que vous soyez en retard.

Quand et comment maman a-t-elle communiqué avec Tomek? Je ne me suis même pas posé cette question. Je crois que je n'ai jamais été aussi heureuse que ce matin-là.

Trop espérer, c'est se préparer des déceptions, selon madame Dorota, et je sais maintenant qu'elle a raison. Ma vie a changé, j'ai des devoirs à faire et je vois Tomek tous les jours, mais ce n'est ni facile, ni drôle. Ce n'est plus comme autrefois à l'école. Le premier cours a eu lieu dans un appartement minuscule. On était assis par terre et on écrivait comme on pouvait sur nos genoux. Les professeurs se sont relayés, mais nous, nous n'avions pas d'interruption. Après deux heures de mathématiques, où je ne comprenais rien, deux heures d'histoire et une longue dictée en polonais. Il était défendu de parler et de faire du bruit, puisque les voisins du palier ne doivent pas savoir que nous sommes en train de suivre des cours.

À la maison, madame Dorota qui va beaucoup mieux, mais doit prendre beaucoup de médicaments, devient impossible. Dès qu'elle entend mes pas elle m'appelle dans sa chambre pour m'interroger longuement sur mes professeurs et sur mes camarades.

— Étudie, petite, répète-t-elle en m'interrompant sans cesse, la clef de ton avenir est dans tes manuels, tes examens et tes notes. Ne perds pas ton temps.

Maman voudrait que je l'aide à préparer des pâtisseries, mais madame Dorota proteste. Pauvre maman! Pour elle c'est un dur apprentissage. Les recettes de madame Dorota sont illisibles et elle lui demande constamment conseil. Tantôt il s'agit des proportions et tantôt de la façon de mélanger les crèmes et la pâte. Maman court de la cuisine à la chambre de madame Dorota et moi j'enlève discrètement les casseroles du feu pour éviter que les crèmes ne collent au fond. Résultat : je pars trop tard porter les gâteaux au Café des Artistes et madame Lili se plaint qu'elle doit les ranger jusqu'au lendemain dans la glacière qui n'est pas assez grande pour cela. D'ailleurs, le congé de maman touche à sa fin et si madame Dorota ne reprend pas son travail il faudra abandonner. Maman se console en prétendant qu'on vendra à Zelazna Brama les costumes de papa, mais moi je n'ose plus lui demander mon argent de poche. Dans les tramways je voyage sans billet, mais je ne sais pas ce que je vais faire pour mes cadeaux de Noël. À l'école primaire on les faisait aux cours de travaux pratiques, mais maintenant que je suis collégienne c'est différent. J'ai pensé sculpter une figurine en bois, faire des collages et tricoter un cache-nez, mais la colle, les belles feuilles de papier de couleur et la laine sont introuvables. Lors de son dernier cours, monsieur le curé nous a proposé d'écrire des lettres et de les placer sous l'arbre de Noël, ou pour ceux qui n'en auront pas, sous l'oreiller des parents. C'est une idée. Je vais composer un poème pour maman et un autre pour madame Dorota. Tante Fela viendra-t-elle chez nous pour le réveillon ?

Il fait très froid dehors. Nous avons de la chance parce que dans notre maison le chauffage fonctionne, mais chez Tomek, où les cours ont eu lieu aujourd'hui, les calorifères sont gelés. On s'est installés à la cuisine, mais elle était trop petite pour tout le monde et ceux qui étaient assis dans le corridor devaient garder leurs vestes et leurs gants. En plus, j'ai des engelures et maman me met une pommade noire qui laisse des taches et sent mauvais. J'ai honte de mes mains, de mes pieds, de l'odeur qui se dégage de mes vêtements et que je sens peu importe où je me trouve. Le professeur de mathématiques qui m'aimait bien ne donne plus ses cours. Il a été arrêté. Je pense à lui, mais je suis bien contente de ne plus être obligée d'étudier la géométrie. C'est atrocement difficile! Madame Dorota est la seule qui continue à me donner des exercices et à me faire répéter mes leçons.

Tomek, lui, ne fait pas ses devoirs. Il prétend qu'il est trop occupé pour trouver le temps pour des peccadilles pareilles et nos professeurs semblent être d'accord avec lui. Moi, je dois remettre des exercices écrits, tandis que lui en est dispensé. C'est très injuste!

Ce matin, après les cours, j'ai traîné un peu et j'ai réussi à rester seule avec Tomek. Ses parents étaient absents et j'ai trouvé le courage de lui avouer que je n'ai pas un sou et que je ne sais pas comment je vais faire pour acheter les cadeaux de Noël. Il m'a promis qu'il m'apprendra à gagner de l'argent et que je deviendrai riche. Va-t-il tenir parole? Il nous reste encore trois semaines...

Il faisait encore nuit quand nous sommes partis, Tomek et moi. Madame Dorota, qui commence à se lever, allumait le feu sous le poêle. Maman n'était pas là. Cela lui arrive de plus en plus souvent de coucher chez tante Fela qui depuis les grands froids ne sort plus à cause de ses jambes qui sont comme paralysées. Je voudrais bien lui rendre visite, mais maman dit qu'elle ne veut voir personne.

En sortant j'ai annoncé à madame Dorota que j'avais un cours à huit heures. Je ne peux pas mentir à maman parce qu'elle devine tout de suite que je lui cache quelque chose, mais avec madame Dorota c'est plus facile. Tomek m'attendait dans la rue et il m'a emmenée dans une maison située juste en face du marché de Zelazna Brama. Il était très gai et ne cessait de me taquiner dans l'escalier, parce que je ne voulais pas qu'il m'embrasse sur la bouche. Dans la rue quelqu'un chantait la chanson défendue dont nous connaissons tous les paroles par cœur et que nous trouvons particulièrement drôle :

«La nuit, l'alarme et le couvre-feu, le jour, des rafles, nous ne savons plus où nous cacher, les Boches ne nous laissent pas exister. Leur culture ne leur défend pas de nous pourchasser, mais cela doit bien mal aller chez eux, pour qu'ils soient à ce point enragés.»

Je fredonnais, sans me soucier qu'on puisse m'entendre, puis quelqu'un nous a ouvert la porte et je me suis retrouvée dans une sorte de hangar où il n'y avait que des gros sacs de jute remplis à craquer, placés les uns sur les autres, une petite table au milieu et une chaise sur laquelle était assis un vieil homme. Il semblait nous attendre.

— Faites attention, nous a-t-il recommandé sans aucun autre préambule. Ils viennent de poser des affiches sur les murs où il est écrit que le commerce du tabac en feuilles vaut la peine de mort. Les Boches ne plaisantent pas! Moi, j'ai l'âge de m'en moquer, mais vous, vous êtes jeunes et vous avez toute une vie devant vous. Prenez les deux sacs à dos, remplissez-les et allez-vous-en. Tu as les adresses?

Oui, Tomek savait par cœur les noms et les adresses où nous devions porter la marchandise. Déjà il défaisait un sac et je l'imitais. Sur le jute il y avait l'inscription en lettres noires: *Nur für Deutsche*, ce qui m'avait paru amusant puisque c'est ce qu'on inscrit sur les portes des femmes qui fréquentent des Boches. À l'intérieur, les feuilles de tabac étaient fraîches, d'une jolie couleur jaune. Longues, larges, légèrement striées de nervures vertes, elles sentaient bon.

Ensuite ce fut une course contre la montre. Quand nous avons terminé il était plus de trois heures de l'après-midi. Pour ne pas attirer l'attention dans la rue il fallait nous séparer et j'avais peur de perdre de vue Tomek qui marchait très vite. Les gens chez lesquels on livrait habitaient tous des maisons sans ascenseurs et je n'ai jamais eu à monter autant d'étages. Mes jambes ne me portaient plus, je ne voulais pas traîner en arrière, j'étais essoufflée, mais le pire problème était celui de l'argent. Tomek prenait la moitié et me donnait le reste. Il prétendait que c'était plus prudent ainsi pour le cas où l'un de nous serait arrêté, mais moi j'étais sûre que cela ne nous arriverait pas. Par contre, comme la poche de ma veste est trouée et que j'ai déjà perdu ainsi un crayon que je n'ai jamais pu racheter, je craignais que les billets glissent et que le vieil homme me prenne pour une voleuse et me demande de le rembourser.

Être traitée de voleuse est plus grave que de tomber entre les pattes de la Gestapo. Dans un cas c'est déshonorant et dans l'autre c'est héroïque, mais il y a maman qui serait très malheureuse si je devais me faire arrêter. À force de m'énerver je ne savais plus où j'en étais...

Quans nous sommes revenus chez le vieil homme j'étais drôlement soulagée. Il nous a souri et nous a payés. Il semblait content. Moi, quand j'ai compté ma part, j'étais si heureuse que sans réfléchir je lui ai sauté au cou et je l'ai embrassé sur les deux joues. Tomek a trouvé cela parfaitement déplacé et me l'a dit quand nous sommes sortis. Il m'avait menacé même de ne plus jamais m'emmener avec lui parce que je le compromets et je le rends ridicule en me conduisant comme une môme. J'avais froid, j'étais fatiguée et j'ai éclaté en sanglots, ce qui l'a agacé. Il m'a traité de «sale idiote», de «poule mouillée» et de «bonne à rien».

J'ai assez d'argent pour acheter des beaux cadeaux. Tomek dit qu'il ne veut plus être mon meilleur ami, mais ce n'est pas trop grave parce que je sais qu'il me suffira de le laisser m'embrasser sur la bouche pour qu'il redevienne doux comme un agneau. Par contre, je peux avoir des ennuis parce que j'ai «séché» une journée de cours. Dans la vie on ne peut être vraiment heureuse. Je voulais tant avoir cet argent et il me semblait que si je réussissais à le gagner je serais parfaitement satisfaite et maintenant je m'en fais pour autre chose et je ne suis plus capable de l'apprécier.

À la maison, madame Dorota s'est affolée en me voyant. J'étais tellement pâle qu'elle a cru que j'avais des engelures au visage. Elle me frotta les joues, j'ai bu du thé et j'ai mangé un gros gâteau au chocolat qui était très bon. Ensuite, je suis partie au Café des Artistes faire la livraison et au retour je me suis couchée tout de suite parce que je tombais de sommeil. Maman a pris ma température. Une fois de plus je me sentais coupable à son égard en l'inquiétant inutilement, mais je ne pouvais pas lui dire la vérité. Elle ne me permettrait pas de recommencer et je sais que je vais recommencer pour l'aider et pour démontrer à Tomek que je ne suis pas une poule mouillée...

Si Dieu est bonté, comment se fait-il qu'il ait créé l'hiver? Quand il fait aussi froid qu'aujourd'hui, les pauvres sont plus pauvres et les riches plus riches. Je ne sais trop à quel groupe nous appartenons à présent. Mes chaussures sont trouées et on ne peut pas les réparer parce que le cordonnier a fermé. Il ne trouvait plus de cuir. Tout a été réquisitionné pour l'armée allemande et au marché noir le moindre bout coûte une fortune. J'ai froid aux pieds à un point tel que les larmes me viennent aux yeux.

Madame Dorota prétend que Dieu veut apprendre aux humains à se dépasser, à être inventifs, à savoir se débrouiller dans n'importe quelle situation. Quand maman est absente, elle me met de la pommade sur mes orteils qui suppurent en me parlant des pays désertiques. Je n'ose pas me plaindre puisque je peux sortir, tandis qu'elle n'a même pas le droit de s'approcher de la fenêtre, mais j'ai mal quand même. Les tramways sont bondés. Les gens courent pour trouver quelque chose pour les Fêtes et les Boches en profitent pour multiplier les rafles. Notre professeur de géographie nous a expliqué qu'ils se battent en ce moment sur le front russe et qu'il y fait plus froid que chez nous, ce qui est quand même une consolation. N'empêche que chaque matin je dois mettre mes chaussures et serrer les dents pour ne pas crier de douleur.

Ce qui me fait plaisir, par contre, c'est de sentir le parfum que j'ai trouvé pour maman, toucher les belles pantoufles brodées que j'ai pu acheter pour madame Dorota et compter les billets qui me restent et que j'ai cachés sous le tapis. La marchande qui m'a vendu les pantoufles à Zelazna Brama est très gentille et elle m'a emmenée chez une autre dame qui vend des fruits secs. Je vais avoir un gros sac de prunes pour le réveillon et une orange. Un vrai trésor!

Pourtant, j'envie Tomek qui vient d'expédier un colis à son oncle, prisonnier de guerre en Allemagne. Nous, nous sommes toujours sans nouvelles de papa. Où passera-t-il Noël? Est-il encore en vie? Monsieur le curé a organisé des prières pour les absents et toute notre classe a fait un pèlerinage. C'était très beau et très émouvant. Nous sommes partis séparément pour ne pas nous faire remarquer. Le train était plein et j'avais peur de ne pas descendre à la bonne station. Je craignais aussi qu'il y ait une rafle et que tout échoue, puis Tomek est venu dans mon wagon et nous sommes restés ensemble. À Falenica, le toit du bâtiment de la gare portait un gros chapeau blanc et ressemblait ainsi, sous la neige à un champignon.

Sur la route le soleil brillait, les gens paraissaient gais et un cultivateur avait accepté de nous laisser monter dans sa carriole. Derrière son dos, Tomek m'avait prise par la taille et me serrait contre lui. Le cheval hennissait, les mains de Tomek sur les miennes étaient délicieusement chaudes, je me sentais heureuse et j'aurais voulu que cela dure longtemps, mais nous avons été obligés de sauter à terre à la sortie du village et de rejoindre les autres. Ensuite, nous avons marché en rangs, les filles en avant, les garçons en arrière, derrière monsieur le curé qui portait la croix au-dessus de sa tête. Danka, ma meilleure amie, peinait à côté de moi. La route était glissante, le vent nous fouettait le visage et des petits flocons de neige s'introduisaient sous les vêtements, dans le cou surtout, ce qui était plutôt désagréable. Heureusement, nous avons commencé alors à réciter des prières à voix haute et à chanter, ce qui réchauffe beaucoup. Monsieur le curé nous a emmenés ainsi à une cabane où nous avons pu faire du feu, nous reposer et manger. On riait, on se bousculait un peu et Tomek ne cessait de me taquiner d'une façon très gentille.

Ensuite, nous avons parlé, c'est-à-dire que monsieur le curé nous expliquait que nous devions prier pour les juifs, tandis que nous, nous nous taisions. Dans les rues on ne voit plus les femmes, les hommes et les enfants avec l'Étoile de David sur le bras. Ils ont été forcés de déménager dans le Ghetto, le quartier de la vieille ville d'où ils n'ont plus le droit de sortir. Que va-t-il leur arriver?

J'ai été gênée pour Tomek. Lors de notre discussion avec monsieur le curé il a osé prétendre que les juifs sont condamnés à disparaître parce qu'ils sont responsables de la mort du Christ et monsieur le curé s'est fâché. Il nous a crié presque de ne jamais répéter des histoires pareilles et a demandé des volontaires pour porter des vivres dans le Ghetto.

Danka et moi, nous nous sommes levées et il nous a caressé les cheveux. J'aime beaucoup notre curé. Il est aussi vieux que madame Dorota, mais paraît beaucoup plus jeune. On ne sait pas encore quand aura lieu cette action d'aide aux juifs, «nos frères dans le malheur», comme l'a dit monsieur le curé, mais nous serons plusieurs à y participer bien que Tomek s'entête à affirmer qu'il y a autre chose à faire que de risquer sa vie pour des juifs...

Il m'est arrivé un événement très désagréable. J'étais en train de livrer les tôles remplies de gâteaux au Café des Artistes quand je suis tombée littéralement dans les bras de tante Fela. Elle avait bonne mine et paraissait contente de me voir. Nous avons parlé un long moment, en nous tenant dans l'embrasure d'une porte cochère. J'ai appris ainsi que ma tante n'a pas été malade et que maman ne lui a pas rendu visite depuis plusieurs mois. En me quittant, elle m'a demandé de passer chez elle entre le réveillon et le jour de l'an.

Comme ça, maman nous ment, à madame Dorota et à moi. Dois-je la confondre, ou me taire? Sur le chemin du retour je n'ai pas pu me dominer. J'ai pleuré. Quand il fait froid, les larmes gèlent sur les joues et moi, depuis le début de la guerre, je n'ai plus de mouchoir. Maman lave nos vêtements dans le petit lavabo, ou encore dans la baignoire et les suspend dans la salle de bains ce qui fait qu'on ne peut pas y aller tant qu'ils ne sont pas secs. Quand on veut faire pipi la nuit, c'est particulièrement compliqué de se faufiler jusqu'au siège du cabinet. Je me suis mouchée finalement dans mes doigts, bien que ce soit impoli. De toute façon je n'avais pas d'autres solutions. C'est seulement une fois dans ma chambre, la porte fermée, que j'ai pu pleurer à ma guise. Puis, madame Dorota est entrée et en silence m'a tendu un bout de torchon.

— Pleure, m'a-t-elle murmuré, cela soulage. Moi, je ne peux plus pleurer. Je n'ai pas de larmes. C'est étrange tu sais, quand j'étais malade je voyais partout des corneilles, maintenant il m'arrive de rêver à celle qui a été blessée et que j'ai soignée.

J'ai essuyé mon visage avec le torchon et j'ai serré les dents. Je me conduirais avec maman comme elle s'était conduite avec moi. Au lieu de lui raconter ma rencontre avec tante Fela, je vais me taire. C'est révoltant quand même! Moi je dois cacher à tante Fela l'existence de madame Dorota. C'est ma façon d'être solidaire avec maman qui, elle, ne l'est pas à mon égard puisqu'elle me ment! C'est cela l'injustice que je refuse de supporter! Je mérite sa franchise plus que son amour! À force de réfléchir ainsi, je lui en voulais de plus en plus, puis maman est arrivée, elle m'a embrassée et je ne l'ai pas repoussée.

Peu importe, désormais, où elle passe ses nuits quand elle s'absente de la maison! Moi, j'ai Tomek, mon commerce de tabac et mes courses dont elle ignore tout. J'ai acheté mes cadeaux et j'ai plusieurs gros billets cachés sous le tapis. C'est une bonne façon de me venger de ses cachotteries à elle! Autant les oublier! J'ai assez de mes propres problèmes. Les cours n'ont pas lieu parce qu'il faut remplacer trois professeurs. Ils sont recherchés par la Gestapo et ne peuvent plus venir. Je ne l'ai pas raconté à maman et je passe mes journées avec Tomek à livrer le tabac en feuilles. Le vieil homme est content de nous, je gagne plus que maman au laboratoire et je dois juste faire attention pour que madame Dorota ne remarque pas que les devoirs que je fais le soir ne sont pas donnés aux cours. Pour le moment cela marche et, après Noël, les choses vont certainement s'arranger.

Je ne suis plus un bébé et pourtant je retiens mon souffle comme si vraiment un événement extraordinaire devait arriver dans quelques instants. J'ai beau savoir que c'est maman qui arrange l'arbre de Noël dans la pièce à côté et que je dois rester dans ma chambre parce que c'est une surprise comme chaque année, il n'en reste pas moins qu'il me semble qu'un mystère se produit autour de nous et que quand la première étoile va commencer à briller sur le firmament je ne serai plus la même...

Elles étaient là toutes les deux, maman et madame Dorota, soigneusement coiffées et vêtues de robes noires que je n'avais jamais vues auparavant. Celle de maman avait une large échancrure autour du cou et celle de madame Dorota un grand col en dentelle blanche. Nous avons partagé l'hostie, nous nous sommes embrassées et j'ai placé mes cadeaux sous l'arbre de Noël. Il était petit, mais très joli. Maman avait fait une guirlande en papier et des petites danseuses blanches paraissaient danser parmi les aiguilles vertes. Elle a éteint les lumières, les bougies de couleur brûlaient doucement et je ne pouvais en détacher les yeux tout en ouvrant la grosse boîte qui m'était destinée. C'était une paire de bottes! Des belles bottes brunes, en cuir, doublées de laine blanche, épaisse et douce au toucher. J'étais folle de joie. Je les ai mises tout de suite et j'étais là, devant madame Dorota et devant maman, toute tremblante et incapable de remercier comme il faut. Les bottes sont très grandes et je peux les porter sans enlever mes pansements. J'ai pensé que mes engelures guériraient et que madame Dorota ne serait plus obligée de me mettre cette horrible pommade noire et j'ai oublié tout le reste. C'est madame Dorota qui a découvert mes cadeaux sous l'arbre. Maman a pris le sien, l'a développé et s'est mise aussitôt à me questionner où j'ai trouvé l'argent pour acheter un parfum aussi cher. C'est alors que pour la première fois de ma vie j'ai osé lui tenir tête.

— Je ne te pose pas de questions, lui ai-je répondu, alors de quel droit tu me le demandes?

Surprise, elle n'a pas su me répondre et elle m'a juste regardée pendant un long moment. Ses grands yeux exprimaient l'étonnement, comme si j'étais devenue soudain une inconnue pour elle et il y avait sur sa figure une telle tristesse que je me suis ressaisie et je me suis jetée dans ses bras. Nous étions bien ainsi, mais j'ai senti que quelque chose s'était glissé entre nous qui n'existait pas auparavant. Maman m'a paru soudain délicate et fragile. Aussi fragile que Danka, mon amie de toujours, que j'ai été obligée de protéger autrefois en classe contre les filles qui ne l'aimaient pas.

Madame Dorota a été très contente de ses pantoufles et elle a rallumé les lumières pour mieux les regarder, puis a forcé maman à déboucher son flacon et à nous mettre un peu de parfum derrière l'oreille. Ensuite nous nous sommes installées à table. C'était bon! Une soupe aux champignons, des œufs brouillés, des pâtisseries et un bout de chocolat pour chacune. Quand j'ai apporté en triomphe mon orange et mes prunes sèches elles ont applaudi. C'est seulement au retour de la messe de minuit que maman m'a prise par la main et m'a parlé.

— Tu es très jeune, très vulnérable, m'a-t-elle dit. Je ne veux pas t'arracher tes secrets, mais sois sincère avec moi.

Dans la vie il faut toujours avoir quelqu'un à qui on dit tout. C'est très important. Tu le comprendras plus tard.

Nous marchions l'une à côté de l'autre. Les rues ne sont pas éclairées et nous ne pouvions pas nous voir dans le noir. Des gens nous dépassaient, des enfants couraient et un ivrogne entourait de ses bras le tronc d'un arbre en chantant à tue-tête. Les Allemands ne se montraient pas et c'était vraiment la nuit du bon Dieu. J'avais mes bottes neuves, mes pieds étaient chauds et ne me faisaient pas mal et cela me rendait trop heureuse pour que je fasse de la peine à maman en lui racontant ma conversation avec tante Fela. Comme si elle devinait ce que je pourrais lui répondre, elle s'est mise alors à parler de papa. C'était étrange. Maman invoquait le souvenir de papa comme s'il était mort depuis longtemps.

— Je n'ai plus personne sur qui compter, se plaignait-elle.

— Je suis là maman, j'ai appris à garder un secret et tu peux tout me confier, lui ai-je dit sans réfléchir.

— Tu es trop jeune. Tu ne peux pas comprendre, avait-elle répondu en changeant de ton.

À nouveau une sorte de barrage se dressait entre maman et moi, mais j'ai serré sa main et je me suis promis de ne plus jamais lui en vouloir pour quoi que ce soit.

Nous avons fêté la nuit de la Saint-Sylvestre chez tante Fela. Cela a été très difficile de laisser madame Dorota seule, mais elle nous a presque mis dehors en prétendant qu'elle avait besoin de paix et de silence pour réfléchir.

— Je me couche tout de suite, disait-elle, j'éteins les lumières et si jamais quelqu'un se met à défoncer la porte je me cache dans l'armoire. Que vous soyez avec moi, ou pas, cela ne changera rien dans une éventualité pareille. Bien au contraire. Il y aura trois victimes, au lieu d'une seule.

Je savais qu'elle aurait trop peur pour s'endormir, qu'elle resterait éveillée à écouter les bruits dans l'escalier, mais quand nous sommes arrivées avec maman chez tante Fela, où il y avait beaucoup de monde, je l'ai oubliée. Tomek dit que pour être heureux il faut être égoïste et je le suis sans aucune difficulté ce qui prouve que je n'ai pas de cœur.

Ma tante avait préparé des montagnes de crêpes aux pommes de terre et, comme les gens buvaient beaucoup de vodka, ce fut très gai. Nous avons dansé, nous avons chanté et nous nous sommes souhaité que la guerre finisse cette année par la victoire des Alliés et la mort d'Hitler. Un monsieur aux cheveux blancs ne me quittait pas d'une semelle. Il me parlait des Américains qui se battent à présent aux côtés des Britanniques, de notre gouvernement à Londres, du général Sikorski et de la diversion qu'on organise chez nous, à Varsovie, afin d'aider la cause commune. Il me faisait danser et avec beaucoup de patience, il m'enseignait comment déplacer mes pieds au rythme de la musique. C'était un peu difficile parce qu'il était très grand et moi j'étais obligée de tenir la tête renversée en arrière pour comprendre dans le bruit ce qu'il disait. Pendant ce temps-là maman dansait avec un homme que j'ai déjà vu quelque part, sans pouvoir me rappeler où. Je lui en voulais de paraître aussi souriante et aussi heureuse dans ses bras, je pensais à papa et je m'efforçais de ne pas la regarder. À minuit, nous avons écouté la radio. La réception de la B.B.C. de Londres était mauvaise et les messages m'ont paru plus décousus que jamais. Ensuite, maman m'a emmenée dans la salle de bains et m'a couchée au fond de la baignoire où elle avait placé des coussins et une couverture. À cause du couvre-feu, tout le monde est resté jusqu'au matin. Quand je me suis réveillée, des femmes et des hommes étaient encore allongés par terre dans le salon et dans la chambre, tandis que maman préparait avec ma tante à la cuisine le petit déjeuner. J'aurais bien aimé prendre un thé chaud, mais maman s'inquiétait pour madame Dorota et disait à tante Fela qu'elle devait se rendre au laboratoire surveiller une expérience. Cette fois-ci j'ai eu l'impression que ma tante s'était rendu compte que maman mentait et cela m'a fait de la peine. Personne, en dehors de moi, ne doit savoir que ma mère peut mentir...

L'hiver se traîne et la neige ne fond pas. Les branches des arbres sont couvertes de givre et notre rue a un aspect féérique. Depuis que j'ai mes bottes je le remarque beaucoup mieux et je m'offre même le luxe de me promener avec Tomek au parc et de m'amuser à sauter par-dessus les bancs. Désormais, les professeurs tolèrent mes absences aux cours et il n'y a que Danka qui se plaint de ne pas me voir aussi souvent qu'avant. Je suis chargée de la distribution des journaux clandestins et je ne peux pas le lui dire, alors j'invente des maladies de maman en priant pour que cela ne lui porte pas malheur. Comme je continue aussi à livrer le tabac en feuilles, je n'ai plus le temps d'aller patiner avec Danka. Du matin au soir je suis dehors. C'est à peine si je parviens à parler avec madame Dorota qui, elle, trouve les journées longues. Pour lui changer les idées je lui apporte les journaux clandestins. Au début, elle refusait de les lire et me traitait de «fille folle et irresponsable».

— Te rends-tu compte, disait-elle, que tu risques ta vie et celle de ta mère pour ces bouts de papier? Réalises-tu que si la Gestapo trouve ce journal chez les gens chez lesquels tu le distribues ils seront torturés et envoyés dans des camps de concentration ou liquidés sur place? Te rends-tu compte que ce que tu fais est criminel?

J'avais beau lui expliquer que l'A.K. est une véritable armée qui est en train de faire des sabotages et de lutter contre les Boches par tous les moyens, cela lui paraissait impossible et complètement fou. Petit à petit, cependant, elle s'était mise à lire le *Bulletin d'information* en cachette. Une fois je l'ai surprise en train de déchiffrer les petits caractères avec une loupe. Une autre fois elle a demandé à maman si elle approuvait ce que je fais. Elle l'a demandé devant moi, comme si je n'étais toujours qu'une petite fille obligée d'obéir à ses parents. Ma pauvre mère a hoché la tête et a soupiré.

— Je n'y peux rien, a-t-elle dit. Les enfants passent partout et c'est pour cela qu'on les utilise pour la distribution des journaux clandestins. Voulez-vous que je l'enferme dans cet appartement et que je l'empêche de sortir?

C'était au mois de mars, je m'en souviens très bien. L'Armée du Pays avait exécuté un acteur qui collaborait avec les Allemands et, en guise de représailles, la Gestapo avait pris des otages qui ont été fusillés dans la rue. Nous l'avons appris dans le *Bulletin d'information*, mais Tomek l'avait su avant. Il sait toujours tout, Tomek. J'ai donc pu raconter à madame Dorota comment les choses se sont passées et lui donner des détails. Elle m'a écouté en silence, la figure cachée entre ses mains.

— Voilà ce que cela donne votre action, a-t-elle murmuré. Plus de morts, encore plus de victimes, plus de sang...

Le même jour nous avons écouté l'émission de la B.B.C. de Londres. Le speaker a répété trois fois que le peuple britannique salue l'héroïsme du peuple polonais. Madame Dorota a soupiré, mais s'est abstenue de tout commentaire, tandis que maman paraissait très fière et moi aussi. J'ai failli dire que nous de l'A.K. nous sommes prêts à mourir debout tandis que les Polonais de religion juive se laissent exterminer dans le Ghetto au lieu de se battre. Au dernier moment, je me suis retenue. Depuis qu'on sait que les gens meurent de faim dans le Ghetto, monsieur le curé nous défend de prononcer le mot: juif! Nous devons dire des israélites polonais, ou encore des Polonais de religion juive.

Les rafles sont de plus en plus fréquentes. La Gestapo surveille très étroitement les trains et des centaines de paysans se font prendre les marchandises qu'ils apportent à Varsovie pour les vendre au marché noir. Au Café des Artistes on nous paye toujours le même prix pour les pâtisseries de madame Dorota, mais madame Lili me demande des montants de plus en plus élevés pour la farine et le sucre. Je couvre la différence avec mon argent et je ne souffle mot à madame Dorota, mais, quand je la vois peiner devant son poêle, j'ai envie de la prendre dans mes bras et de lui demander de cesser ce jeu stupide. Mes ventes de tabac en feuilles rapportent beaucoup plus que son travail et c'est certainement très injuste, surtout maintenant que je n'ai plus froid aux pieds.

— La justice, est-ce que cela existe?

J'ai posé la question à notre professeur de littérature, mais il ne m'a pas répondu comme il faut. Il nous a fait un exposé sur l'existence de l'écrivain, sur l'importance de son talent, don de Dieu, par opposition à ce qui peut dépendre de lui: son travail, ses efforts, son abnégation et ses objectifs.

— En soi, disait-il, les buts de l'écrivain sont louables, mais il lui faut avoir du génie pour les réaliser et ça c'est quelque chose d'immatériel que Dieu seul peut donner selon son bon plaisir.

Pourtant, ce n'est pas cela qui m'intéresse. Je n'ai aucune intention de devenir romancière ou poétesse. Brr... Penser qu'à cause de moi des étudiants pourraient être obligés d'apprendre par cœur des pages et des pages, me rend malheureuse à l'avance. Ah non! moi je n'écrirai pas de livres. C'est juste bon pour des impuissants qui ne peuvent pas agir et pour ceux qui sont incapables d'apprendre la physique et la chimie. Moi, j'aime la chimie. Plus tard, je serai chimiste, comme maman et je ferai des expériences dans un laboratoire. Mais contrairement à maman, je trouverai une arme assez puissante pour protéger mon pays contre les Russes et contre les Allemands de façon qu'il ne soit plus jamais occupé ni par les uns, ni par les autres!

En attendant, j'utilise les produits que maman apporte dans des petites bouteilles. Notre professeur de chimie fabrique, à partir de là, un liquide qu'il met dans des vaporisateurs. Il est inodore, incolore, et il brûle les vêtements. Grâce à ce liquide, je passe plusieurs après-midi au cinéma.

En principe, les salles de cinéma nous sont interdites. Le prix du billet comprend une taxe qui est versée aux Boches pour procurer des douceurs à leurs soldats qui se battent contre les Soviétiques. Ceux qui fréquentent les cinémas sont donc des mauvais Polonais, ou encore des *Folksdeutsche*, des *Reichdeutsche* et des Allemands. Pour nous, le jeu consiste à entrer dans les salles avec nos vaporisateurs et à arroser discrètement leurs vêtements de façon qu'ils se retrouvent ensuite avec des trous impossibles à réparer. Pas plus tard que samedi dernier, j'ai pu voir ainsi trois films. Aux actualités on avait montré des avions britanniques en train de bombarder un village allemand. Comme de bien entendu la défense anti-aérienne allemande tirait et sortait victorieuse de l'affrontement, mais ça c'est de la propagande. Ce que j'avais retenu, c'est que les Alliés sont en train de nous venger et que les Boches se font tuer à leur tour. En rentrant, je l'ai raconté à madame Dorota croyant lui faire plaisir, mais elle sembla mécontente.

— Tuer, se faire tuer, c'est horrible ma petite, disait-elle. C'est un péché de se battre. Peu importe qui tire et pourquoi, c'est un péché d'utiliser les armes. Il faut que tu comprennes cela parce que tout le reste découle de cette vérité fondamentale. L'homme n'a pas été créé pour tuer, mais pour penser, réfléchir et progresser. Va donc faire tes devoirs au lieu de me parler de pareilles horreurs. Comment se fait-il que vos professeurs ne vous expliquent pas que combattre c'est se rendre pareils et semblables aux Nazis?

Elle est étrange madame Dorota. Au début, j'avais pensé que ses réactions étaient le résultat de ses craintes, et que contrairement à maman qui est courageuse, elle est lâche parce qu'elle est vieille. Maintenant je n'en suis plus si sûre.

Madame Dorota est différente et il faut savoir la comprendre, ce dont je suis incapable, parce que mes amis, mes professeurs et même monsieur le curé, ne raisonnent pas de la même façon qu'elle.

Enfin, c'est le printemps. Les trottoirs sont encore mouillés, mais il n'y a plus de neige. Juste de la boue, dans laquelle je pataugeais au parc où, deux fois par semaine je rencontrais Julie qui me remettait des messages pour notre nouveau professeur de mathématiques. Désormais, il n'y a plus de Julie et je ne vais plus au parc. Cela c'est passé la semaine dernière. Tout a commencé par mon cauchemar. J'ai rêvé que j'étais avec madame Lili au Café des Artistes, que les tables et les chaises tombaient autour de nous et qu'elle criait qu'elle ne voulait plus acheter nos pâtisseries. Mes bottes, mes belles bottes, se sont enlevées toutes seules de mes pieds et se sont mises à marcher vers madame Lili qui, affolée, s'était sauvée dans la rue. Je voulais courir pour les rattraper, mais quelqu'un m'a retenue par derrière et je me suis réveillée couverte de sueur.

En prenant mon thé le matin j'ai raconté mon rêve à maman. Aussitôt elle s'est énervée et m'a dit que cela pouvait être un mauvais présage, puis elle m'a suppliée de faire attention. Sur le coup j'ai trouvé que maman exagérait comme d'habitude puisqu'elle ne cesse de s'inquiéter pour moi, mais finalement c'est elle qui a eu raison.

Heureusement que j'ai pensé aux paroles de maman quand je suis arrivée ce jour-là au parc! Au lieu de me rendre jusqu'au banc, où Julie et moi nous nous rencontrions, je me suis arrêtée près d'un bosquet et j'ai attendu. L'odeur du printemps était dans l'air. Je me sentais calme et heureuse et je m'amusais à observer les moineaux qui se poursuivaient d'un arbre à l'autre. Brusquement, j'ai vu deux hommes en manteaux de cuir noir, des agents de la Gestapo en civil, qui se tenaient à proximité de notre banc, cachés en partie par le gros sapin. Julie débouchait déjà dans le sentier et rivée sur place je ne pouvais rien faire pour la prévenir. Elle semblait pressée et, sans relever la tête, elle a traversé la pelouse couverte de boue qui la séparait du banc. Ensuite, tout s'est passé très vite. Les deux hommes se sont approchés, Julie a rebroussé chemin et essayé de leur échapper en courant, il y a eu un claquement sec, puis un autre et elle est tombée en avant, le visage dans la boue. Les deux hommes se sont mis à lui donner des coups de pied, à elle qui ne bougeait plus.

Je me suis retournée et j'ai marché lentement vers la sortie. Je ne pouvais plus rien pour Julie. Mon cœur battait, j'avais du mal à contrôler mes mouvements, j'ai trébuché dans la rue et j'ai sauté sur le marchepied du tramway juste au moment où il prenait le tournant. Comme dans mon rêve, je transpirais à grosses gouttes, mais cette fois-ci c'était la réalité et je n'avais aucune chance de me réveiller et d'embrasser maman. Il me fallait me rendre chez le professeur de mathématiques et lui raconter ce qui venait d'arriver. J'avais la gorge serrée et, devant mes yeux, je revoyais sans cesse la scène. Pour me calmer, j'ai chanté à voix basse, je me suis assurée que je n'étais pas suivie et j'ai traîné un peu. Les gens me dépassaient, indifférents et moi j'avais envie de leur crier qu'un meurtre venait d'être commis. J'avais l'impression que j'étais sur le point de perdre la raison, puis une phrase m'est revenue à la mémoire et c'est en la répétant que j'ai pris un autre tramway: «Prévenir aussi rapidement que possible un supérieur. Éviter de perdre du temps. Se dépêcher!»

Devant la maison où habitait notre professeur il n'y avait personne, mais dans l'entrée je suis tombée sur la concierge qui lavait le plancher à grande eau.

— Va-t-en, m'a-t-elle murmuré sans lever la tête. Ils sont là-haut.

J'avais une drôle de boule dans l'estomac et j'avais mal. Dehors il faisait toujours aussi beau. Au-dessus de moi les arbres tendaient leurs bras encore nus, vers le fond bleu du ciel. Le soleil me réchauffait et les passants me souriaient. C'était bien le printemps, le mois d'avril, mais moi j'étais en train de vivre un drame qu'il me fallait partager avec quelqu'un.

Je me suis rendue au cours et j'ai fait mon rapport au professeur de français qui était là. Aussitôt, il nous ordonna de partir, chacun de notre côté et je n'ai même pas pu échanger quelques mots avec Danka. Tomek, lui, était absent. À la maison, madame Dorota m'a grondée parce que j'étais en retard pour porter les gâteaux et je suis repartie aussitôt. Ce fut vraiment une journée très particulière! Les portes du Café des Artistes étaient fermées. Sur les vitres du devant il y avait une grande affiche. C'était l'extrait des règlements imposés par les Boches. «Quiconque aide, cache ou nourrit des juifs, est passible de la peine de mort.» Les gros caractères d'imprimerie se détachaient sur le papier humide sur lequel coulait goutte à goutte l'eau qui tombait du toit en formant ainsi des bulles qui s'allongeaient et ressemblaient aux larmes. J'ai eu la présence d'esprit de m'éloigner dans la rue avoisinante et de me réfugier à la pharmacie, où j'ai vendu les gâteaux aux clients. Cela n'a pas pris de temps, mais quand enfin j'ai pu rentrer rue Szopena c'était l'heure du couvre-feu. La nuit tombait sur la ville. Les rares lampadaires s'allumaient dans la rue Szucha. J'avais faim, j'avais froid et je voulais juste retrouver maman et poser ma tête sur son épaule... Monsieur le curé prétend que la superstition est un péché contre l'esprit et qu'il ne faut pas croire aux rêves, mais depuis cette fameuse journée je suis incapable de ne pas interpréter mes cauchemars et j'ai peur...

Têtue, madame Dorota continue de faire ses pâtisseries, et moi je les vends à Zelazna Brama où j'achète aussi, chez les marchandes, le sucre, la farine et le cacao. Plus le temps passe, plus madame Lili m'apparaît comme la dispensatrice de toutes les béatitudes et le Café des Artistes, qui est toujours encore fermé, comme une sorte de paradis perdu. Notre groupe a été «mis en veilleuse», les cours sont suspendus, je ne reçois plus de *Bulletin d'information* à distribuer et, du matin au soir, je déambule parmi les étalages en criant: Gâteaux à vendre, pâtisseries... Retrouvez le goût des gâteaux d'avant-guerre... Pâtisseries...

Il fait très chaud en ce mois de juillet. Les pavés brûlent mes pieds à travers la mince semelle de mes sandales. Tomek est parti en dehors de la ville en laissant un mot dans notre boîte à lettres.

«Je reviendrai en septembre, ou peut-être plus tôt. Je pense à toi. Je t'aime.»

Je garde son message dans ma poche et je le relis souvent. Varsovie, sans Tomek, est une ville différente. Tant qu'il était là, j'avais confiance dans ma bonne étoile, mais maintenant je suis inquiète pour un rien, comme maman. Danka se moque de moi. Elle dit que je suis stupide et qu'aucun mal ne peut nous arriver parce que nous sommes trop jeunes pour souffrir. Nos anges gardiens nous protègent, selon elle, d'une façon tout à fait particulière. Ce qui est certain, c'est que notre appartement est devenu invivable. Rysia et Dusia, deux petites filles sages, couchent dans ma chambre, leur mère est installée dans la chambre de madame Dorota et le salon est occupé en permanence par maman qui est en vacances et ne va pas au laboratoire. Cette fois-ci elle m'avait prévenue avec beaucoup de franchise, avant d'accepter de cacher des juifs qu'on parvient à sortir du Ghetto. Ils ne devront pas rester longtemps chez nous parce qu'ils vont être pris en charge par monsieur le curé, mais en attendant, la présence de madame Flora et de ses deux filles me pèse. C'est à peine si on ose se parler. Nous nous déplaçons d'une pièce à l'autre sur la pointe des pieds, nous chuchotons en plein jour et nous évitons de nous approcher des fenêtres. Madame Dorota ne fait plus de pâtisseries et je raconte à maman que j'achète la nourriture à crédit. Heureusement que j'ai encore de l'argent pour la payer. Deux fois par semaine, maman disparaît et ne couche pas à la maison, mais moi je suis là en permanence. Les petites filles pleurent beaucoup la nuit, Rysia surtout, et je passe des heures à la consoler. Le pire, c'est que cela ne sert à rien. Elles ont vu des choses tellement horribles au Ghetto qu'elles sont incapables de les raconter et de se vider le cœur. Madame Flora se méfie de madame Dorota et de maman, elle m'entraîne dans la salle de bains et me pose des questions. Elle veut surtout savoir si monsieur le curé va baptiser ses enfants de force. J'ai beau être patiente, un matin je lui ai dit qu'elle a tort de s'inquiéter parce que de toute façon un baptême cela ne fait pas mal. Depuis, elle se tait et me lance des regards chargés de reproches.

Madame Dorota demande à maman de m'envoyer à la campagne et elle se fâche parce que maman ne veut pas que nous soyons séparées. Moi, je ne tiens pas à partir. Ici au moins je me sens utile et j'ai Danka. Dimanche dernier nous sommes allées nager dans la Vistule. Il y avait beaucoup de monde sur la plage. L'eau était chaude, douce et j'ai joué au ballon avec une bande de garçons qui ne voulaient plus me laisser partir. Danka a trouvé que je me conduisais d'une façon scandaleuse. Elle croit encore qu'il est dangereux de parler aux garçons qu'on ne connaît pas. Je n'avais vraiment pas envie de lui expliquer que, dans mon existence à moi, le principal danger consiste à rentrer à la maison et à y rester avec ces pauvres gens qui campent chez nous. Ce qui est certain c'est que je me suis bien amusée, que j'ai beaucoup ri et que je me suis fait bronzer de la tête aux pieds. Dommage que Tomek ne puisse me voir en ce moment, où je me trouve, pour une fois, moins laide que de coutume.

Monsieur le curé est venu lui-même porter les vêtements pour madame Flora et pour les deux petites. Elles s'en vont avec lui mardi prochain. Madame Flora devra se déguiser en religieuse, mais monsieur le curé l'a rassurée au sujet du baptême en lui expliquant qu'un acte comme celui-là ne saurait être obligatoire. Je crois qu'elles vont vivre dans un couvent, ce qui ne sera certainement pas facile. J'ai honte d'être aussi égoïste, mais je suis fichtrement contente et je compte les heures qui nous séparent de la date probable de leur départ. Madame Flora est vraiment impossible! Elle se plaint sans cesse, critique les repas que madame Dorota prépare, laisse traîner partout ses affaires, l'accuse de les cacher et fouille sans vergogne dans les tiroirs de sa commode. Patiente, madame Dorota prétend que la pauvre femme n'est pas dans son état normal et qu'il faut la comprendre, mais moi je ne peux pas la sentir. Et puis, la nuit dernière, je me suis réveillée en sursaut. Maman n'était pas là. Dans ma chambre la veilleuse était allumée parce que les deux petites dorment mieux quand il y a un peu de lumière, et je les voyais de mon lit aménagé sur le divan. Quelqu'un montait l'escalier, s'arrêtait devant notre porte, toussait, puis ce fut le silence. J'avais peur à un point tel que mes jambes étaient comme engourdies. Dans l'armoire il y a la place pour madame Dorota, mais pas pour madame Flora et pour les enfants. Je retenais mon souffle et j'attendais. Les minutes s'écoulaient avec une lenteur désespérante. Je ne tenais plus en place. Je me suis levée et je suis allée sur la pointe des pieds à la cuisine, où j'ai fait couler de l'eau. J'avais soif. Au moment où j'avalais mon verre, les pas résonnèrent à nouveau, mais cette fois-ci quelqu'un commençait à descendre. J'ai pris une profonde respiration et j'ai longuement écouté le silence. Au moment où, rassurée, je voulais retourner me coucher, j'ai vu une ombre. C'était madame Flora qui arrivait. Elle portait la chemise blanche, très longue, de madame Dorota et paraissait ainsi beaucoup plus jeune.

— Reste un peu avec moi, supplia-t-elle. Je ne peux pas dormir. Je pense à mon mari et je le vois sans cesse devant moi.

Je n'ai pas eu de solution. Je me suis assise par terre, sur les carreaux blancs, et je l'ai écoutée.

— Henri avait beaucoup d'argent, racontait madame Flora. Il l'a donné à un employé de banque. Un Polonais, un chrétien, qu'il connaissait depuis longtemps et en qui il avait confiance. Ils avaient une entente. Si Henri devait être arrêté, moi je n'avais qu'à prévenir l'autre pour qu'il arrive et paye ce qu'il faudrait pour le libérer. Cela se passait avant notre déménagement dans le Ghetto. À l'époque, Henri était persuadé que nous allions nous cacher tous les quatre et que personne ne nous trouverait. Il avait tort Henri! C'est un policier polonais qui l'a arrêté et l'a menacé de le livrer à la Gestapo s'il ne versait pas de rançon. J'ai couru chez l'employé de banque. Il était avec sa femme en train de manger et il m'a dit comme ça sans se gêner, qu'il ne pouvait se rendre au poste avant le lendemain. Henri n'a pas pu attendre. Il a avalé du poison. Il est mort cette nuit-là et cet homme continue de vivre et de profiter de notre argent comme s'il était à lui. Qu'il soit maudit, ainsi que ses enfants et les enfants de ses enfants!

Dans le noir je ne voyais pas son visage. Elle était debout appuyée contre le mur. Une sorte de tache blanche sur le fond plus sombre. Elle ne se plaignait pas, elle accusait et moi je ne trouvais pas les mots qu'il fallait pour la calmer.

Madame Flora est partie avec ses deux petites filles. Notre appartement est devenu soudain très grand et il brille de propreté, mais madame Dorota paraît de plus en plus triste, comme lointaine et c'est à peine si elle me parle. Pour la dérider je suis obligée de lui demander de m'interroger et de me faire réciter des poèmes. Je la force aussi à écouter avec moi les émissions de la B.B.C., sous prétexte que j'ai du mal à retenir les messages quand maman n'est pas là. Et maman est souvent absente! Parfois cela dure une journée et une nuit et parfois deux. Ce qui est le plus pénible, c'est que je ne sais jamais d'avance si elle va rentrer le soir. Le matin nous prenons ensemble notre thé et nos tartines à la confiture aux betteraves, puis nous partons chacune de notre côté. Le réseau a été reconstitué et je distribue à nouveau le *Bulletin d'information*. Vers l'heure de midi, je reviens chercher les gâteaux de madame Dorota et je m'en vais les vendre, puis, je me dépêche de rentrer parce que je sais qu'elle a peur quand elle est seule.

Dehors, le soleil brûle les pavés qui, par endroits, suintent le goudron. Dans les rues les fleuristes ambulantes vendent en fraude des bouquets de roses rouges, ou encore des fleurs des champs, merveilleusement colorées. Je rêve d'aller nager et je me contente d'acheter des fleurs en revenant de Zelazna Brama. Au lieu de me remercier, madame Dorota grogne que je gaspille l'argent, mais je ne l'écoute pas. Je prie mentalement pour que maman rentre parce que sans elle nos soirées sont tristes et que je m'inquiète. Par prudence, nous n'avons pas de téléphone à cause du système d'écoute installé partout par la Gestapo et je ne sais jamais si elle a été retenue, ou si elle a été arrêtée. Hier soir, j'étais justement en train de penser que cela ne pouvait plus continuer ainsi, quand on a frappé à la porte. J'ai attendu que madame Dorota s'enferme dans l'armoire et j'ai demandé qui était là. À travers le judas je ne voyais pas grand-chose parce que la personne se tenait sur le côté et non pas face à la porte. J'avais à ce point peur que mes dents claquaient.

C'est idiot la peur et c'est difficile à surmonter! Je me suis décidée finalement à entrouvrir la porte et c'est alors que j'ai vu Tomek. Son visage était couvert de sang. Il était incapable de marcher. Je l'ai tiré à l'intérieur et je l'ai traîné jusqu'à ma chambre. Ensuite je l'ai couché sur mon lit, je lui ai enlevé ses chaussures et je suis allée chercher de l'eau. Fort heureusement, maman est arrivée peu après parce que je ne savais vraiment pas que faire. Maman a tout organisé et tout arrangé. Madame Dorota a eu son repas dans sa chambre, Tomek a avalé un peu de thé chaud avec de la vodka, puis, une fois son visage lavé, il a cessé d'avoir cet air épouvantable qui donnait l'impression qu'il ne survivrait pas. Très courageusement il s'est laissé soigner, même si maman mettait beaucoup d'iode sur ses blessures. Déjà il voulait partir pour porter un message de première importance, selon lui, mais c'est là que nous avons constaté qu'il ne pouvait pas se tenir debout à cause de son dos où quelque chose était comme déplacé.

— Tu ne sortiras pas d'ici, décida maman. J'irai à ta place. Pense un peu à ce qui va nous arriver si on te surprend dans l'escalier.

— Je dois prévenir notre professeur de français, bafouillait Tomek. Une rafle dans la forêt. Les gars se sont fait canarder. J'ai réussi à m'échapper, mais je ne sais pas ce qui s'est passé après... Les Boches... Nous étions en train de suivre des cours de tir... Ils ne pénètrent pas d'habitude comme ça, dans la forêt. Ils se placent sur les routes environnantes et, avec leurs camions, attendent qu'on sorte... Une dénonciation sans doute...

Maman s'est mise à lui poser des questions et moi je me suis glissée dehors sans qu'elle le remarque. Il était déjà tard et j'ai dû me dépêcher pour arriver chez notre professeur avant l'heure du couvre-feu. Fort heureusement, il était là! J'ai raconté ce que Tomek avait dit et il a compris aussitôt de quoi il s'agissait. Sa femme m'a embrassée et m'a servi une assiette de soupe froide aux concombres, qui était délicieuse. Pendant ce temps le professeur téléphonait et demandait à monsieur le curé de se rendre chez une mourante. Cela devait être un code prévu entre eux. J'ai compris que Tomek ne comptait pas. Il fallait sauver le réseau. Ensuite, ils m'ont préparé un lit dans son cabinet de travail et je me suis couchée. Je ne pouvais pas partir; il était plus de neuf heures. En m'endormant, j'ai eu des mauvaises pensées. J'étais contente que maman s'inquiète pour moi, comme moi je m'inquiète si souvent pour elle quand la nuit tombe et que j'attends en vain...

Tomek est trop faible pour se lever et il n'est plus possible de lui cacher la présence de madame Dorota. Désormais, c'est elle qui le soigne et passe ses journées à l'écouter. Il a une forte fièvre et parle tout le temps. Ce n'est pas facile de deviner ce qu'il veut, mais madame Dorota y parvient mieux que maman et moi. D'ailleurs, je suis constamment dehors en train d'exécuter les ordres que me donne notre professeur de français. Tantôt je porte des messages à un bout de la ville et tantôt à l'autre. En plus je passe souvent chez les parents de Tomek qui habitent à Zoliboz. Ils sont absents et je ramasse le courrier.

À la maison, la vie devient de plus en plus compliquée. Constamment, maman amène des jeunes. Parfois ce sont des petites filles qu'on couche avec nous deux, au salon par terre, et parfois des garçons plus âgés auxquels madame Dorota cède sa chambre. Elle refuse qu'on les installe avec Tomek et préfère passer la nuit sur le fauteuil. Heureusement, ils ne restent pas longtemps. Ils arrivent avec maman le soir, sales, affamés, épuisés, mangent, se débarbouillent comme il faut et vont dormir. Le lendemain matin, généralement, monsieur le curé apporte pour eux des vêtements et ils repartent ensemble.

À Zelazna Brama on parle de plus en plus de la liquidation du Ghetto. Tout en achetant mes pâtisseries, les marchandes racontent ce qui se passe là-bas, derrière les murs, et cela dépasse l'imagination. Des gens morts de faim restent sur les trottoirs et personne ne se soucie de les enterrer. Chaque jour des convois partent Dieu seul sait où. Selon certains, ils sont envoyés aux travaux forcés, selon d'autres ils sont massés dans les villes allemandes, car c'est un moyen de les protéger contre les bombardements alliés. La femme qui se tient tout près de l'entrée du marché et qui m'achète toujours plusieurs tartes aux cerises, affirme que la Gestapo les enferme dans des camps de concentration d'où personne ne sortira vivant.

Un soir, j'ai commencé à le raconter à maman et à l'interroger, mais elle s'est fâchée et m'a ordonné de me taire. Madame Dorota était avec Tomek et ne pouvait pas nous entendre. Il n'y avait personne au salon en dehors de nous deux.

— Ne prononce jamais le mot Ghetto dans cette maison, m'avait murmuré maman en levant le bras comme si elle voulait me frapper.

Tomek va mieux et m'appelle dès qu'il entend mes pas dans l'entrée. Il est très faible encore et ne peut marcher, mais s'assoit dans son lit et parvient même à se traîner à la salle de bains. Il veut savoir ce qui se passe, comment s'organise notre professeur de français dont relève maintenant notre réseau, quand les cours vont reprendre et ce qu'il y a de nouveau dans le *Bulletin d'information*. Ses parents se cachent à la campagne, chez son grand-père et ils ont été prévenus qu'il était avec nous. Dès qu'il sera assez bien il veut les rejoindre et m'emmener avec lui. J'aime beaucoup Tomek et je prie pour qu'il guérisse, mais jamais je n'accepterais de me séparer de maman. Ah, si seulement cette guerre pouvait finir! Cela fait longtemps que maman ne parle plus de papa. Est-il encore en vie?

L'autre soir nous étions seuls. Madame Dorota dormait dans sa chambre, maman travaillait au salon et moi j'étais assise sur le lit de Tomek en train de lui lire à haute voix des poèmes de Tuwim. La porte était entrouverte et maman nous voyait de sa place, mais Tomek ne paraissait pas s'en rendre compte. Pendant que je lisais, il me passait la main dans le dos et dans le cou. C'était une drôle de sensation. Cela me donnait des frissons, j'avais la gorge sèche et, en même temps, je ressentais un étrange plaisir. J'avais envie de me coucher à côté de lui, de me glisser dans ses bras et de fermer les yeux. Mes joues étaient en feu et ma tête me faisait mal. Puis maman est allée à la cuisine, Tomek s'est dressé sur ses coussins et m'a embrassée sur la bouche. Ses lèvres étaient dures. J'ai eu l'impression d'une brûlure.

Tant pis pour Tomek! Dimanche j'ai filé chez Danka bien qu'il ait paru déçu que je ne reste pas avec lui. J'étouffe à la maison. Il me semble constamment que quelque chose d'horrible va arriver, que nos voisins vont remarquer les allées et venues des jeunes qui dorment chez nous et que la Gestapo va nous fusiller tous dans la cour. Je ne suis pas la seule à le penser. Madame Dorota, elle aussi, a peur. Elle est trop fière pour le montrer, mais je remarque ses réactions au moindre bruit suspect. Elle ne parle plus, elle chuchote! Ses yeux verts paraissent tristes et la nuit je l'entends parfois sangloter. Et puis il m'est de plus en plus difficile de lui faire plaisir. Autrefois, quand je léchais les plats où elle avait mélangé ses crèmes, pour savourer chaque goutte qui restait collée à la paroi, elle riait. Maintenant, elle ne le remarque même pas, comme si tout lui était indifférent. Seule la convalescence de Tomek l'intéresse et la préoccupe encore un peu, mais moi je n'existe plus. Elle ne me caresse plus la tête en passant, ne m'embrasse pas et évite même de me regarder. Je lui ai demandé à plusieurs reprises si elle n'était pas fâchée contre moi, mais elle s'est contentée de grogner quelques mots incompréhensibles en guise de réponse. Quand maman est avec nous tout va mieux. Elle parvient à plaisanter, elle me taquine, elle se conduit comme si le monde extérieur n'existait pas et elle paraît même heureuse. Elle a embelli, maman. Ses yeux noirs brillent, ses cheveux blonds bouclent sur son front légèrement bronzé par le soleil et elle a une façon de les rejeter en arrière que je trouve particulièrement gracieuse. Il paraît qu'au laboratoire maman a des meilleures conditions de travail et que cela rend ses journées moins pénibles.

Donc, dimanche, je suis partie tout de suite après la messe. Sur le parvis, en sortant de l'église, je me sentais jeune et légère parmi les gens qui s'attardaient pour échanger quelques mots, tandis que leurs enfants les tiraient par la main et refusaient de les attendre et de se tenir sagement à leur côté. Étaient-ils soldats du maquis, comme maman et moi? Un peu plus loin, des couples se promenaient bras dessus, bras dessous, j'ai pensé à Tomek, à l'amour, et j'ai été contente d'être seule et libre. L'air de l'automne était doux. Je me suis appliquée à ne pas voir les officiers allemands qui marchaient sur le trottoir, j'ai pris le tramway qui pour une fois, n'était pas plein et je suis arrivée chez Danka.

Au déjeuner, la mère de Danka, qui est très petite et très blonde se taisait et regardait avec admiration son mari qui nous racontait des histoires drôles. Il est amusant le père de Danka. Grand, mince, il ne porte pas son âge. Il nous a emmenées par la suite sur le boulevard qui longe la Vistule et nous avons ramassé des feuilles. Des feuilles rouges, jaunes, comme dorées, qui sont tombées des arbres et qui revivaient dans mes mains, au fur et à mesure que je les arrangeais pour faire un beau bouquet pour maman. Danka disait que quand les cours reprendront, ce qui ne tardera plus maintenant, la vie sera plus drôle parce qu'on se verra tous les jours, tandis que son père souriait ironiquement.

— Ah! les Boches, quels pédagogues, plaisantait-il. Pour moi, l'école était un pensum pénible et obligatoire. Pour vous, c'est une partie de plaisir. Il faut que je réfléchisse à ce qu'il conviendra de faire, une fois la guerre finie, pour préserver cet état d'esprit qui m'apparaît on ne peut plus positif.

Ce fut un après-midi très gai. J'ai oublié maman et madame Dorota. La grosse boule que j'ai souvent en moi et qui me serre l'estomac n'existait plus. Je suis montée dans le tramway qui, presque vide, m'a paru singulièrement propre, le père de Danka a agité la main et je me suis assise à côté de la fenêtre ouverte, où le vent s'est mis aussitôt à me caresser le visage. Il y a comme ça des jours fastes, mais malheureusement ils ne sont pas nombreux. Selon le père de Danka c'est un avantage, puisqu'on les apprécie d'autant plus, mais moi je pense que ce n'est pas juste. Il doit y avoir quelque part dans le monde des filles de mon âge qui ne tremblent pas quand on frappe à leur porte et qui ne se demandent pas où est leur père... Quand je suis chez Danka, je ne peux m'empêcher de l'envier. Ses parents paraissent heureux, ils sont ensemble et ils se conduisent comme si les Boches n'étaient pas en train d'occuper l'Europe, de bombarder Londres et de progresser sur le front russe. Pourtant, eux aussi écoutent les émissions de la B.B.C. et je crois que son père est dans l'Armée du Pays bien qu'il n'en parle jamais devant moi. Se méfie-t-il?

Rue Marszalkowska les gens ont commencé à monter et j'ai dû céder ma place à une dame qui à oublié de me remercier ne serait-ce que d'un sourire. C'est au moment où, debout, j'essayais de ne pas perdre mon équilibre, que j'ai vu maman. Elle marchait sur le trottoir avec un homme qu'elle tenait par le bras. Le soleil jouait dans ses cheveux, puis j'ai vu le visage de l'homme qui avait des yeux verts, des lèvres bien dessinées et très rouges et un menton pointu, volontaire. De dos, il ressemblait à cet étranger qui était venu chez nous quand madame Dorota était malade. La boule s'est formée aussitôt dans mon estomac et j'ai eu du mal à prendre ma respiration. Cela n'a duré qu'un instant, mais des larmes me sont montées aux yeux. Comme ça, maman ne va pas au bureau pour surveiller une expérience au laboratoire, mais se promène avec un homme pendant que papa est prisonnier quelque part en Allemagne, et que madame Dorota, seule avec Tomek, surmonte de son mieux sa peur... Tomek dirait que c'est une trahison et il aurait raison. Qu'est-ce qui lie maman à cet inconnu? Lui caresse-t-il le dos et embrasse-t-il sa bouche comme Tomek le fait avec moi?

J'ai jeté mon bouquet de feuilles en descendant du tramway et aussitôt elles ont perdu vie. Dispersées sur le trottoir, séparées les une des autres, elles ressemblaient à un petit paquet de déchets, triste et inutile.

Hier soir, madame Dorota était dans sa chambre et, contrairement à ses habitudes, elle avait fermé sa porte. Sans faire de bruit je me suis glissée chez Tomek, je me suis agenouillée à côté de son lit et je me suis mise à pleurer. Il m'a pris dans ses bras et, allongée à côté de lui j'ai parlé de maman. C'était plus fort que moi. Il fallait que je le raconte à quelqu'un. Tomek caressait mes cheveux et me disait que les grandes personnes sont ce qu'elles sont et qu'il ne faut pas s'en faire. Ils ont leurs secrets, les adultes, ils sont faux, ils sont fourbes, ils mentent et font le contraire de ce qu'ils veulent qu'on fasse, nous les jeunes. Il utilisait des mots vulgaires et les scandait d'une façon particulière comme s'il avait des bonnes raisons de se venger de quelqu'un qui n'avait aucun rapport avec maman.

Indignée, j'ai sauté sur mes pieds, j'ai essuyé mes yeux et j'ai crié presque que ma mère n'était pas ainsi, que j'avais dû me tromper et que je lui défendais de penser du mal d'elle. Tomek essaya de m'attirer, mais je l'ai repoussé et je me suis réfugiée à la cuisine. J'avais honte de m'être confiée à lui. J'avais honte de moi! J'ai préparé du thé et je suis restée là à le boire sans en offrir à Tomek et à madame Dorota, tandis que la lumière du jour disparaissait derrière la petite fenêtre sur laquelle maman a suspendu un rideau blanc à volants. Je crois que je me suis endormie, la tête couchée sur la table. C'est Tomek qui m'a réveillée. Je ne sais trop comment il avait réussi à se lever ainsi, pour la première fois depuis qu'il est avec nous et à se traîner, malgré son mal de dos, jusqu'à la cuisine. J'étais à ce point surprise que je me suis laissé embrasser. C'était très doux et très agréable, comme ça, dans le noir. J'ai oublié madame Dorota, bien qu'elle ait pu nous surprendre puisqu'elle marche sans faire de bruit. J'étais heureuse... Quand nous avons entendu la clef tourner dans la serrure, nous avons eu juste le temps de nous séparer. Maman a allumé la lumière dans le salon et nous a rejoints. Elle était contente de voir Tomek debout, mais elle décida aussitôt de le reconduire dans sa chambre parce qu'elle craignait ses imprudences, comme elle disait. C'est alors qu'elle commença à s'inquiéter de madame Dorota. Nous avons frappé à sa porte et, comme elle ne répondait pas, maman décida d'entrer quand même.

Couchée sur son lit, très pâle, madame Dorota respirait à peine. Il y avait sur sa table de nuit un flacon vide. Maman l'a pris, puis l'a posé brusquement et m'a ordonné de l'aider. Nous avons porté madame Dorota au cabinet de toilette, nous l'avons obligée à se tenir debout et, pendant que moi je la tenais, maman lui a enfoncé son doigt dans la bouche pour la faire vomir. Après plusieurs tentatives cela a marché. Penchée sur la cuvette madame Dorota dégurgitait.

— Elle a pris trop de médicaments, disait maman. Tu es vraiment irresponsable. Elle s'enferme dans sa chambre et tu ne te demandes même pas ce qui se passe!

Je me sentais coupable, stupide et égoïste. Madame Dorota, qui portait sa belle robe noire qu'elle avait mise pour le réveillon de Noël, tremblait de la tête aux pieds et se cramponnait à la cuvette pour ne pas tomber. Maman la tenait par la taille et moi, inutile, je ne savais trop que faire.

— Va-t-en Zosia, m'a dit maman. Je préfère me débrouiller seule. Tiens, essaie au moins de te rendre utile. Prépare quelque chose à manger pour Tomek.

J'ai épluché des pommes de terre en pensant que je n'étais qu'une charge pour ma mère et qu'elle serait plus heureuse si je disparaissais. J'aurais voulu en ce moment que la Gestapo m'arrête et que je me retrouve en prison, comme papa. Quand maman est revenue, elle semblait calme. Elle m'a même caressé les cheveux.

Selon Tomek, madame Dorota avait voulu se suicider, mais maman nous a dit un peu plus tard qu'elle s'était empoisonnée sans le vouloir avec les cachets qu'elle prend pour ses rhumatismes et que maman obtient du médecin qui travaille à son laboratoire. Ce soir-là nous ne nous sommes pas couchés et nous avons veillé ensemble au salon. Je me suis promis de demander à maman qui était l'étranger avec lequel elle s'était promenée bras dessus, bras dessous. Il m'a semblé que c'était là mon devoir à l'égard de mon père, mais je n'ai pas osé lui parler. Elle lisait, assise sur le sofa, dans le cercle étroit de la lumière de la lampe qui éclairait juste son coin. Constamment, elle déposait son livre, se levait, allait voir madame Dorota, puis revenait en soupirant. Allongée par terre, je suivais ses va-et-vient à travers mes paupières baissées. Je faisais semblant de dormir et elle se conduisait comme si je n'existais pas, mais quand maman s'est finalement assoupie, c'est moi qui suis allée chez madame Dorota pour la regarder un long moment et écouter sa respiration. Dehors, le jour se levait, pénétrait par la fenêtre et chassait la nuit. Dans la pièce, tout devenait gris et je me suis mise à prier pour que maman soit débarrassée de moi, de ma curiosité et de mes maladresses.

Tomek ne boite plus et se prépare à partir à la campagne chez son grand-père. Maman va l'emmener à son laboratoire où un paysan des environs le prendra en charge. Il livre la paille et vient avec son cheval et sa charrette une fois par semaine. Maman voulait que je m'en aille avec Tomek, mais j'ai refusé de la laisser seule avec madame Dorota. Au lieu de me gronder maman a accepté ma décision sans faire de commentaires. Cela a fait de la peine à Tomek et moi aussi je regrette de ne plus être avec lui. Je ne sais trop si je veux surveiller maman pour défendre les droits de papa, ou si vraiment je tiens trop à elle pour m'éloigner de la maison. C'est pour maman que j'ai commis le péché d'omission. Je n'ai pas avoué à la confession que je l'épie. Je n'ai pas demandé conseil à monsieur le curé. Je ne veux pas qu'il pense du mal de maman. Elle est si jolie avec ses boucles blondes sur son front trop blanc, légèrement bombé, si fragile et si vulnérable... J'ai l'impression de devoir la protéger, moi, sa fille, qu'elle ne cesse de traiter comme une enfant et je suis juste capable de lui mentir en embrassant Tomek en cachette...

Le départ de Tomek a été remis à une autre semaine. Le paysan prétend qu'il a peur. Sur les routes les patrouilles sont de plus en plus nombreuses. La Gestapo surveille les voies de chemin de fer à cause des transports de matériel et des troupes vers le front le l'Est. Dans ces conditions emmener sur sa charrette un garçon qui n'a pas de papiers lui paraît beaucoup trop dangereux.

Tomek a perdu sa carte d'identité au moment de sa fuite et maman lui défend de sortir dans la rue. Partout il y a des détachements de S.S. qui se promènent et arrêtent les passants. Ceux qui ne peuvent s'identifier sont arrêtés, battus et emmenés à la Gestapo d'où ils ne reviennent pas. Les Boches font la chasse à la résistance et aux juifs. Le Ghetto est complètement fermé à présent. Les soldats de l'armée TOD, des brutes en uniformes jaunes, montent la garde le long des murs avec leurs chiens prêts à tuer. Pourtant certains juifs, des jeunes surtout, parviennent à sortir par les égouts. Plusieurs ont été pris, hélas au moment où ils commençaient déjà à voir le ciel à travers les grilles rouillées des sorties qui se trouvent dans les rues adjacentes et souvent même très loin des murs, mais d'autres réussissent. Vendredi, maman est arrivée avec deux petites filles, deux sœurs, Sabinka et Rebeka. Elles étaient crasseuses. Madame Dorota les a lavées et ensuite elle leur a demandé de s'asseoir à ses pieds, par terre. Avec un peigne noir, très fin, elle s'est mise alors à enlever les poux. Lentement, patiemment, elle passait le peigne dans leurs cheveux, le regardait à contre-jour, le rinçait dans une cuvette remplie d'eau chaude et des petits points noirs se mettaient à flotter sur la surface. Tout cela se passait à la cuisine et était à la fois dégoûtant et émouvant. Tomek qui voulait entrer pour prendre un couteau s'est arrêté sur le seuil. Il a osé dire à madame Dorota qu'il ne veut pas être pris comme un rat dans cet appartement où on cache des juives. J'ai eu honte pour lui et je l'ai entraîné au salon. Il s'est mis à traiter maman d'irresponsable et, quand j'ai protesté, il m'a tourné le dos et il a marché jusqu'à la porte qui donne sur le palier. Elle n'est pas facile à ouvrir et cela lui a pris un moment pour tourner les deux grosses clefs dans le bon sens, mais il a réussi. Maman n'a pas bougé de sa place et moi non plus, bien que j'aie eu envie de retenir Tomek et de l'empêcher de faire une pareille bêtise. À la cuisine, madame Dorota continuait son travail comme si elle n'avait rien vu ni entendu. Ensuite nous avons mangé et nous nous sommes couchées, mais juste avant l'heure du couvre-feu quelqu'un a frappé à la porte les deux coups, comme convenu avec nos amis. C'était Tomek qui revenait. Il embrassa les mains de maman qui lui arrangea un peu les cheveux sur le front sans prononcer un mot.

Hier soir, Tomek a eu sa nouvelle carte d'identité au nom de Jan Wazyk. La carte est fausse, mais la photo est authentique. Madame Dorota avait installé les petites dans ma chambre pour la nuit et nous avons écouté au salon l'émission de la B.B.C. Maman a sorti de la grande armoire les deux matelas qui servent pour cacher madame Dorota quand il faut l'enfermer là-dedans et nous a préparé des lits par terre. Je me suis endormie tout de suite, mais Tomek m'a réveillée peu après. Il m'embrassait dans le noir et je n'avais plus peur de rien, je voulais juste qu'il continue. Maman qui dormait sur le sofa pouvait se réveiller d'un instant à l'autre, mais cela m'importait peu. Son corps réchauffait le mien, ses lèvres caressaient mon visage et mon cou et ses mains descendaient le long de mes hanches jusqu'au cuisses qu'il essayait de séparer. Ensuite ce fut entre nous une sorte d'épreuve de force et j'ai réussi à garder mes cuisses serrées tout en regrettant qu'il n'insiste pas davantage. Il me lâcha et commença à caresser mes seins à travers le tissu de ma chemise, j'ai eu des frissons et je me suis collée contre lui aussi étroitement que je le pouvais. Je ne me demandais plus ce qu'il allait penser de moi, je ne craignais plus de passer pour une dévergondée, une fille de mauvaise vie, j'étais à lui et lui était à moi. J'étais prête à n'importe quoi pourvu qu'il continue à me tenir ainsi et à m'embrasser sur la bouche. À un moment donné la porte de madame Dorota grinça et Tomek s'éloigna, en rampant, à l'autre bout de la pièce. Madame Dorota traversa le salon pour se rendre au cabinet. J'avais froid. Il m'a semblé soudain que j'étais nue, couchée sur une grande route déserte. Ai-je dormi, ai-je rêvé? Je ne le sais pas. Il y a eu ensuite le visage de maman, son sourire, le thé bouillant et des tartines avec de la confiture.

— Tomek est parti, m'a dit maman. Cela m'est désagréable. Il nous a laissé de l'argent. Tiens, tu peux lire.

«J'ai pu chercher ce que me devait le marchand de tabac en feuilles que je connais, écrivait Tomek. Il m'en reste assez pour me rendre chez mon grand-père. Merci pour tout. Je vous demande pardon pour ce que j'ai osé vous dire. Je reviendrai dès que je pourrai. Ne vous en faites pas pour moi. Grâce à votre carte d'identité je passerai partout.»

C'est en me lavant les dents que j'ai trouvé au fond de mon verre un bout de papier soigneusement roulé en boule. Tomek avait dessiné un cœur avec mon prénom au milieu et le sien un peu plus bas.

Sabinka et Rebeka se cachent sous le lit de ma chambre et refusent de sortir. C'est là que madame Dorota leur apporte à manger. Ses jambes lui font mal à cause de ses rhumatismes, mais elle se met à genoux pour les rassurer et leur parle jusqu'à ce qu'elles acceptent de se déplacer un peu et prendre leurs assiettes. Je suis obligée ensuite d'aider madame Dorota à se relever et à marcher jusqu'à la cuisine. Il paraît que quand maman et moi sommes absentes, les petites sortent de leur cachette, mais je ne sais trop si cela est vrai ou si madame Dorota le prétend pour nous rassurer. Les cours ont repris et me voilà libre à nouveau. Notre professeur de mathématiques qui est en même temps notre supérieur de l'Armée du Pays, me fait confiance. Je distribue le *Bulletin d'information*, je porte des messages dans les divers coins de la ville chez des gens que je ne connais pas et je suis sans cesse obsédée par l'idée que je vais oublier quelque chose. Je n'ai pas le droit d'avoir sur moi la moindre note, le plus insignifiant morceau de papier. Il faut que j'apprenne par cœur des noms, des adresses, des codes et des mots étrangers dont j'ignore la signification. Mon estomac se contracte et refuse la nourriture. C'est fantastique; je n'ai plus faim! Il me semble que j'avale des mots. Si mon lieutenant savait que je tiens ce cahier il m'expulserait de l'A.K. et ne m'admettrait plus aux cours. Fort heureusement, mes secrets n'appartiennent qu'à moi. Mes camarades ne savent pas non plus que deux petites filles juives vivent à la maison. Contrairement à Danka je ne reçois jamais personne. On sait que nous habitons un immeuble où il n'est pas bon de se montrer à cause de nos voisins boches.

Mes journées sont épuisantes et cela me permet de ne pas penser à Tomek. Le soir seulement, quand je rentre, je retrouve le vide qu'il a laissé. Assez curieusement madame Dorota me comprend mieux que maman. Elle l'avait soigné, elle s'en était occupé quand il était blessé, incapable de bouger et il lui manque. J'ai beau lui répéter qu'il a été méchant avec maman et qu'il devait partir, elle proteste et me gronde.

— Il avait raison le jeune homme, déclare-t-elle de sa voix calme. Ta mère est une femme exceptionnelle, mais elle prend trop de risques.

Pauvre maman, que peut-elle faire d'autre? Mettre à la porte Sabinka et Rebeka pour qu'elles se fassent prendre par la Gestapo? Monsieur le curé doit venir les chercher dès qu'il trouvera pour elles une place dans un couvent, mais il a des problèmes. Cela fait deux dimanches déjà qu'il n'a pas dit la messe et je me demande ce qui a bien pu lui arriver. J'ai beau être fatiguée et inquiète, madame Dorota exige tous les soirs que je fasse mes devoirs comme si je pouvais croire encore qu'il est important de connaître les secrets de la géométrie. Elle est impitoyable, madame Dorota. À force de s'imaginer que j'ai un avenir, elle ne cesse de m'obliger à le préparer.

J'étais déjà couchée quand maman, me croyant endormie, est allée sur la pointe des pieds rejoindre madame Dorota dans sa chambre. Elles n'ont pas fait attention et j'ai tout entendu.

— Vous n'avez pas le droit d'exposer ainsi votre propre fille, disait madame Dorota. Votre curé a été arrêté, c'est évident. Il faut demander de l'aide à Karol.

— Cela fait plusieurs jours que je ne l'ai pas vu, lui répondit maman. Pourtant il va bien. Un de mes assistants l'a rencontré en compagnie d'une femme... Dites-moi la vérité, je vous en supplie, dites-moi si Karol est marié? Je vous jure que cela ne changera rien entre nous. Je vous aime et jamais je ne vous quitterai. Vous êtes devenue ma seule, mon unique amie. Vous m'êtes plus proche que ma sœur... Allons, soyez franche, les deux petites sont à lui?

— Je vous jure sur sa tête qu'il n'a jamais été marié et qu'il n'a pas d'enfants. Karol est un homme de devoir. Il essaie de sauver des vies humaines et ne se soucie pas assez de la vôtre. Je trouve cela révoltant, mais je le comprends. Il n'a pas le choix. Il n'y a que vous à qui il peut faire confiance.

— Ah! si seulement il acceptait de m'expliquer ce qu'il fait, se plaignait maman, je supporterais plus facilement le reste. De toute façon, si les Boches s'avisent de faire une descente chez nous, la présence de Sabinka et de Rebeka ne changera pas la situation. J'ai un poste récepteur-émetteur, des journaux clandestins et des liquides très particuliers. C'est suffisant pour nous faire exécuter sur-le-champ. J'ai demandé à Zosia de partir à la campagne, vous en êtes témoin, mais elle est aussi têtue que moi. Il ne me reste qu'à prier la Sainte Vierge pour qu'elle la protège.

— Ne pouvez-vous pas placer ailleurs Sabinka et Rebeka? Il doit y avoir quelque part dans cette ville des gens qui ont du cœur et qui sont moins exposés que vous?

— Pour le moment c'est impossible. Dans une maison de la rue Koszykowa ils ont trouvé, dans une famille polonaise, un petit garçon qui... Enfin... Ils ont rassemblé aussitôt les locataires dans la cour et les ont fusillés tous. La Gestapo avait fait publier la photo de ce massacre dans les journaux avec une légende appropriée. Ici au moins cela ne peut pas se reproduire. En dehors de nous et du concierge il n'y a pas de Polonais dans cet immeuble. Allons, je vais dormir. Vous m'avez rassurée au sujet de Karol. Merci, merci de tout cœur...

Il y a eu un long silence, comme si maman embrassait madame Dorota et j'en ai profité pour reculer à ma place. Je sais maintenant que maman aime ce Karol, cet étranger qu'elle rencontre en cachette. Papa est prisonnier et maman se permet d'aimer!

J'éprouve du dégoût pour ma mère, pour Tomek et pour madame Dorota. Elles me mentent et me prennent pour une gourde, tandis que Tomek est juste capable de faire avec moi les mêmes cochonneries que les grandes personnes font entre elles.

Monsieur le curé, le vicaire et trois religieuses ont été arrêtés. Il faut que Sabinka et Rebeka partent. S'ils avouent sous la torture leur présence chez nous, la Gestapo viendra nous chercher tous. Maman paraît fataliste, mais madame

Dorota s'énerve, ce qui la rend malade. Des grosses plaques rouges apparaissent sur son visage et sur son buste et on ne sait pas comment la soigner. Ma mère devient de plus en plus préoccupée. Il est évident qu'elle cherche une solution bien qu'elle ne m'en parle pas. J'ai remarqué, par contre, qu'elle chuchote dans son sommeil des mots sans suite. À force d'écouter attentivement j'ai compris qu'il s'agit surtout d'un paysan qui veut de l'argent. Je continue à vendre du tabac en feuilles et j'ai des économies, mais comment le dire à maman? J'ai eu beau échafauder des plans et imaginer divers mensonges, mais c'est grâce à la B.B.C. de Londres que j'ai trouvé une histoire plausible. Ce fut très simple. Dans un message, le speaker avait annoncé que «tante Rosalie expédie des cadeaux à sa nièce Gertrude». Maman m'a dit que cela signifie que l'Armée du Pays va recevoir des fonds pour se procurer des armes. En réfléchissant bien, j'ai décidé de lui raconter que le père de Danka dispose d'une somme spécialement destinée aux fugitifs du Ghetto et qu'il m'en a donné plusieurs billets pour le cas où j'aurais l'occasion d'en rencontrer. Le mensonge était un peu gros et j'ai dû détourner la tête pour que maman ne puisse pas me regarder dans les yeux. En plus, je ne sais trop pourquoi, j'étais prise d'un fou rire nerveux que j'avais du mal à réprimer. Maman doit être aux abois. Au lieu de se méfier, selon son habitude et de m'interroger longuement elle a pris l'argent que je lui tendais et s'est mise à réfléchir à haute voix. Avait-elle le droit de confier ces enfants à cette femme de cultivateur qui s'était déclarée prête à les prendre à condition d'être payée? Madame Dorota intervient toujours au bon moment.

— Deux enfants aussi jeunes ne peuvent pas rester enfermés indéfiniment entre quatre murs, a-t-elle déclaré.

Elles ont besoin de bouger et de prendre l'air, sans quoi elles vont tomber malades. Vous devez prendre ce risque pour leur bien. De toute façon, elles seront plus en sécurité à la campagne qu'ici. Je ne demande pas mieux que de m'en aller avec les petites.

Évidemment, il n'est pas question que madame Dorota parte. Elle a du mal à marcher et ne se rendrait pas loin. Sabinka et Rebeka par contre vont passer inaperçues. Mon Dieu, fais que toute cette affaire se termine bien...

Hier matin j'ai rangé ma chambre. J'étais contente de retrouver mon lit et pourtant je ne pouvais m'empêcher d'avoir constamment devant moi l'image des deux fillettes qui ne sont plus là avec nous. Ensuite nous nous sommes offert, maman et moi, une grande fête. Nous sommes allées chez tante Fela et nous y avons passé la journée. Tante Fela a une salle de bains dotée d'une immense baignoire, un peu ébréchée il est vrai, mais très profonde. Elle n'a pas d'eau chaude et il fait très froid dans son appartement, mais cela n'a pas d'importance. Nous avons fait bouillir de l'eau et nous avons rempli la baignoire. Pendant que je me trempais jusqu'au cou, maman parlait avec tante Fela puis ce fut son tour.

Elle est gaie et enjouée ma tante. Elle ne ressemble pas à maman. Ma mère a des petites mains, des petits pieds et son visage est souvent très pâle, tandis que tante Fela a un regard espiègle et elle ne paraît pas du tout fragile. Quand je suis avec ma tante j'ai l'impression d'être sous sa protection et avec maman c'est le contraire, c'est moi qui me sens responsable. Tante Fela avait préparé des crêpes aux pommes de terre et nous avons beaucoup mangé. J'étais heureuse, mais cela n'a pas duré. Une fois sur notre chemin de retour, maman m'a fait monter dans le tramway. Elle a prétexté une affaire urgente et elle m'a quittée.

— Plus tard, m'a-t-elle murmuré en m'embrassant. Je serai à la maison plus tard...

Comme ça ce bain c'était un moyen pour maman de se faire belle pour l'autre, pour cet homme que je hais de toutes mes forces! Ah! si seulement il pouvait lui arriver malheur... J'ai essayé de ne plus y penser ce soir-là. C'était trop moche ce qui me venait à l'esprit et je n'osais pas me l'avouer à moi-même.

Monsieur le curé nous avait expliqué que la superstition est un péché grave, mais il m'arrive d'avoir des pressentiments qui se vérifient par la suite. En me levant ce matin, j'ai su qu'un événement grave allait se produire dans ma vie. Il est vrai que la journée avait mal commencé. Le chauffage avait cessé de fonctionner et le concierge est venu frapper à notre porte. J'ai eu juste le temps de pousser madame Dorota dans l'armoire et de ranger sa tasse.

Notre concierge est vieux et sourd, mais en fait il entend ce qu'il ne faut pas. Il s'apelle Wintze et, pour garder sa place dans notre maison habitée par des officiers de la Gestapo, il s'est déclaré *Folksdeutche*, solidaire des Boches et de la politique du grand Reich. Ce n'est pas un mauvais homme. Parfois, il me donne des bonbons et même des chocolats. Forcément, il a droit à des rations spéciales beaucoup plus copieuses que les nôtres.

Nous, avec nos cartes d'alimentation, nous devons économiser sur tout pour survivre avec madame Dorota qui elle, n'a droit à rien puisqu'elle n'existe pas. Certes, elle a une fausse carte d'identité, mais elle n'est enregistrée nulle part et ne peut même pas respirer l'air frais dans la rue.

Maman achète de la nourriture au marché noir, mais nous n'avons plus d'économies et elle n'a plus grand-chose à vendre en dehors des derniers costumes de papa. De mon côté je me débrouille pour apporter de temps en temps de la viande, des fromages, ou encore un bout de saucisson. Je raconte que j'obtiens cela en cadeau à Zelazna Brama où les marchandes me connaissent et m'aiment bien. Je ne sais toujours pas si maman me croit ou si elle fait semblant pour éviter de me poser des questions et d'apprendre la vérité.

Toujours est-il que quand Wintze est entré il a commencé tout de suite par fouiller partout, comme ça, mine de rien. En principe il vérifiait les calorifères, la circulation de l'eau dans les tuyaux, mais en pratique il se penchait drôlement pour regarder sous mon lit. Quelqu'un nous a-t-il dénoncées? Avait-il remarqué Sabinka et Rebeka au moment où elles se glissaient dehors, l'une après l'autre?

Heureusement, maman n'était pas là. Je préfère cela. Je suis plus calme et plus dissimulatrice qu'elle. Quand je m'énerve, cela ne paraît pas sur mon visage. Plus encore, j'ai de ces fous rires qui, selon madame Dorota, sont de mon âge, mais qui déroutent les adultes et à plus forte raison ce vieil homme, notre concierge, qui justement voulait ouvrir la porte de la chambre de madame Dorota. Or, moi, je ne me souvenais plus si l'appareil émetteur était dans la petite armoire qui est chez elle, ou sous le divan du salon sur lequel couche maman. Mon rire nerveux, stupide, enfantin, m'a aidée une fois de plus.

— Attention, monsieur Wintze, ai-je crié entre deux hoquets. Maman n'a pas eu le temps de ranger avant de partir à son travail. Elle sera mécontente d'apprendre que vous avez vu ses dessous. Cela n'est pas convenable!

Le vieil homme se retourna, me regarda avec déplaisir, pencha la tête selon son habitude et marmonna qu'il reviendrait parler à ma mère.

— Il est possible qu'on fasse des travaux. Faut changer des tuyaux. Vous, ta mère et toi, vous allez devoir déménager.

— Formidable, ai-je crié encore. Je vais vivre à la campagne. Formidable!

— T'es jeune, il est vrai, mais t'es particulièrement stupide, disait le concierge. Ta mère ne sera pas aussi contente que toi. Une fois parties de la ville vous ne pourrez plus revenir. C'est défendu par la loi. Personne ne voudra vous enregistrer. Et puis comment va-t-elle faire ta mère pour continuer à travailler dans son laboratoire?

Wintze prenait un malin plaisir à m'expliquer tout cela en grognant un peu et en hochant sa grosse tête, constamment penchée en avant comme si elle était trop lourde pour qu'il puisse la tenir droite. Rien ne fait autant de peine au bourreau que l'attitude insouciante de sa victime au moment où il s'apprête à l'exécuter. Mon sourire était une atteinte au pouvoir que Wintze exerce après des longues années de sa vie où il n'était sans doute qu'un pauvre homme obligé de plier l'échine. Planté en face de moi, il me regardait avec ses yeux globuleux et larmoyants. Il était parfaitement conscient et moi aussi que nous ne pouvons pas déménager, qu'il n'y a de place nulle part à Varsovie et que maman ne peut pas quitter la ville. Une fois chassées de notre appartement, nous serons juste capables de trouver une chambre chez des amis qui n'auront pas le droit de nous enregistrer. Les gens ont certes du cœur, d'autres ont besoin d'argent, mais tous ont peur!

Je me suis efforcée de ne pas penser à madame Dorota, à ce qui va nous arriver et j'ai continué à sourire. Wintze fouilla dans sa poche, extirpa un bonbon acidulé, collant et recouvert de miettes de tabac brun, mais moi j'ouvrais déjà cérémonieusement la porte de sortie. Il me fourra quand même le bonbon dans la bouche et commença à descendre l'escalier. J'ai craché le bonbon, j'ai attendu quelques instants encore jusqu'à ce que le bruit de ses pas cesse et je me suis précipitée pour délivrer madame Dorota. Elle toussait.

— Ce n'est pas grave, me rassurait-elle entre deux quintes. Je me suis retenue trop longtemps. Ne t'inquiète pas petite.

Elle est très fière madame Dorota. Elle ne veut pas que je sache qu'elle aussi peut avoir peur, comme moi, comme Tomek, comme maman et comme tante Fela, sans penser à tous les autres qui me sont moins proches. Je n'ai pas osé aller aux cours et laisser madame Dorota seule. J'avais distribué la veille le *Bulletin d'information*, le marchand de tabac en feuilles ne m'attendait pas avant deux jours, date de la prochaine livraison et je pouvais fort bien rester. Madame Dorota avait protesté en me répétant son sacramental: «Tes études passent avant tout», mais visiblement elle était contente.

Nous nous sommes installées à la cuisine, nous avons allumé le poêle à gaz, nous nous sommes enveloppées dans des couvertures et nous avons parlé. Le Bonhomme Hiver et la Reine des Neiges de mes contes d'enfant, dessinaient des fleurs sur la vitre. Elles étaient belles, brillantes et elles nous isolaient du monde extérieur. Madame Dorota racontait ses voyages en France et en Italie. Il y était question de pièces de théâtre, dont elle citait des extraits, des concerts dont elle chantonnait quelques mesures, des musées et des peintres célèbres dont je devais répéter les noms pour mieux les retenir. De mon côté je l'interrogeais sur ce qu'elle avait vu au pays, en Pologne. La France c'est loin et j'ai plus de chance d'aller un jour à Cracovie, ou encore à Kazimierz, qu'à Paris ou à Rome.

— Il faut savoir regarder, disait madame Dorota. En dehors des trésors historiques il y a chez nous des paysages d'une beauté qui n'a pas d'équivalent ailleurs. Jeune femme, je suis allée avec mon mari à Jaremcze. C'est là que la rivière Zonka se jette dans le Prut. Nous y passions des heures à flâner sur les berges. Mon mari peignait et moi je lisais à haute voix des poèmes de Lechon et de Norwid. À l'époque je portais des grands chapeaux de paille qui me protégeaient contre le soleil. C'était mal vu pour une femme d'être bronzée. Seule la pâleur était considérée comme intéressante.

Vers trois heures madame Dorota sursauta. C'était le moment de manger, elle se reprochait de l'avoir oublié et s'excusait auprès de moi comme si elle venait de commettre une faute grave. Aussitôt, elle s'est mise à faire chauffer la soupe et moi j'ai été bien obligée de chercher la nappe blanche, de sortir nos deux couverts et de placer tout cela en bon ordre, sans oublier le petit bouquet de fleurs séchées qui sert de centre de table. Le pain était sec et il fallait le tremper, madame Dorota surtout qui dissimule, comme si c'était une déchéance, le fait qu'elle n'a plus les dents assez fortes pour mastiquer des croûtes, mais nous étions assises dans le froid devant une table dressée à la perfection.

Ensuite, madame Dorota est allée se coucher un peu en me recommandant de travailler mes mathématiques et moi j'ai commencé à avoir peur que maman ne rentre pas et que nous soyons obligées de subir une autre visite du concierge. La lumière du jour se retirait petit à petit. Enveloppée dans ma couverture je la regardais partir en pensant à Tomek. L'après-midi s'achevait, les minuscules langues bleues du gaz dansaient au-dessus du poêle et, dans le noir, elles devenaient de plus en plus colorées. Je n'ai pas allumé la lampe et je ne parvenais pas à distinguer l'heure sur ma montre. En fait c'est la montre de papa que maman m'a donnée peu après son arrestation et qui ne m'a pas quittée depuis. C'est une grosse montre d'homme, toute ronde, que j'aime beaucoup, bien que ses aiguilles ne soient pas phosphorescentes comme celles de la montre que Danka vient de recevoir pour sa fête.

J'ai pensé à papa et j'ai essayé d'imaginer son retour. Dans la cage d'escalier il y avait des bruits de bottes. Dans notre maison les locataires sont très ponctuels. Ils partent et reviennent aux mêmes heures. C'est la discipline allemande et elle est bien commode parce que dès qu'on entend des pas sur notre palier au cours de la journée on sait immédiatement que quelque chose d'inusité se produit. Quand j'ai reconnu le pas de maman, plus léger que tous les autres, je me suis précipitée pour lui ouvrir. Aussitôt je lui ai parlé de la visite de Wintze et sans enlever son manteau, elle est redescendue dans sa loge. Par la suite tout est devenu clair. Le chauffage recommencera à fonctionner dans la nuit parce que les officiers de la Gestapo ont fait venir des techniciens de l'armée et ils vont travailler aussi longtemps qu'il le faudra, mais le vieil homme a besoin d'argent. Il nous a à l'œil. Il veut plusieurs milliers de zlotys pour nous laisser en paix. Maman ne l'a pas dit devant madame Dorota et s'est enfermée avec moi dans ma chambre. Elle paraissait découragée et épuisée, mais moi j'étais fière car c'était la première fois qu'elle me faisait vraiment confiance comme si j'étais devenue enfin son égale. Je l'ai tranquillisée de mon mieux, je l'ai embrassée et je me suis promis à moi-même que je trouverais cet argent et que je le lui apporterais...

Madame Watynska, notre professeur de polonais, est très gentille avec moi. C'est une femme plus âgée que maman et plus jeune que madame Dorota qui n'a jamais eu d'enfants, bien qu'elle ait voulu en avoir et son mari aussi. Elle est petite, boulotte et elle porte un pince-nez ce qui lui donne un air faussement sévère. Le cours a eu lieu chez elle et après, je suis restée un peu et je lui ai raconté l'affaire de notre concierge. Dans le maquis, madame Watynska a le rang de capitaine et on la respecte beaucoup.

— Ah! le salaud, s'est-elle écriée, il a certainement quelqu'un en vue qui lui paiera une forte somme pour votre appartement! Ta mère ne doit pas se laisser faire.

Je l'écoutais tout en pensant qu'elle ne sait pas que madame Dorota se cache chez nous et que nous avons des bonnes raisons de craindre les visites de Wintze. C'est là un secret que je ne peux confier à personne, même pas à elle.

Cela existe-t-il quelque part un pays où on peut tout dire honnêtement aux gens qu'on aime et en qui on a confiance?

— Si ta mère lui donne un sou, avait conclu madame Watynska, le concierge va continuer à vous faire chanter. Contrairement à ce que tu t'imagines il ne s'agit pas de trouver la somme qu'il demande, mais de se débarrasser de lui en lui faisant peur. C'est la seule solution! Donne-moi un peu de temps. Un jour, ou deux.

Madame Watynska semblait certaine de pouvoir tout arranger, mais moi je ne la croyais pas. Pas encore! Je n'ai même pas osé rapporter notre conversation à maman, qui à force de chercher une solution perd le sommeil. A-t-elle été trouver monsieur Karol? À présent elle couche à la maison et je l'entends marcher des nuits entières, mais elle part plus tôt et revient plus tard.

C'est samedi dernier que j'ai rencontré Wintze dans la rue. Il boitait et lançait des regards chargés de haine tout en marmonnant des mots décousus.

— Tu diras à ta mère, m'a-t-il crié, que pour ce que je lui ai demandé ça peut attendre. Surtout qu'elle n'en souffle mot à personne. Il y a des voyous partout.

Les nouvelles circulent vite. J'ai su par la vendeuse de journaux que Wintze a été battu par des inconnus et qu'il a mal à la jambe droite. La vendeuse paraissait contente parce qu'elle déteste le concierge qui ne lui permet pas de se réchauffer dans notre porte cochère, quand le vent souffle. Madame Watynska prétend que l'affaire est réglée, mais refuse de m'expliquer comment et pourquoi, tandis que maman continue à être inquiète. Ses mains tremblent à un point tel qu'elle laisse tomber tout ce qu'elle prend, ce qui rend son travail au laboratoire particulièrement difficile...

Wintze nous manifeste une étrange sollicitude. À tout propos il monte vérifier si nous sommes bien chauffées et si nous n'avons pas besoin de ses services. Sa jambe va mieux. Il raconte qu'il est tombé d'un escabeau en lavant les vitres du corridor et que les locataires, ces messieurs les officiers, vont lui verser un dédommagement.

Madame Dorota n'ose plus trop s'éloigner de la grande armoire, son seul refuge. J'ai aidé maman à fabriquer une boîte de carton destinée à cacher notre appareil émetteur. Il serait préférable, selon elle, de le sortir de la maison mais cela est impossible. Wintze se tient très souvent près de la porte vitrée à travers laquelle il voit ceux qui sortent et ceux qui entrent. Caché derrière le petit rideau, il nous observe. Autrefois, il buvait beaucoup et ronflait la plupart du temps sur son lit, mais maintenant c'est différent. Il veille!

Et puis il n'est pas facile de trouver pour notre précieux appareil une maison aussi sûre que la nôtre. Les Boches utilisent un dispositif spécial qui permet de détecter les émetteurs, mais la voiture avec sa haute antenne qu'ils utilisent à cet effet ne s'aventure jamais rue Szopena puisqu'il n'y a que des officiers de la Gestapo qui y habitent. J'ai beau le répéter à maman, elle ne m'écoute même pas. Tantôt elle craint que ses supérieurs de l'A.K. lui ordonnent de cesser toute activité et tantôt elle s'imagine qu'elle est sur le point de perdre son poste au laboratoire et que nous allons crever de faim toutes les trois. Elle maigrit et ses yeux deviennent de plus en plus grands dans son petit visage si pâle qu'il paraît exsangue.

Avant, maman se confiait à madame Dorota et tenait à me cacher ses soucis. Désormais, c'est le contraire. Une sorte de camaraderie se glisse dans nos conversations et cela semble faire de la peine à madame Dorota qui se sent exclue. En somme, en voulant l'épargner, nous la rendons de plus en plus solitaire et c'est là une cruauté involontaire contre laquelle nous ne pouvons rien et elle non plus.

Maman finira-t-elle par me parler un jour de ce monsieur Karol? Je sais, je sens, que tant qu'elle ne le fera pas, elle ne sera jamais tout à fait à l'aise avec moi. De mon côté je ne lui parle pas de Tomek, bien que je pense sans cesse à lui et que ses baisers me manquent, mais ce n'est pas la même chose. Entre maman et moi il y a les souvenirs auxquels je reste fidèle; ceux de mon enfance. Moi, j'ai le droit de penser à Tomek, mais maman, elle, ne doit pas se promener bras dessus, bras dessous avec un autre homme que mon père!

L'argent, il me faut de l'argent! Le 24 décembre, le soir du réveillon, Wintze est venu présenter ses vœux et madame Dorota est restée enfermée dans l'armoire au-delà d'une heure. Après son départ, notre bonne humeur était gâchée et nous ne savions plus que faire et que dire pour l'oublier, sachant en plus qu'il peut fort bien sonner à nouveau, comme cela lui arrive souvent, pour nous dire qu'il s'était trompé de porte. Fort heureusement il n'ose pas encore nous déranger la nuit quand maman transmet des messages, mais c'est trop risqué, à cause de lui, d'écouter l'émission de sept heures de la B.B.C. S'il devait arriver à l'improviste, ou nous ne parviendrons pas à cacher madame Dorota, ou nous ne réussirons pas à pousser l'appareil sous le sofa. Quand maman est à la maison je m'efforce encore de plaisanter, mais quand je suis seule avec madame Dorota, j'ai l'impression que quelqu'un m'étouffe. J'ai peur.

L'autre jour en rentrant, j'ai surpris Wintze sur notre palier, l'oreille collée contre notre porte. Avait-il entendu les pas ou la respiration de madame Dorota? La malheureuse ne peut porter de chaussures et se contente de babouches, mais il suffit qu'elle déplace une chaise pour que ce sinistre bonhomme se rende compte qu'il y a quelqu'un à l'intérieur. C'est même pour cela qu'il est si dangereux de laisser madame Dorota seule, mais moi je refuse de rester enfermée à la maison avec elle.

En principe je n'ai rien à me reprocher. Je vais aux cours, je fais mon travail pour le maquis et je gagne de l'argent en vendant du tabac, mais en mon for intérieur je sais que je suis coupable d'égoïsme et d'indifférence à l'égard de madame Dorota et j'en ai honte.

Chez le marchand de tabac en feuilles, j'ai rencontré un certain Tyka. C'était une journée belle et bonne. Il n'y avait plus de neige sur les trottoirs, certains arbres commençaient à bourgeonner et le soleil était plus chaud que d'habitude en cette saison. J'avais dans ma poche un petit mot de Tomek, reçu le matin même et je me sentais sûre de moi, ce qui ne m'arrive pas souvent.

Selon le marchand, monsieur Tyka est très riche. Il paraît qu'il fabrique de la fausse monnaie. Si cela est vrai j'ai une chance d'obtenir de lui l'argent dont j'ai besoin. Ah! si on pouvait dire la vérité aux gens la vie serait si simple! Je suis persuadée que, d'une manière générale, les Boches mis à part, les hommes sont bons. Si je racontais, par exemple, à Wintze l'histoire de madame Dorota, si je lui expliquais à quel point elle est gentille, je suis certaine qu'il cesserait de nous persécuter. La même chose pour ce Tyka. L'ennui, c'est qu'il faut que je lui demande de l'argent sans lui dire exactement pourquoi j'en ai besoin et à quel point cela est important pour maman.

Dimanche dernier, j'ai rencontré monsieur Tyka à l'église. Maman n'était pas avec moi. Elle avait la grippe et elle est restée avec madame Dorota à la maison. Monsieur Tyka m'a abordée à la sortie et m'a offert de prendre une glace. J'ai accepté. Au café, il m'a donné une fleur, une rose rouge qu'une femme vendait, tandis que moi je me creusais la tête pour savoir comment aborder le sujet et lui demander son aide. C'est par la suite seulement, quand nous marchions dans la rue parmi la foule des gens qui se promenaient parce qu'il faisait beau et chaud, que j'ai réussi à lui demander s'il est vrai qu'il a beaucoup d'argent. Il m'a répondu en plaisantant qu'il peut m'en donner autant que je veux et j'ai indiqué la somme dont j'ai besoin. Je n'ai pas ajouté qu'il s'agit de payer un maître-chanteur, car cela peut être dangereux de raconter une histoire pareille à un étranger. Selon madame Dorota au lieu d'en avoir un, on peut finir par en avoir deux. J'ai juste murmuré qu'il s'agit de la survie de trois personnes.

— Je crois que cela est possible, m'a rassuré monsieur Tyka. Je vais voir ce que je peux faire et je t'en parlerai. Tu es une brave fille, Zosia.

94

Il voulait qu'on dîne ensemble, mais j'étais déjà en retard et je suis partie, bien que j'eusse été très heureuse d'aller au restaurant et de manger à ma faim. Depuis la fermeture du Café des Artistes, maman et moi nous n'avons pas mis les pieds dans un restaurant et cela m'a paru une proposition tout à fait inespérée. Pourtant, quand je suis arrivée à la maison, maman m'a grondée. Elle était inquiète, mais cela était très injuste de sa part. Après tout, c'est pour elle et pour madame Dorota que je me suis attardée avec monsieur Tyka. Je ne l'ai pas fait pour satisfaire ma gourmandise, ni pour mon plaisir. Il est très laid et plutôt vieux. Petit, gros, il a un double menton et des yeux qui n'expriment rien. J'espère qu'il a du cœur et qu'il tiendra parole. Quel dommage que je ne puisse pas raconter tout cela à maman et que je doive lui cacher à quel point je suis proche du but.

Tyka est venu me chercher chez le marchand de tabac en feuilles. Plus exactement, il était déjà là quand je suis arrivée et il m'a avoué que c'était uniquement pour me voir. C'était flatteur, mais cela n'a pas duré et c'est à peine si j'ose raconter ce qui s'est passé par la suite. Il m'a emmenée au parc. Il était très tôt encore et il n'y avait personne autour de nous. Brusquement, il m'a pris par le cou et s'est mis à m'embrasser. C'était dégoûtant. J'avais la bouche pleine de sa salive. J'ai essayé de me sauver, mais il est très fort et il a réussi à me retenir.

— Tu as besoin d'argent, bafouillait-il. J'ai un gros paquet de billets sur moi. Viens juste t'asseoir un peu sur ce banc.

Allons sois sage, petite. Pour que je te donne de l'argent tu dois être très sage.

Ce fut plus fort que moi. J'ai continué à me débattre pour qu'il lâche mon bras. J'avais peur. Tout en me retenant comme dans un étau, il m'a traînée jusqu'au banc et il m'a forcée à m'asseoir. De son autre main il déboutonnait son pantalon, puis j'ai vu quelque chose qui pendait, d'une couleur indéfinissable, entouré de poils noirs et j'ai eu des frissons comme quand on a la fièvre.

— Regarde, disait Tyka. Penche-toi et embrasse. Allons, embrasse! Vite, prends dans ta bouche. Va...

J'étais terrifiée comme si ma vie était menacée, comme si je devais mourir tout de suite, comme ça, sur ce banc. J'ai enfoncé mes dents dans la grosse main velue qui me retenait. Il m'a lâchée et il a poussé un petit cri. Libérée, j'ai couru comme une folle droit devant moi sans me soucier des gens que je bousculais sur mon passage dans les rues. Je n'aurais jamais cru qu'un homme qui va à la messe puisse se conduire de cette façon, mais en même temps je pensais à moi, qui avais été assez naïve pour demander de l'argent à un homme en espérant qu'il ne voudrait rien en retour. La guerre avait changé mon existence, mais je venais de découvrir que certaines vieilles vérités demeurent intactes. Après tout, cet horrible monsieur Tyka ne me devait ni sympathie, ni commisération et il ne me restait qu'à gagner la somme demandée par Wintze. Comment ai-je pu croire pendant des semaines que face aux Boches nous étions tous devenus frères? C'était enfantin et j'ai bien mérité ce qui m'est arrivé. Dans cette ville il y a des gens qui ne s'imaginent même pas qu'on puisse vivre comme maman et moi et pour lesquels une fille qui espère obtenir de l'argent d'un homme qu'on dit riche n'est qu'une personne de mœurs légères.

Jamais je ne pourrai oublier cette journée de juillet où le soleil était injurieux parce qu'il osait briller comme d'habitude. Après cette horrible rencontre avec monsieur Tyka, je suis rentrée à la maison en espérant pouvoir parler avec madame Dorota, mais l'appartement était vide. J'avais beau chercher et appeler, elle n'était pas là. Cela m'avait pris un certain temps pourtant avant de réaliser qu'elle était partie Dieu sait où, elle qui depuis deux ans bientôt n'avait jamais quitté ces trois pièces. Quand on ne sort pas pendant si longtemps on doit être complètement perdue dans les rues, parmi les étrangers; madame Dorota devait avoir une raison grave pour agir ainsi, mais laquelle? J'ai commencé par fouiller son bureau, puis je suis allée boire de l'eau à la cuisine et c'est ainsi que j'ai trouvé l'enveloppe, posée sur le rebord de la fenêtre et adressée au nom de maman. Je n'ai pas hésité, je l'ai ouverte. Ce n'était qu'une petite lettre, très courte.

«Ma place est parmi les miens. Je veux mourir avec eux. Ne pleurez pas. Je n'ai plus peur. Merci pour tout. Je sais que personne au monde ne pourra faire pour vous ce que vous avez fait pour moi et que, par conséquent, vous ne serez jamais récompensée pour vos peines. Prenez bien soin de Zosia. C'est une enfant merveilleuse dont j'emporte avec moi le souvenir qui m'aidera à vivre le peu de temps qui me reste. Dites à Karol de ne pas essayer de me revoir, ni de m'aider. Je ne veux plus recommencer à espérer et à me cramponner à cette existence parce qu'elle n'en vaut pas la peine. Remettez-lui la lettre que je laisse pour lui. Il comprendra. Vous m'êtes aussi chère que ma propre fille...»

Je n'ai pas continué à lire. Je ne sais trop pourquoi j'étais certaine de retrouver madame Dorota à condition que je fasse vite. Tout au long du chemin j'examinais les passants, je me retournais, je scrutais les visages des femmes. J'espérais la reconnaître ainsi d'un moment à l'autre, puis j'ai été obligée de ralentir à cause de la boule qui se formait dans mon estomac et qui m'empêchait de respirer. C'est seulement en arrivant devant l'entrée principale du Ghetto que j'ai compris qu'il était trop tard.

Le mur était devant moi, entouré de soldats, les chiens aboyaient et tiraient sur leurs laisses, un tramway vide roulait sur les rails en grinçant et le policier qui se tenait sur la plate-forme avait un drôle de regard perdu dans le vide. Je me suis arrêtée sur le trottoir d'en face. Je n'étais pas seule. Des officiers de la Gestapo et des hommes en civil se promenaient d'un bout de la rue à l'autre, tandis que ceux qui étaient devant l'entrée, des S.S., criaient des ordres. Il faisait très chaud. J'ai reculé dans une porte cochère et je suis restée là, sans bouger, un long moment. Petit à petit j'ai retrouvé mon souffle et c'est alors que je l'ai vue.

Madame Dorota s'approchait tranquillement de l'officier S.S. Il vérifiait les papiers du chauffeur d'un camion qui sortait du Ghetto et attendait qu'on lève pour lui la barrière. Elle était vêtue de sa plus belle robe noire avec le col en dentelles. Je voulais crier, mais aucun son n'est sorti de ma bouche. Je voyais distinctement de ma place le visage de l'officier, son expression d'étonnement, puis d'une sorte de respect. Il s'inclinait presque devant madame Dorota, très droite, qui avait le port de tête d'une reine. Tout cela n'avait duré cependant que quelques secondes. L'officier recommença à hurler des ordres et fit signe à deux hommes en civil d'emmener madame Dorota à l'intérieur, de l'autre côté du mur.

La fumée montait paresseusement vers le ciel bleu, lourde et grise. Les décombres d'une maison dont le squelette noirci s'élevait plus haut que les autres se consumaient lentement. Je transpirais et en même temps j'avais très froid.

— Ne reste pas là, m'a murmuré une femme qui sortait de la maison. C'est dangereux. Viens avec moi. Ils me connaissent, j'habite ici et ils ne me demandent plus mes papiers.

Ce soir-là, maman a cessé de résister. Elle ramassa quelques objets, les jeta pêle-mêle dans un sac et me força à partir avec elle chez tante Fela.

— Ils vont l'interroger, la torturer, me disait-elle à voix basse, pour qu'elle donne les noms et les adresses de ceux qui l'ont cachée jusqu'à présent. Sera-t-elle assez forte pour résister? Personne ne peut le prévoir. Si la Gestapo vient cette nuit nous arrêter ils vont trouver le poste, mais je n'y peux rien! Nous devons partir tout de suite. Surtout pas un mot à ta tante. Elle ne sait pas et ne doit pas savoir que madame Dorota a existé. Tu m'entends?

À côté de ma mère, qui se dépêchait, agissait et pensait à notre avenir immédiat, j'étais très calme et comme indifférente à tout.

— Comment as-tu pu la laisser partir? disait encore maman. C'était prévisible. Si tu avais couru plus vite tu l'aurais certainement rattrapée. Qu'est-ce que je vais faire maintenant? Mon Dieu, il ne me le pardonnera jamais! Nous l'avons cachée, soignée et tout cela pourquoi? Pour qu'elle se condamne ainsi elle-même à une mort atroce...

Nous marchions dans la rue, maman ne cessait de parler à voix basse et moi j'avais l'impression de voir le visage de madame Dorota partout. Elle me souriait, détendue, heureuse et elle inclinait légèrement sa tête comme pour me dire, que je n'étais pas responsable et que je ne devais pas me sentir coupable de ce qui lui arrivera et de ce qui va arriver à maman.

J'aime la pluie. Les gouttes qui tombent et glissent sur la vitre de ma fenêtre la font sonner doucement d'une façon à peine perceptible. Le poids des nuages gris là-haut, au-dessus des toits, n'est pas menaçant, mais protecteur. Des bribes de poèmes me trottent dans la tête, s'enchaînent et je ne sais plus si c'est moi qui suis en train de les composer, ou si j'avais déjà lu ces vers quelque part. Cela fait deux mois que je n'ai pas pu écrire une ligne dans mon carnet et maintenant je le retrouve avec plaisir, bien qu'il soit sale et froissé puisque pour plus de sécurité je le porte sans cesse sur moi. Taché par la sueur de ma peau il fait en quelque sorte partie de ce que je suis et de ce que je ressens au plus profond de mon intimité.

Madame Dorota est morte. Nous l'avons appris par cet homme, cet étranger, ce Karol avec lequel maman passe tous ses moments libres. Elle n'a pas été interrogée. Elle attendait debout, sous le soleil brûlant de l'après-midi, tandis qu'autour les gens se déplaçaient comme des marionnettes, forcés d'obéir aux ordres des S.S. Elle devait être fatiguée la pauvre madame Dorota parce qu'elle s'était appuyée contre le mur et avait glissé par terre, comme ça, tout simplement. Le médecin juif qui l'avait remarquée et l'observait depuis un moment avait obtenu l'autorisation de l'examiner. Elle a eu une crise cardiaque. Il fut obligé ensuite de la porter jusqu'à la charrette sur laquelle on empilait les cadavres. Les Boches craignent les épidémies et on les arrosait avec de la chaux. Il paraît que les S.S. criaient parce qu'il était impossible de l'identifier. Elle n'avait rien emporté en partant de la maison, ni son sac à main, ni même son alliance.

Je suis coupable. C'est un sentiment pénible qui me réduit à l'état d'infériorité que j'ignorais. Autrefois, j'avais confiance dans ma bonne étoile; maintenant je suis persuadée que je suis dangereuse pour les autres. Quand je pars distribuer le *Bulletin d'information*, je ne cesse de penser que les gens auxquels je le porte seront arrêtés, torturés et tués. Le simple fait que c'est moi qui glisse le journal sous leur porte peut suffire pour attirer le malheur.

Une fois, à la confession, j'ai avoué à notre aumônier que j'étais responsable de la mort d'une vieille dame que j'ai beaucoup aimée. Il s'est fâché et il m'a dit que seul Dieu a le pouvoir de décider de la vie et de la mort. Aucun humain ne peut prétendre, par conséquent, d'être autre chose qu'un instrument entre ses mains. J'ai insisté, mais je ne sais pas s'il a vraiment entendu mon histoire. Il y a eu entre nous un long silence, monsieur l'aumônier m'a donné une pénitence très légère et il a fermé la grille qui nous séparait. En me relevant j'ai eu l'impression que personne ne pourra jamais comprendre ce que je ressens et m'absoudre pleinement.

Notre appartement me paraît vide. Quand j'entre dans la chambre de madame Dorota c'est pour me mettre à genoux et pour prier, mais cela non plus ne m'aide pas. La chambre a changé d'aspect. Maman a enlevé ses affaires et a placé les meubles d'une façon différente, mais elle refuse de l'occuper à nouveau. Se sent-elle coupable, elle aussi?

Le commandant de maman se méfie. Est-ce à cause de notre concierge, ou de ses fréquentations à elle? Nous avons reçu l'ordre de transporter notre poste émetteur-récepteur chez un homme que je ne connais pas. Cela n'a pas été facile. L'appareil est lourd. Nous l'avons enveloppé et placé dans une valise, mais il fallait passer devant la loge du concierge sans qu'il nous voie, puis la porter dans la rue sans nous faire aborder par une patrouille. Finalement, la date et l'heure ont été fixées. Deux femmes sont venues chez nous tôt le matin. Elles se sont occupées du concierge. Des jolies filles, très maquillées, dont maman avait dit qu'il ne faut pas juger selon les apparences. Elles ont réussi à distraire Wintze à un point tel que, quand nous sommes descendues avec maman, il n'était pas à sa fenêtre et qu'un rideau cachait la porte vitrée de sa loge. La maison était vide. Nos pas résonnaient drôlement et j'avais l'impression qu'on les entendait partout, dans les appartements et dans chaque recoin de notre immeuble. Ensuite nous avons marché dans le soleil à la rencontre de deux hommes qui nous attendaient au coin de la rue. Quand je les ai vus avec leurs vestes de cuir noir, j'ai cru pendant un instant que c'était des officiers de la Gestapo en civil. C'est drôle, mais aussitôt j'ai ressenti une sorte de soulagement et j'ai pensé que dans quelques secondes tout serait fini.

Mes soirées sont vides. Maman s'absente souvent. Elle doit écouter les émissions et décoder les messages ailleurs et moi je reste seule. Parfois, je m'endors tout de suite et alors ça va bien, mais il m'arrive aussi de veiller, couchée dans le noir. J'entends alors le bruit des pas dans l'escalier, des murmures et des soupirs dans la chambre de madame Dorota et il me semble que d'un instant à l'autre la porte d'entrée va être ébranlée par des coups et que des officiers de la Gestapo vont pénétrer à l'intérieur. Le pire c'est que je ne peux en parler à Danka, ma meilleure amie. Elle considère que je suis une privilégiée. Son oncle est recherché et sa tante se cache avec ses enfants. Ils campent chez eux et Danka doit coucher dans le même lit que ses cousines ce qu'elle trouve très pénible. Ses parents ne savent plus où donner de la tête. Ah! si seulement Tomek pouvait être de retour! À lui je pourrais tout dire. Il avait connu madame Dorota et elle l'avait soigné.

Ce matin, au cours, notre professeur de littérature nous a annoncé que nous allons faire de l'entraînement en dehors de la ville. Je suis folle de joie. On va partir, quelque chose va changer et je ne serai plus seule. J'en ai parlé à maman. Elle n'a pas été contente. Elle a peur qu'il ne m'arrive malheur. Pauvre maman. Elle ne cesse de maigrir et elle est très pâle. Parfois, après le dîner, elle s'installe au salon où elle continue de coucher et elle fixe la bibliothèque comme si je n'existais pas et comme si elle ne pouvait pas détacher ses yeux de ces rayons remplis de livres. Nous sommes toujours sans nouvelles de papa. Ce n'est pas possible qu'il soit mort. Je refuse de m'imaginer qu'il ne sera plus jamais avec nous. Maman pense-t-elle à papa en regardant ses livres, ou rêve-t-elle à cet homme avec lequel je l'avais vue?

La chambre de madame Dorota est à nouveau occupée. Ils sont deux. Ils ont réussi à se sauver du Ghetto et à traverser la ville après l'heure du couvre-feu ce qui est vraiment un exploit. L'un s'appelle Toto et l'autre Luk, mais ce ne sont pas des vrais noms, juste des pseudonymes. Toto a à peu près l'âge de maman, mais Luk est plus jeune et c'est lui qui est particulièrement gentil. Le matin, au petit déjeuner, il ne cesse de blaguer, il nous fait rire et maman est obligée de nous rappeler à l'ordre parce que nous faisons trop de bruit. Comme d'habitude on me cache tout, mais à force d'écouter aux portes j'ai compris qu'ils veulent obtenir des armes et retourner se battre au Ghetto. Ils prétendent qu'on peut encore passer par les égouts. Pauvre Luk, il a été très déçu quand maman lui a dit que le commandement de l'A.K. ne peut se réunir que dans trois jours. Il piaffe d'impatience. Et puis il a l'impression d'être sur une autre planète. Certes, il ne peut sortir, mais il regarde par la fenêtre de la cuisine et il me répète sans cesse que nous vivons dans un petit paradis. Pas de cadavres sur le trottoir, pas de gens affamés qui supplient qu'on leur vienne en aide, pas de longs cortèges de déportés qui s'en vont Dieu sait où. À force de l'écouter, je me sens coupable de profiter de ce que nous avons, j'ai honte d'avoir peur et, à table, je m'efforce de manger moins, bien que j'aie constamment faim, pour qu'il en reste plus pour lui.

Tomek est venu au cours! Il s'est assis à côté de moi et il a pris ma main sous la table. Je n'ai jamais imaginé qu'un geste aussi simple puisse être aussi merveilleux. Maintenant je sais que je l'aime. Il a changé, Tomek. Il a grandi et l'expression de son visage est moins enjouée qu'autrefois. Après le cours nous sommes partis ensemble et il m'a emmenée dans un café. Nous avons bu du thé et nous avons parlé. Il neigeait dehors. Les flocons blancs dansaient devant la vitre et cachaient tout. Le café était plein de monde et pourtant nous étions seuls, isolés et personne n'existait en dehors de nous. À voix basse, Tomek me racontait des choses tellement fantastiques que j'avais du mal à le croire. Il travaille avec des cheminots sur les trains qui transportent les armes pour l'armée allemande qui se bat contre les Soviétiques. Les machinistes s'arrangent pour ralentir un peu en pleine campagne, la nuit surtout, et Tomek avec son groupe, car ils sont plusieurs, jettent ce qu'ils peuvent sur les voies où d'autres viennent ramasser les sacs et les caisses. Tout cela se fait sous le nez des soldats qui montent la garde. En principe, ils doivent se tenir sur les plates-formes mais, comme il fait froid, ils restent à l'intérieur dans des petits compartiments aménagés à chaque bout des wagons. Ils ne sortent que quand le train s'approche d'une station parce qu'ils ont peur des S.S. qui surveillent. Selon Tomek, ce sont des êtres humains comme lui et moi, qui trichent comme ils peuvent et qui font pitié avec leurs uni-formes d'été sur le dos pour tout vêtement. La Gestapo a ce qu'il faut et au-delà, mais les soldats de l'armée régulière, eux, doivent mener une existence de spartiates avec leurs che-mises au col largement ouvert et la menace d'être expédiés sur le front de l'Est pour la moindre insubordination. N'em-pêche que comme la Gestapo ils tirent sur tout ce qui bouge autour des voies sans se soucier de savoir de qui il s'agit et pourquoi il est là. Tomek a vu une femme avec deux enfants qu'ils ont tués ainsi. La malheureuse marchait le long des voies parce que la route n'était pas déblayée et que c'était le seul moyen de se rendre au village. Cela s'est passé en plein jour et Tomek semble avoir beaucoup de mal à oublier son visage et surtout celui de la petite fille qui est tombée à côté d'elle pour ne plus se relever.

Pendant qu'il parlait, Tomek me tenait la main et il était si proche que je sentais son souffle sur ma joue. Par prudence, il chuchotait presque. Ensuite, ce fut mon tour de raconter, mais j'ai juste eu le temps de lui dire que Toto et Luk sont chez nous. À ma grande surprise il m'a répondu qu'il le savait et qu'il devait rencontrer ma mère pour l'emmener à une réunion organisée par son lieutenant. Pourquoi maman ne m'a-t-elle pas dit qu'elle allait voir Tomek? Elle sait que je garde sa photo sous mon oreiller et que j'attends son retour depuis des mois, alors pourquoi ce silence?

Wintze ne vient plus chez nous. C'est vraiment une chance extraordinaire! Il a une pneumonie et ne peut même plus se traîner jusqu'à sa porte. Je passe de temps en temps lui porter quelques fleurs tout en cherchant notre courrier, mais en fait il s'agit surtout de vérifier que son état ne s'améliore pas. Je prie pourtant pour qu'il ne meure pas, car les Boches vont alors le remplacer par un jeune qui sera certainement pire que lui. La Sainte Vierge doit être malheureuse là-haut de recevoir des prières aussi hypocrites! Est-ce qu'elle entend tout, ou seulement ce qui vient vraiment du cœur?

J'étais justement chez Wintze quand Tomek est arrivé et, en remontant, j'ai eu la surprise de le trouver en grande conversation avec maman, Toto et Luk. Ensuite, ils se sont enfermés dans ma chambre et ils ont discuté en me signifiant que j'étais de trop. Vers six heures nous avons mangé et Tomek m'a demandé de surveiller la rue de la fenêtre de la cuisine et de le prévenir quand une voiture s'arrêterait au coin. La vitre était couverte de givre et j'ai dû souffler pour faire fondre les fleurs blanches, puis pour empêcher qu'elles ne réapparaissent. Impatient, Tomek venait sans cesse me demander si la voiture était là, puis quand j'ai vu enfin les phares éclairer l'arbre qui se trouve juste devant la maison, il est parti avec Toto et Luk sans même me dire au revoir.

— C'est un garçon courageux, ton Tomek, m'a murmuré maman, en me caressant les cheveux. Ah! si seulement cette guerre pouvait enfin finir, si on pouvait avoir à nouveau une vie normale...

Les gens du Ghetto se battent. Je suis montée avec Danka et deux autres filles de notre classe, sur le toit d'un immeuble. La fumée noire s'élevait sur le fond bleu, puis avec la tombée du soir, elle est devenue semblable à une traînée rouge comme du sang qui semblait se faufiler entre les étoiles. Toto et Luk sont-ils là-bas? Se battent-ils? Maman dit que les tanks viennent d'entrer dans le Ghetto et démolissent tout sur leur passage. Madame Dorota est morte, mais elle était âgée, tandis que Toto et Luk... Je me demande si je serais capable d'un pareil courage... Non, à leur place je n'aurais pas pu retourner là-bas sachant que la résistance ne servirait à rien!

Je pars, maman pleure et moi je prépare mon sac à dos. Le professeur de littérature nous emmène passer un mois à la campagne. De vraies vacances! Notre groupe, nous sommes une vingtaine, doit se rendre à Falenica et là-bas contacter une dame qui habite près de la gare. Nous partons deux par deux et moi je m'en vais avec Danka. J'ai embrassé maman et elle m'a promis que, si elle rencontre Tomek, elle lui dira que je pense à lui et que je veux le voir. Cela m'avait demandé un grand effort de lui parler de Tomek. Je comprends mieux maintenant pourquoi elle cache l'existence de ce Karol auquel elle doit tenir, comme moi je tiens à Tomek, mais je ne suis pas certaine que les grandes personnes soient capables d'aimer de la même façon que nous, les jeunes. Madame Dorota disait qu'il y a un âge pour tout et il me semble que maman n'a plus l'âge d'aimer de cette manière-là.

Danka et moi nous partageons la même tente. Autour c'est la forêt et des arbres tellement hauts qu'il faut être couché sur le dos pour bien voir leurs couronnes. Ça sent bon les aiguilles des sapins, mais il y a beaucoup de sable qui s'introduit partout et dont on ne parvient pas à se débarrasser. Nos vêtements, nos couvertures et jusqu'au pain qu'on mange, sont imprégnés de sable. Ça craque sous les dents et c'est très désagréable. À part cela tout va bien, sauf que je m'inquiète pour maman et pour Tomek. Wintze a été transporté par la police à l'hôpital et il n'est pas revenu, mais on ne sait pas qui va le remplacer. En ce qui concerne Tomek je rêve qu'un jour il va arriver chez nous, au camp, comme ça, mine de rien, par surprise.

Les journées passent à une vitesse folle. Nous suivons plusieurs cours, celui des premiers soins comme celui de tir. J'ai appris à faire des piqûres et le médecin qui nous l'enseigne prétend que je me débrouille comme une championne. Il paraît que j'ai la main particulièrement légère. Comme on ne peut pas tirer avec des vraies balles parce que les Boches pourraient nous entendre et faire une descente, on nous a donné des flèches et nous devons nous débrouiller pour les loger dans des cibles, grandes d'abord, puis de plus en plus petites. Notre lieutenant affirme que «j'ai l'œil» ce qui est un grand compliment de sa part.

Le soir on fait parfois des feux et on s'installe autour pour écouter monsieur l'aumônier et pour chanter. Ce sont des moments privilégiés où je me sens en paix avec moi-même et avec Danka qui ne me quitte pas d'une semelle. Nous sommes une vingtaine de filles, mais c'est avec elle que je passe mon temps libre et c'est à elle que je parle de maman. Mange-t-elle à sa faim? Des paysannes nous apportent des fruits et des légumes. En échange nous les aidons, à tour de rôle, à faire leur travail dans les champs. Désormais, je sais traire une vache, nourrir des poules et monter à cheval. Je suis bronzée comme jamais auparavant et j'ai grandi. Danka se plaint que les garçons, qui sont dans un camp comme le nôtre, mais situé beaucoup plus loin dans la forêt, démontent des moteurs d'auto, et monsieur l'aumônier a promis de se débrouiller pour qu'on puisse faire la même chose, mais il paraît que cela sera difficile. En attendant on démonte et on remonte des postes de radio et des appareils de téléphone. Je déteste cela parce que les minuscules vis glissent entre mes doigts et que j'ai beaucoup de mal ensuite à les retrouver. Ce qui est certain c'est que je commence à comprendre beaucoup de choses. Je sais maintenant comment les émissions de la B.B.C. de Londres parviennent jusqu'à nous et comment on peut communiquer d'un camp à l'autre en utilisant notre propre installation. En parlant avec les garçons par cet étrange téléphone, j'ai voulu leur demander s'ils n'ont pas reçu la visite de Tomek, mais je n'ai pas osé. En principe, nous devons transmettre en code des nouvelles de première importance et cela conformément aux ordres que nous recevons de nos instructeurs, mais parfois les garçons se permettent de blaguer. Ils nous traitent de poules mouillées et nous leur répondons qu'ils sont des mauviettes et des nouilles. C'est étrange comme les injures peuvent être amicales et drôles quand on est des copains et quand on vit les mêmes expériences.

Nous avons été obligés de liquider le camp avant la date prévue. Les paysans sont venus nous avertir qu'un détachement de la Gestapo était arrivé à Falenica. Cette fois-ci nous sommes partis chacun séparément et à pied... Impossible de se montrer à la gare de Falenica. Nous sommes trop nombreux et les Boches risquent de remarquer qu'il s'agit de passagers inhabituels. Tout en marchant dans les champs, sous la pluie, je pensais à maman et à la surprise que j'allais lui faire.

J'ai frappé et j'ai sonné deux coups comme convenu pour que maman ne s'énerve pas. J'étais très fatiguée, et je tenais à peine debout sur mes jambes. J'avais des ampoules sur les pieds et je rêvais d'enlever enfin mes sandales. Je me souviens bien que j'ai fermé les yeux et j'ai essayé d'imaginer le sourire de maman, ses bras ouverts dans lesquels je me blottirais dans un instant et jusqu'à l'odeur de sa peau, particulièrement douce et fraîche même par ce temps de canicule, mais il n'y avait pas de réponse. J'ai tourné la clef dans la serrure, j'ai poussé légèrement la porte et j'ai lancé mon sac à dos à l'intérieur, puis mes sandales, et pieds nus je suis entrée finalement dans l'appartement vide. Les stores étaient baissés. On était bien. C'était frais, silencieux et reposant. J'ai bu un grand verre d'eau à la cuisine et c'est alors que j'ai eu l'impression qu'on m'observait. C'est comme si quelqu'un surveillait chacun de mes gestes. Sans hésiter j'ai couru dans ma chambre, puis dans celle de madame Dorota et finalement j'ai ouvert la grande armoire et j'ai écarté le matelas derrière lequel elle se cachait quand il le fallait et qui était toujours à sa place. Il était là cet homme, cet intrus! Je ne l'ai jamais vu autrement que de dos, mais j'ai tout de suite su que c'était lui. Nos regards se sont croisés et il y a eu un long moment de silence. Je scrutais son visage, je l'évaluais et je le jugeais. Je devais ressembler en cet instant à un Wintze ou peut-être à un officier de la Gestapo en civil qui avant de se précipiter sur sa victime lui manifeste sa haine. Il soupira, sortit de l'armoire et sembla aussitôt plus à son aise, comme s'il venait d'y laisser sa peau d'homme traqué pour devenir un autre, capable de se défendre.

— Je m'appelle Karol, dit-il et je suis le fils de madame Dorota que tu as tant aimée. Elle m'avait demandé de te remettre ceci de sa part et je suis heureux de pouvoir enfin le faire. Jusqu'à présent, ta mère n'a pas voulu que je te rencontre.

Il me tendit une bague en argent, finement ciselée qu'il avait dans sa poche et essaya de prendre ma main. J'ai reculé. Je lui ai crié que je ne voulais pas de sa bague, qu'il m'a pris ma mère et que je le déteste pour cela sans le connaître. Au même moment je me suis rendu compte que ses yeux verts ressemblaient à ceux de madame Dorota, qu'il était triste et se sentait coupable sans doute et, au lieu de continuer à l'injurier, je me suis mise à pleurer comme une gourde que je suis.

— Allons Zosia, a-t-il murmuré. Il ne faut pas juger. Tu es trop jeune pour comprendre.

— Mon père, ai-je bafouillé entre deux sanglots...

— Ton père est mort, répondit Karol sans élever la voix. Il est mort le lendemain de son arrestation. Il a été fusillé à Pawiak. Ta mère le sait depuis longtemps. Il faut que toi aussi tu le saches... Mais, je t'en supplie, ne lui répète pas que j'ai osé te le dire. Elle ne me le pardonnera pas.

Je l'ai accusé d'être un menteur et j'ai obtenu en échange un sourire triste et un vague geste de la main.

— Ta tante Fela est au courant, a-t-il ajouté. Elle connaît tous les détails.

Comme une folle, j'ai attrapé mes sandales et je suis partie. J'ai pris le tramway, j'ai marché et je suis allée sonner à la porte de tante Fela. Elle était à la maison et visiblement mécontente de ma visite elle m'a laissée entrer dans l'anti-chambre sans me demander de passer dans son petit salon.

— J'ai du monde, a-t-elle annoncé comme si elle voulait prévenir quelqu'un de ne pas se montrer. Que veux-tu?

— Est-il vrai que mon père est mort? lui ai-je demandé à brûle-pourpoint.

Tante Fela hésita un instant puis m'entraîna dans la salle de bains qui se trouve juste à côté de l'antichambre. C'est là, entre le lavabo et la grande baignoire blanche, serrées l'une contre l'autre à cause du manque d'espace, que tante Fela me raconta le reste en me recommandant de ne pas en parler à maman. Je ne pleurais plus, j'étais très calme. Je posais des questions, je l'interrogeais comme si j'étais son juge d'instruction et elle répondait docilement, craintive, soumise et incapable d'offrir la moindre résistance. En quelques secondes, j'avais cessé d'être une enfant. Je me conduisais comme quelqu'un qui exige des comptes. J'étais capable soudain de parler à ma tante d'égale à égale.

— Pendant que ta mère payait des avocats malhonnêtes, pendant qu'elle jetait de l'argent par les fenêtres, disait tante Fela, moi je me suis débrouillée pour communiquer avec une femme qui travaille à l'infirmerie de la prison. C'est elle qui m'a apporté finalement les quelques objets qui ont appartenu à ton pauvre père. Oh! pas grand-chose, tu sais. Les Boches ont confisqué ce qui avait de la valeur. J'ai eu quand même ta photo, qu'il gardait constamment dans son portefeuille et un mot griffonné de sa main, où il disait adieu à ta mère. Voilà, tu sais tout! Va-t-en maintenant et tiens ta langue. Ta mère est d'une sensibilité à fleur de peau et je ne veux pas me brouiller avec ma sœur. Nous avons assez de problèmes sans cela. Essaie donc de comprendre! C'est la guerre, que veux-tu, la sale guerre et les maudits Boches. Ta mère est ridicule avec ses façons de vouloir te protéger coûte que coûte.

Je n'ai pas eu le courage de revenir à la maison. Je suis allée chez Danka, je lui ai raconté que j'avais perdu mes clefs et que ma mère était absente, mais son père, inquiet, m'a forcée à rentrer. Maman était de retour et m'attendait. Une fois de plus j'ai été obligée de traverser la ville, puis d'affronter la tendresse de maman et de me taire. Karol n'était plus là, mais en me couchant, j'ai trouvé sur mon oreiller la bague de madame Dorota. Je n'ai pas pu la jeter. Je l'ai cachée dans le tiroir de mon bureau, sous les papiers, afin que maman ne sache jamais qu'il me l'avait donnée.

C'est difficile de mentir, mais j'ai appris. Quelque chose a changé d'ailleurs entre maman et moi. Nous vivons ensemble, comme par le passé, nous nous voyons soir et matin et pourtant une sorte de vitre invisible nous sépare. Tomek est revenu aux cours. Il habite dans un appartement qui sert de refuge occasionnel aux gens de l'A.K. et il lui arrive souvent d'y être seul. Ce sont deux petites pièces sombres et froides que je connais désormais fort bien. C'est là que nous passons ensemble tout notre temps libre. Cela a commencé un dimanche. Il m'a demandé de l'aider à faire le classement des journaux clandestins, entreposés dans l'appartement. Je n'ai pas hésité un instant et j'ai accepté de le suivre. C'est une honte pour une fille d'aller chez un garçon qui ne vit pas chez ses parents, mais dans ce cas-là, cela ne s'appliquait pas.

Nous avons commencé par classer les feuilles et par les plier. Ensuite il m'a pris dans ses bras. Il faisait froid et j'avais des frissons. Pour me réchauffer il m'a couché sur son lit et il m'a donné des couvertures. À un moment donné, à la tombée du jour il s'est allongé à côté de moi. Ses mains déboutonnaient ma jupe, sa bouche écrasait la mienne et comme dans un songe je me suis laissé faire. Quand il écarta légèrement les couvertures pour regarder mon corps nu, je l'ai attiré vers moi, parce que mon corps est maigre et laid et que je ne voulais pas qu'il le sache. En fait cela n'avait aucune importance. Nos deux corps se sont connus, se sont ajustés et ont vibré ensemble. Inexpérimenté, maladroit, Tomek me faisait mal, mais cela aussi était jouissance. Je suis contente de le savoir aussi ignorant que je le suis moi-même et d'éprouver une telle hâte de me prendre, puisque moi je ne cesse plus d'attendre le moment de lui appartenir...

Et puis il m'est arrivé une chose invraisemblable ; j'ai cessé d'être une fille laide. Comme ça, brusquement, sans rien changer à ma façon de porter mes cheveux dans le dos, d'être constamment ébouriffée et d'avoir des ongles sales. Tomek me trouve belle et comme il me le répète sans cesse, mon image dans le miroir ne me paraît plus repoussante.

J'ai honte d'être heureuse. Je n'ai pas avoué à la confession ce que nous avons fait, Tomek et moi. J'ai eu peur de ne pas obtenir l'absolution. Par contre, j'ai dit honnêtement que je suis heureuse et que je me rends bien compte que c'est mal. De l'autre côté de la séparation grillagée du confessionnal il y avait une voix que je ne connaissais pas. Le prêtre parlait lentement.

— Les gens qui vivent un bonheur ont plus à donner, ne l'oublie pas. Prie pour que Dieu t'aide à préserver ce que tu portes en toi, cette joie qui doit te rendre plus affable, et essaie de la faire partager aux autres.

C'était doux ce qu'il disait, mais je ne peux pas me montrer gaie avec maman. Elle ne comprendrait pas... Malgré moi je suis obligée de mentir et de dissimuler. Ce qui est le plus difficile c'est de lui expliquer mon emploi du temps. J'ai beau me répéter que maman de son côté me cache ses relations avec Karol; cela ne m'aide pas! D'ailleurs, depuis peu, je ne vois plus ma mère de la même façon qu'auparavant. Je lui en veux encore de ne plus aimer mon père, mais je ne suis plus obligée de défendre les droits de papa puisque je sais qu'il est mort. Avant, je me considérais comme responsable de la conduite de maman et voilà que c'est fini. Pour moi, c'est un soulagement. Je continue à prier pour qu'il ne lui arrive pas malheur, mais j'ai cessé de la torturer avec mes questions. Je n'insiste pas pour savoir où elle a passé une soirée et avec qui; j'attends qu'elle me le raconte. Je ne veux pas qu'elle soit forcée de me mentir comme je le fais moi pour lui cacher mes relations avec Tomek

Notre vie a explosé en mille morceaux et nous ne savons pas, maman et moi, comment les ramasser. Dans le réseau, quelqu'un a été arrêté. Quelqu'un de très important qui connaissait beaucoup de noms et d'adresses. Torturé par la Gestapo il a parlé. L'appartement que Tomek habite est plein de monde. Des femmes et des hommes couchent par terre dans les deux pièces qui ressemblent à un campement. Ce qui est le plus grave c'est que cela ne peut pas durer et qu'il faut absolument trouver d'autres endroits pour cacher les gens du réseau.

Maman est très courageuse. Elle refuse de quitter son travail au laboratoire. Elle veut rester sur place et ne pas fuir. Plus encore, elle se conduit comme si aucun mal ne pouvait nous arriver. Pourtant, nous pouvons être arrêtées d'un instant à l'autre... Quand des pas résonnent dans l'escalier, je pense à madame Dorota comme si elle était encore avec nous et j'ai peur... Mon corps est sans cesse moite et j'ai atrocement mal à la tête. Je ne sors pratiquement pas. Les cours ont été suspendus pour une période indéterminée. Tomek n'est plus à Varsovie. Il est parti sans me dire au revoir. J'ai eu de ses nouvelles par Danka qui a passé hier en coup de vent m'emprunter un livre. Son père se cache chez son oncle, tandis qu'elle avec sa mère habitent chez des amis que je ne connais pas. C'est Tomek qui a réussi à persuader son père de prendre ces précautions. L'autre soir, quand maman est rentrée. j'ai voulu lui raconter tout cela, mais elle paraissait si fatiguée et si préoccupée que je n'ai pas osé.

Maman avait raison. L'homme qui a été arrêté, un lieutenant du maquis, n'avait donné que deux adresses, puis il a avalé le cyanure qu'il avait réussi à porter subrepticement à sa bouche. Il paraît que les agents de la Gestapo qui le torturaient étaient furieux! Maman a su tout cela grâce à un garde qui travaille à Pawiak et qui est dans le maquis. Dimanche nous allons prier à l'église pour le repos de son âme. Nous ignorons son vrai nom, il était connu sous le pseudonyme de «Rok» et maman m'a raconté qu'il était jeune, gai et fantaisiste.

Dehors, c'est le printemps. L'air sent la terre mouillée, la verdure humide et tendre et quelque chose d'autre encore que je ne parviens pas à définir. Maman et moi sommes allées nous promener au bord de la Vistule. Des grosses plaques de glace blanche flottaient, tournaient sur elles-mêmes et, emportées par le courant, s'éloignaient. Autour d'elles, l'eau de la rivière était aussi bleue que le ciel. À un moment donné, maman a pris ma main droite et m'a glissé sur le doigt une grosse bague en argent avec, sur le dessus, en émail blanc et rouge, l'aigle polonais.

— Appuie au coin, juste là, m'a-t-elle ordonné. Allons, tu est maladroite. Utilise ton ongle.

La petite plaque en émail se souleva. Dans la minuscule cavité le cyanure ressemblait à un grain de sable. J'ai refermé le mécanisme et j'ai sauté au cou de maman. Désormais, elle me considérait comme quelqu'un d'important et de responsable! Je n'avais plus peur! J'étais protégée par la mort qui à mes yeux était une armure, comme celle des chevaliers du Moyen-Âge que j'avais vue autrefois au musée, où j'allais avec papa le dimanche. Je pensais à ce lieutenant, ce «Rok», dont l'histoire, selon maman, ne sera pas enseignée dans les écoles parce qu'il faisait partie de l'armée des ombres. Des milliers de femmes et d'hommes sont morts de la même façon que lui et pendant un instant j'ai souhaité subir le même sort...

— Tu sais, m'a dit maman qui semblait deviner mes pensées, je ne pourrais pas continuer sans toi. Ne l'oublie pas! Cette petite pilule il ne faut la prendre qu'en dernière extrémité... Elle doit servir pour éviter la souffrance aux autres et non pas pour que tu puisses échapper à ton propre sort. Le suicide est un très grave péché. Dieu donne la vie et Il est le seul à avoir le droit de la reprendre.

Je ne suis pas d'accord avec maman sur ce point, mais la journée était belle et je n'ai pas eu envie de discuter. Elle croit encore que je ne sais pas comment les femmes deviennent enceintes et comment elles accouchent. J'ai beau l'admirer, mais je la trouve vraiment trop naïve pour son âge.

Tomek est de retour. Il a apporté des œufs. C'est la première fois que maman a pu faire une vraie omelette. D'habitude on se débrouille avec des ersatz, de la poudre jaune qu'on peut acheter avec des tickets d'alimentation. Tante Fela est venue et nous avons mangé tous les quatre en savourant chaque bouchée. Ensuite, Tomek est resté pour la nuit et il a couché dans la chambre de madame Dorota, tandis que tante Fela a dormi avec maman au salon.

Tomek nous a raconté que Toto et Luk sont à la campagne et se portent bien. Ils travaillent chez un cultivateur qui ne sait pas qu'ils sont juifs et qu'ils collaborent activement avec le maquis. Tout le monde admire, paraît-il, leur détermination et leur fantaisie.

Cette nuit-là je fus incapable de trouver le sommeil. Je pensais à Toto et à Luk et je me sentais stupide et insignifiante. Ils risquent plus que moi et pourtant ils ont de la fantaisie, comme disait Tomek, tandis que moi j'ai les nerfs en boule et il suffit de peu pour me rendre angoissée et incapable de dominer mon inquiétude.

Je devine, que quelque chose se prépare. Maman est très calme, tandis que Tomek est étrangement excité. Je me demande s'il m'aime encore... Nous ne nous voyons que lors des réunions de notre groupe et il évite de me raccompagner à la maison. C'est à peine s'il remarque ma présence. Danka prétend que nous allons enfin nous battre contre les Boches, mais elle est incapable de préciser quand et comment cela va se faire.

La semaine dernière, Zbik, notre lieutenant, m'a ordonné de me rendre au cimetière, à Powazki. Un homme devait m'y attendre avec un bouquet de fleurs rouges et me donner des directives. Je suis arrivée la première, je me suis assise sur un banc de pierre et j'ai pensé à papa et à madame Dorota. Ils ne se connaissaient pas de leur vivant, mais j'avais l'impression soudain qu'ils sont ensemble et me regardent. Puis, j'ai vu l'homme aux fleurs rouges et je l'ai suivi jusqu'au fond du cimetière où il avait choisi une tombe placée un peu à l'écart pour y déposer ses fleurs. Ensuite nous avons soulevé une sorte de trappe. L'appareil récepteur-émetteur était là à l'intérieur. Je l'ai bien reconnu, c'était celui que nous avions eu dans notre appartement. Nous nous sommes glissés dans le trou et nous avons passé un long moment ainsi, l'un à côté de l'autre, sans échanger un mot.

Le ciel était noir, et la lune paraissait toute petite, voilée par les nuages. Il faisait chaud. L'homme consultait sans cesse sa montre et je l'aidais en éclairant son poignet avec ma lampe de poche. Avec les écouteurs sur les oreilles, il ressemblait dans l'ombre à une sorte d'étrange animal aux abois, incapable d'entendre ce qui se passe autour de lui. J'étais la seule à capter les bruits des feuilles agitées par le vent, et les craquements de l'appareil, d'autant plus forts, que tout était calme et silence de mort autour de nous. J'avais l'impression qu'ils résonnaient au-delà du cimetière, dans la rue et que les Boches allaient les capter. Dans une main je tenais son revolver qu'il m'avait donné et dans l'autre la lampe de poche. J'avais envie de me moucher, mais je n'osais pas. D'ailleurs, comme d'habitude, je n'avais pas de mouchoir.

Soudain, j'ai compris que l'émission commençait. L'homme souriait, ses dents blanches brillaient et les craquements ont cessé. Combien de temps tout cela a-t-il duré, je n'en sais trop rien, mais l'impression persistait que papa et madame Dorota nous aidaient, cachés parmi les croix et les monuments funéraires. Je me suis mise à penser à eux et c'est alors que je me suis rendu compte que je n'ai pas connu la vraie mort, celle avec enterrement et couronnes. Je ne peux pas prier sur leurs tombes. Papa comme madame Dorota sont partis comme ça, sans que je puisse faire quoi que ce soit pour eux. Monsieur le curé nous avait dit que nous devons porter nos morts dans nos cœurs. Je n'ai pas compris alors ce qu'il entendait par là, mais cette nuit au cimetière, j'ai senti la pleine signification de ce qu'il voulait nous expliquer. Comme les animaux, chats ou chiens, apprivoisés, je sens les choses et je les accepte. Je ne me révolte pas.

Quand Karol est arrivé, il était plus de minuit. Pour ne pas nous effrayer, il avait rampé jusqu'à nous, n'empêche que j'ai eu la présence d'esprit de braquer mon revolver dans sa direction, puis j'ai reconnu le son de sa voix. Il a une voix très douce, à la fois harmonieuse et profonde. L'homme lui a passé aussitôt ses écouteurs et Karol a commencé à émettre en russe des messages codés.

— Je m'appelle Krak, m'a-t-il dit, en m'aidant à remonter à la surface, puis il me tendit un bout de chocolat.

C'était délicieux. Cela fait très, très longtemps que je n'ai pas mangé de chocolat et je ne me souvenais plus à quel point cela est bon. Ensuite, je me suis assoupie appuyée contre une croix.

Le jour se levait quand Karol me réveilla. La rosée mouillait mon visage et mes cheveux. Là-haut, au-dessus de nos têtes, une lueur blanchâtre se répandait sur le fond noir, puis une ligne rouge, mince, mais très longue qui la coupait en deux, commença à s'élargir.

— Vous connaissez le russe à perfection, constata Krak, en s'adressant à Karol. C'est assez rare. Moi, j'ai appris un peu de français à l'école, mais c'est tout.

Karol paraissait ne pas remarquer son ton, où moi, j'ai cru déceler de la méfiance et même une sorte d'accusation. Il s'étirait, sortait une cigarette et nous souriait. Son sourire ressemblait à celui de madame Dorota quand elle nous préparait une bonne surprise.

— Prends ta bicyclette, m'a-t-il dit, et file directement chez Zbik. «Les dés sont jetés. Les voisins vont jouer avec nous.» Répète!

Drôle de message, ai-je pensé, puis je suis partie comme une flèche. Zbik était dans la rue, devant sa maison. Impatient, il avait failli me faire tomber avec ma bicyclette en se précipitant à ma rencontre juste au moment où je sautais à terre. Zbik n'est pas jeune, il a plus de trente ans, mais mon professeur de mathématiques prétend qu'il a des réactions enfantines et je crois qu'il a raison. Il m'entraîna dans la porte cochère, me serra la main, me fit répéter encore une fois le message, monta l'escalier, ouvrit sa porte et me poussa à l'intérieur. Son unique chambre était pleine de monde. Par mesure de prudence, ils gardaient les fenêtres fermées et il faisait très chaud. La fumée des cigarettes était tellement dense que j'ai eu du mal au début à distinguer les visages. Quelqu'un m'a pris par la taille et m'a serrée contre lui. C'était Tomek!

Zbik grimpa sur une chaise et commença à parler. Il disait que nous allions enfin pouvoir nous battre contre les Boches d'égal à égal. Varsovie va se soulever. L'insurrection commencera dans quelques jours. L'ordre est donné à tous les soldats de l'A.K. de se tenir prêts. L'heure et le lieu de rassemblement de notre formation seront précisés bientôt et en attendant il incombe à chacun d'essayer par tous les moyens de se procurer une arme. Il n'est pas sûr, en effet, qu'on disposera d'un nombre suffisant de revolvers et de grenades. Zbik nous demanda aussi d'avoir des sacs à dos, de la nourriture et des bouteilles vides.

— Pourquoi des bouteilles vides? ai-je murmuré à Tomek.

— Pour faire des cocktails, m'a-t-il répondu sur le même ton. On met de l'essence, on lance et ça saute. Viens, on file d'ici.

Je suis partie avec Tomek, la main dans la main. Nous nous sommes embrassés dans l'escalier, dans un coin de la porte cochère et j'ai eu du mal à retrouver mon souffle, puis je lui ai parlé de Karol et de son émission en russe. Tomek jubilait. L'Armée rouge allait nous venir en aide, selon lui, c'était cela le sens du message que j'ai apporté.

— Nous allons gagner, nous allons êtres libres, répétait-il comme un fou et toi et moi nous allons nous marier. Tu m'entends Zosia, nous allons enfin pouvoir être ensemble et ne plus nous quitter.

J'ai eu juste le temps de lui répondre qu'il fallait que maman puisse habiter avec nous et déjà il partait sur sa bicyclette en me faisant un dernier signe de la main.

Chaque jour maman revient de son laboratoire avec un filet à provisions rempli de bouteilles vides. C'est lourd et elle a du mal à monter les escaliers. J'essaie d'imaginer comment tout cela se passera et ce que nous allons devenir, maman et moi, mais je n'y parviens pas. Entre nous, c'est l'heure des confidences. Cela est arrivé le soir où je lui ai raconté ma nuit au cimetière et ce que Karol avait fait. Aussitôt elle s'est mise à parler de lui. Pour la première fois, elle se permettait ainsi d'être sincère et spontanée avec moi.

— C'est un homme formidable, disait maman, un véritable héros. Cela fait des années qu'il risque sa vie pour aider les siens. Des centaines de juifs ont pu être sauvés grâce à ses sacrifices. Il a été le premier à établir des relations entre le Comité de défense juif et le haut commandement de l'A.K.

En l'écoutant, assise par terre, la tête appuyée contre ses genoux, j'ai pensé que jamais je ne saurais aimer Tomek comme elle aime ce Karol.

— Tu m'as menti longtemps, lui ai-je dit. Madame Dorota et toi vous vous êtes bien moquées de moi.

J'avais la bouche sèche et l'envie de l'insulter à ma façon. De me venger!

— Chérie, moi-même je ne savais pas au début qui était madame Dorota et d'où elle venait, se défendit ma mère. Karol a si bien appris à se cacher, à dissimuler que...

Maman pleurait et moi je me sentais coupable, alors je me suis tue et je l'ai entourée de mes bras. J'ai compris soudain que c'est à cause de moi qu'elle a été obligée pendant toutes ces années-là de rencontrer son Karol en cachette. J'ai même essayé de lui demander pardon, mais elle ne m'entendait pas, trop heureuse de pouvoir enfin partager avec moi ce qu'elle n'avait plus le courage de taire: ses doutes!

— J'ai rencontré Karol par hasard, racontait maman. Nous avons pris des glaces au Café des Artistes. Il m'a demandé si je pouvais héberger pendant quelques semaines madame Dorota. Je n'ai pas accepté tout de suite. Nous nous sommes revus. Il parlait de madame Dorota comme d'une étrangère, mais il insistait. J'ai deviné que la pauvre femme était juive et n'avait pas où aller. Qu'il fallait la cacher coûte que coûte! En somme, je ne lui plaisais pas, il ne s'intéressait pas à moi, il voulait juste m'utiliser pour sauver sa mère.

La figure cachée entre ses mains, maman me parlait comme si j'étais son égale.

— Tu sais, aujourd'hui encore je ne suis pas certaine qu'il m'aime, murmurait-elle, gênée comme une petite fille, tandis que moi je me sentais lucide et responsable.

— Nous nous rencontrons à la sauvette et parfois des semaines se passent sans qu'il me donne de ses nouvelles. J'ai beau lui faire des reproches, j'ai beau avoir peur qu'il ne lui arrive malheur, il ne change pas! Il ignore ce que cela signifie d'avoir des remords. C'est un héros! Il veut avoir à côté de lui une femme prête à l'attendre indéfiniment, sans un mot, sans une plainte et capable de se contenter de ce qu'il lui donne.

Maman essuyait ses yeux et froissait dans sa main droite son petit mouchoir en dentelle qui ressemble à s'y méprendre à un napperon de poupée.

— Je voudrais savoir s'il n'est pas marié, soupirait maman, s'il n'y a pas quelque part une femme et des enfants dont il me cache l'existence. Non, ne fais pas cette tête-là, ma petite Zosia. Cela te paraît monstrueux, mais c'est tout simplement humain! Pour sauver sa mère, ses neveux et ses nièces, Karol était prêt et le sera toujours, à sacrifier sa vie, alors pourquoi pas la mienne puisque je suis devenue sa chose...

— Monsieur Karol est célibataire, ai-je affirmé sur un ton péremptoire. Tomek le connaît et le lieutenant Zbik aussi. Ils peuvent te le jurer l'un et l'autre. Ils se sont renseignés avant de l'admettre dans le maquis.

Je ne sais trop si Karol est marié ou pas, mais je voulais me montrer digne de cette amitié toute neuve qui se tissait entre maman et moi. Il me fallait la rassurer, la calmer et faire apparaître sur son visage le sourire, ce petit mouvement délicat de ses lèvres que j'aime tant et qui se reflète ensuite dans ses yeux, puis, parfois, donne même une légère coloration rose à ses joues trop blanches. J'ai dû être particulièrement persuasive parce que j'ai réussi.

— J'ai tort sans doute de le soupçonner, disait maman, en hochant la tête. C'est mal de ma part. Je ne devrais pas...

Elle ne demandait pas mieux que de me croire et nous avons parlé tard dans la nuit.

— Pourquoi ne veux-tu pas l'épouser, ai-je osé lui dire, tout en pensant que ce mariage réglerait tous mes problèmes et que je cesserais de me sentir coupable à l'égard de maman, moi qui bientôt serais obligée de partir et de la laisser seule.

— Tu es une brave jeune fille, Zosia, m'a répondu maman, mais ne t'en fais pas pour moi. Nous allons combattre chacune de notre côté selon nos affectations. Les projets individuels ne comptent pas en ce moment. C'est inutile d'y penser.

Ce matin, Tomek est arrivé très tôt et il m'a apporté un browning, le plus beau cadeau qu'il pouvait me faire. L'arme, volée à un soldat allemand était grosse, lourde et paraissait neuve. Je l'ai cachée sous mon matelas et je suis partie avec Tomek. En chemin, j'ai oublié maman. À Nowy Swiat, le spectacle était magnifique! Les Allemands partaient, les chars roulaient, les soldats marchaient au pas et sur les trottoirs les gens échangeaient des clins d'œil complices. Les Boches s'en allaient, quittaient notre ville dans la chaleur sèche de l'été et c'était déjà le début d'une autre vie qui nous appartenait en propre. Tomek, moi, les passants, nous formions tous une seule grande famille. Nous n'attendions que l'ordre de les attaquer.

— L'insurrection n'aura pas lieu, m'a murmuré Tomek. Les formations qui sont dans les forêts de Kampinos vont les pourchasser et nous serons obligés d'attendre comme des enfants.

Moi, de mon côté, je me demandais bêtement ce que maman allait faire de toutes nos bouteilles vides.

Je me suis réveillée en pleine nuit couverte de sueur. La fenêtre de ma chambre était ouverte. Dehors, sur les pavés, les chars roulaient et les soldats les suivaient. Les Boches ne partaient plus; ils revenaient. C'était hallucinant. Ils marchaient de la même façon que la veille, mais ils ont changé de direction et ils reprenaient possession de ma ville.

Il y avait du bruit dans l'escalier. La maison qui s'était vidée reprenait vie. Les officiers de la Gestapo ne se gênaient pas pour échanger des propos à voix haute et se conduisaient comme si cela n'avait plus aucune importance qu'on entende ce qu'ils avaient à se dire. Je me suis approchée de la fenêtre et je me suis efforcée de compter les hommes qui, en rangs serrés, passaient dans notre rue Szopena, mais les colonnes se suivaient comme si jamais elles ne devaient cesser d'avancer. J'ai pensé que l'insurrection aurait lieu et que je me servirais de mon browning, puis maman est venue me rejoindre dans le noir et je me suis demandé comment j'allais faire pour partir sans l'emmener avec moi.

Ah! les merveilleuses bouteilles de maman! Dans la cave, où notre détachement est retranché, elles occupent tout un pan de mur, sagement alignées à côté des bidons d'essence. Cela fait deux jours que nous sommes enfermés là, incapables de bouger. Nous devions attaquer, mais nous avons été encerclés dès le premier soir. En avant, de l'autre côté de la rue, les Allemands tiennent deux maisons et nous canardent sans cesse. En arrière, c'est un tas de ruines et il est impossible de les traverser pour rejoindre les nôtres parce qu'ils tirent dès qu'ils voient une ombre. Un avion descend en piqué, un sifflement strident couvre tout et la petite table sur laquelle j'essaie d'écrire tremble. Les vibrations se propagent, des briques se détachent du plafond bas et tombent juste au milieu. Je pense à maman que j'ai laissée toute seule dans l'appartement vide. Le bruit est insoutenable. Impossible de se parler! Danka rampe jusqu'à l'ouverture; notre poste d'observation. Dehors, la nuit commence à envelopper le monde.

Nous avons réussi! Tout s'est passé très vite après cette longue, cette interminable attente où j'ai cru que nous étions perdus. La lune montait au-dessus des ruines quand le monstre s'est mis à avancer; un tank! Avec Tomek nous avons versé de l'essence dans les bouteilles de maman. Il fallait se dépêcher, mais c'était enfin l'action et je n'ai pas eu le temps de réfléchir. Nous avons rampé ensuite parmi les débris, l'amoncellement des pierres et les morceaux de poutres. Le tank approchait. Je voyais distinctement son ventre et ses chenilles qui écrasaient les pavés et les transformaient en poussière. La chaleur qu'il dégageait me brûlait le visage. Collée contre le sol, je me suis soulevée légèrement sur un coude et à la dernière minute j'ai lancé la bouteille, puis j'ai roulé sur moi-même jusqu'à l'entrée de la cave où quelqu'un m'a tirée à l'intérieur. Il y a eu une explosion, puis deux autres, plus fortes encore et la danse du feu, tache rouge dans la nuit qui monta en s'élargissant. Déjà le lieutenant Zbik nous entraînait derrière lui. Penchés en deux nous courions parmi les ruines, les balles sifflaient, les mitraillettes allemandes aboyaient, mais j'étais sûre à ce moment-là qu'elles ne pouvaient plus nous atteindre et je n'avais pas peur. Quand nous sommes parvenus jusqu'à la barricade, j'ai trébuché et je suis tombée littéralement dans les bras de notre sentinelle. L'homme m'avait reconnu. C'était Luk!

J'ai honte d'être en vie et en bonne santé. C'est indécent! Je suis allée avec Toto porter des médicaments à l'hôpital. Nous avons marché dans les rues que je ne reconnaissais pas. La poussière cachait tout, l'incessante canonnade m'avait rendue sourde et le soleil ressemblait à une boule de feu. D'un poste à l'autre, d'une barricade à l'autre j'avançais, mon browning serré dans ma main. À un moment le chasseur allemand fut au-dessus de moi. Ses ailes grises paraissaient toucher les couronnes des arbres. Toto s'arrêta, pointa vers lui sa mitraillette et se mit à tirer en hurlant comme un fou. L'oiseau de fer s'éleva plus haut, changea de direction et se cacha derrière un nuage. J'ai dû secouer Toto pour qu'il cesse de tirer et c'est alors que j'ai vu qu'il était blessé au bras. Nous avons réussi quand même à parvenir jusqu'à l'immeuble de P.K.O., la caisse d'épargne, où on avait aménagé l'hôpital dans les voûtes du sous-sol. Juste en face, de l'autre côté du square, le gratte-ciel flambait et des équipes se relayaient auprès des pompes à eau dont les jets ressemblaient à des fontaines. Dans notre secteur il n'y a plus d'eau et nous nous sommes précipités pour boire un peu parce que nous avions atrocement soif. La soif, c'est pire que la faim! C'est une douleur dans la gorge qui change la voix et empêche de parler. Le bras de Toto saignait beaucoup, mais cela ne semblait préoccuper personne. J'ai dû descendre au sous-sol et marcher parmi les blessés, couchés dans les réduits où se trouvaient autrefois les coffrets de sûreté, en m'éclairant avec ma lampe de poche. Il n'y avait pas d'électricité et le médecin, en tablier blanc, opérait sur une table à la lumière des bougies. Le bruit parvenait comme assourdi et, autour de moi, il n'y avait que des gémissements, des cris, des gens qui me bousculaient et d'autres qui me suppliaient de les aider. Finalement j'ai trouvé une fille qui accepta de monter à l'étage où j'avais laissé Toto pour lui faire un pansement. J'étouffais, même s'il faisait plus frais au sous-sol, car l'air y était à ce point rare et lourd qu'il était difficile de l'aspirer. Tous ces blessés autour de moi étaient-ils condamnés à mourir? Là-haut, il y avait le bruit infernal, mais le soleil éclairait la grande salle et Toto, appuyé contre un mur, était merveilleusement vivant. J'accomplissais un étrange voyage entre le pays des morts et celui qui m'appartenait encore, puisque je voyais et pouvais respirer à nouveau.

La nuit dernière nous avons attaqué. Les soldats allemands étaient embusqués de l'autre côté de la rue et il était impossible de savoir s'ils étaient tous massés au dernier étage de l'immeuble ou s'ils pouvaient compter sur des renforts cachés dans la cour arrière. J'avançais en m'efforçant de ne pas faire basculer les pierres sous mes pieds et je suis arrivée parmi les premiers devant la façade de la maison plongée dans l'ombre. Le lieutenant Zbik lança une grenade qui n'explosa pas, les Allemands tiraient au-dessus de nos têtes et c'est alors que j'ai vu l'officier qui se tenait dans la porte cochère. J'ai levé mon bras droit et j'ai appuyé sur la gâchette. Derrière moi on hurlait hourra, j'étais comme portée en avant et c'est plus tard, quand tout à été fini, que j'ai compris que j'avais tué un homme...

On dort quand on peut et où on peut, une à deux heures à la fois, on a faim et on crève de soif, mais nous sommes sûrs de gagner. Notre détachement est installé dans une librairie et nous ne sommes plus isolés. Tout le quadrilatère est occupé par notre armée. Les gars de la formation de Zaby ont découvert un entrepôt. C'est assez loin et il faut passer sous deux barricades où les Allemands ne cessent de tirer, mais Luk y est allé avec Danka et Tomek et ils ont rapporté un sac de farine. Le lieutenant Zbik avait réussi à obtenir deux grands seaux d'une eau fraîche et propre. Nous avons délayé la farine et nous avons fait des crêpes sur le réchaud à essence que maman m'avait donné et que je garde précieusement dans mon sac à dos. Ce fut un vrai festin. Malheureusement nous avons deux blessés graves et Toto fait de la fièvre. Sa plaie s'est infectée et on ne peut rien y faire. L'hôpital à P.K.O. n'existe plus. Un avion allemand a lâché une bombe qui est tombée sur le toit et qui, paraît-il, est descendue par le plus grand des hasards avec l'ascenseur jusqu'au sous-sol. Ce fut un massacre. Il n'y a pas eu de survivants. Ils sont tous morts dans l'explosion!

Le lieutenant Zbik dit que les Alliés arrivent et que les pilotes polonais, venus de Londres, survolent la ville et jettent des vivres, des armes et des médicaments. Selon Luk, cependant, ils ne peuvent pas repérer de là-haut nos positions à cause du tir de l'artillerie antiaérienne qu'on entend toutes les nuits et qui fait trembler la terre sous nos pieds. La nuit dernière, en tout cas, ce sont les Boches qui ont reçu ce qui nous était destiné, mais nous avons pu voir sur le fond du ciel l'ombre plus foncée d'un avion qui piquait vers la terre. Les Boches ont essayé de le prendre dans les faisceaux lumineux, comme dans des pinces, mais quelqu'un quelque part à réussi à détruire les réflecteurs et à nouveau le ciel est devenu noir. Madame Dorota disait autrefois que la malédiction du monde c'est l'incapacité des uns à aider les autres, mais moi j'étais contente de penser que les Alliés savent que nous nous battons et qu'ils veulent nous approvisionner. Nous ne mourrons pas pour rien. Le monde entier doit nous admirer, nous qui sommes en train de nous battre!

L'autre soir, quand j'ai pris mon tour de garde, trois garçons ont débouché dans la ruelle derrière mon dos. Je me suis retournée juste à temps pour pointer sur eux mon browning. Comme ils ne savaient pas le mot de passe je leur ai crié de tenir leurs bras en l'air. Sales, épuisés, couverts de haillons, ils n'avaient même pas leurs brassards blancs et rouges que nous portons tous. Ils venaient de Starowka, la vieille ville. Ils sont passés par les égouts. Leur commandant et leurs camarades ont été massacrés.

— Les Soviétiques, de l'autre côté du pont, ont vu tout ce qui s'est passé, disaient-ils. Ils ne bougent pas. Ils attendent... As-tu quelque chose à boire? De l'eau...

J'ai réveillé Zbik et nous leur avons donné à boire et à manger. C'étaient nos dernières réserves, mais cela n'avait pas d'importance. Nous avions tous honte. Pour ces trois gars nous étions des privilégiés. Nous avions encore des armes, une cave presque intacte, des monceaux de livres et la possibilité de continuer à nous battre, tandis qu'eux ne savaient plus que faire, ni où aller.

De l'autre côté de notre barricade, étaient couchés deux de nos camarades morts. On devait les enterrer sous les pavés, mais on attendait une accalmie pour pouvoir le faire. Je n'ai pas hésité. J'ai rampé jusqu'à eux sous le tir. Ce qui était le plus épouvantable c'était l'odeur douceâtre et le poids des bras raides que j'ai été obligée de soulever pour prendre les brassards. C'est un crime de dépouiller les morts, mais eux n'en n'avaient plus besoin, tandis que quand on est en haillons on se sent mieux avec le brassard blanc et rouge qui prouve qu'on est encore soldats.! Ils ont été si heureux, les pauvres gars, de les avoir... Je me souviens bien que Luk m'a embrassée et m'a dit que j'étais formidable. De sa part c'est un grand compliment!

— Nous nous battrons jusqu'au dernier, répète Zbik, et nous sommes tous d'accord.

Le premier jour de l'insurrection nous étions une centaine environ et il n'en reste plus qu'une trentaine. Capituler, cela serait trahir nos morts. Danka, Tomek et Luk pensent la même chose que moi, tandis que Toto supplie qu'on l'achève. Il souffre horriblement.

Dans l'après-midi il y a eu brusquement un incroyable silence. Les Boches ont cessé de tirer. Le soleil brillait et la poussière qui retombait lentement dansait dans ses rayons comme de minuscules pépites d'or. Autour de notre librairie les squelettes des maisons paraissaient dormir. Soudain, un étrange cortège de femmes, d'enfants et de vieillards émergea des ruines. Certains portaient des valises, d'autres traînaient derrière eux des objets hétéroclites, d'autres encore avaient des bébés dans leurs bras. Entourés de gardes allemands ils avançaient sans nous voir. Zbik essaya une fois de plus de communiquer par radio avec le haut commandement et après plusieurs tentatives il a obtenu enfin une voix au bout de la ligne.

— Les Allemands ont accepté l'évacuation des civils, disait la voix. Profitez de l'occasion, lieutenant. Déplacez-vous vers la gauche. Vous avez des chances de passer.

Désormais, il y avait eux et nous; les civils et les combattants. Ceux qui avaient encore droit à la vie et nous qui étions décidés à résister jusqu'au dernier. Maman était-elle en train de quitter la ville? Que devenait Karol? Moi, qui avait été prête à n'importe quoi pour l'éloigner, j'ai prié pour qu'ils soient ensemble et que Karol veille sur maman. Cela me permettrait de me sentir moins coupable de les savoir ensemble...

J'ai dormi debout en montant la garde et j'ai rêvé que Karol se mariait avec maman. Le prêtre avait les traits de papa. Quand Tomek m'a réveillée, j'ai eu du mal à comprendre où je me trouvais et pourquoi. J'avais une soif telle que je pouvais à peine parler, mais cela non plus n'avait aucune importance. Quelques instants après, couchée à côté de Danka, derrière le tramway renversé qui nous servait de barricade, je tirais, puis on est venu nous relayer, je ne me souviens même plus de ceux qui ont pris notre place, et nous avons mangé, assises par terre. C'étaient des grosses pommes de terre dont on a trouvé un sac dans l'arrière-boutique du magasin où nous sommes installés. Est-ce le lendemain, ou le surlendemain que Toto a été tué juste à côté de moi en train d'avaler sa pomme de terre? Pauvre Toto. C'était bien la peine de se débattre, d'être courageux, de sortir du Ghetto, pour mourir ainsi. C'est Luk qui a récité les prières et qui a dit à la fin que Toto avait voulu disparaître en homme libre et qu'il fallait le venger!

Zbik a reçu les ordres de notre haut commandement. C'est la capitulation. Nous avons arraché le plancher avec nos mains nues, nous avons caché nos armes inutiles puisqu'il n'y a plus de munitions, nous avons recloué les lattes, puis nous sommes sortis et pour la dernière fois nous avons chanté ensemble. Des colonnes se formaient déjà et, silencieuses, se mettaient en marche, entourées par les Boches qui eux aussi se taisaient. Le silence sonnait dans mes oreilles, j'avais du mal à soulever mes pieds, on montait et on descendait dans les amoncellements de ruines et la poussière nous faisait tousser.

Tomek était devant moi et je m'efforçais de le suivre. Il me semblait que si je cessais de regarder fixement son dos, j'allais tomber et les soldats allemands allaient m'achever, ou lâcher leurs chiens qui aboyaient autour de nous. C'est à peine si je me suis aperçue qu'on quittait la ville, que les ruines s'espaçaient et que les chemins verts et vides étaient devant nous, puis les Boches ont recommencé à hurler et ce fut l'arrêt. Les colonnes se morcelaient, s'effritaient et nous n'étions plus qu'un troupeau de femmes, tandis qu'un autre troupeau formé d'hommes, bifurquait vers la gauche et prenait le chemin transversal.

Je suis couchée à plat ventre sur les planches de mon lit, qui bougent. Chaque fois que je me déplace un peu, des brindilles de paille tombent sur la tête de Tola qui «habite» en dessous. Mon crayon n'est pas aiguisé par mesure d'économie. Je ne veux pas l'user parce que je ne sais pas pendant combien de temps il devra encore me servir. Nous sommes prisonnières de guerre et nous n'avons pas le droit d'avoir du papier et des crayons. Les Boches considèrent que c'est trop dangereux de nous laisser écrire. Nous devons travailler, nettoyer, dormir, ne pas trop parler entre nous et obéir.

Du matin au soir, nous déchargeons des wagons remplis de gros navets pourris. Ils sont ronds, couverts de boue, ils glissent entre mes mains et ils sentent tellement mauvais que j'ai envie de vomir. J'ai de la chance! Tola, elle, ne cesse d'avoir faim et de parler de nourriture. Elle en rêve à un point tel qu'elle crie dans son sommeil. Moi, j'ai mal au cœur et j'échange le carré de pain noir qu'on nous donne le soir, contre une cigarette. Il est vrai que si maman savait que je fume, elle serait très fâchée, mais cela me fait du bien d'aspirer la fumée. Cela m'aide à avoir des idées claires et à réfléchir.

Dans notre baraque, nous sommes quatre-vingts, mais de notre formation il n'y a que nous deux, Danka et moi. Elle est toute ma famille à présent. C'est à Berlin que nous nous sommes juré de ne jamais nous quitter. Danka pense comme moi, que ce qui est le plus important c'est de continuer à combattre pour la liberté.

Nous en avons discuté tout d'abord à Pruszkow, où nous avons attendu deux jours parquées sur un immense terrain vague, sans savoir si on allait nous fusiller ou nous envoyer en Allemagne. Ensuite, les Boches nous ont fait courir toute la nuit jusqu'à la gare qui se trouvait très loin, je ne sais trop où, parce qu'il n'y avait pas d'indication de lieu. Nous sommes montées dans des wagons à bestiaux, les gardes ont verrouillé les portes et nous sommes parties. Le train roulait, on entendait des coups de feu dehors, mais la locomotive continuait à siffler. C'est la nuit suivante seulement que les bombardements ont commencé. Les S.S. ont déverrouillé les portes des wagons et nous avons couru à nouveau, cette fois-ci à travers une ville.

Le spectacle était magnifique! Autour, les maisons flambaient et la lueur des incendies couvrait le ciel. Nous étions en Allemagne!

J'étais à bout de souffle quand les gardes nous ont poussées vers l'escalier qui descendait sous terre. Danka et moi nous nous sommes retrouvées ensemble dans un immense abri où il y avait une foule de civils qui parlaient allemand. Ils s'écartaient sur notre passage, comme s'ils avaient peur de nous. Les S.S. criaient. Dans un coin du fond il y avait plusieurs femmes et filles de notre groupe. Je pensais à maman qui n'a jamais cessé de croire que les Allemands vont perdre la guerre. Danka et moi avons décidé cette nuit-là que nous allions nous évader et continuer à nous battre. Zbik, notre lieutenant, nous a dit au moment du départ de Varsovie, qu'un soldat qui devient prisonnier de guerre, doit faire l'impossible pour s'échapper. C'est son devoir... Je suis sûre que Zbik a raison, mais ce n'est pas si facile que cela. Nous sommes restées plusieurs heures dans cet abri à Berlin, et les Boches nous ont même donné à manger, mais, malgré les bombarde-ments, nous sommes demeurées leurs prisonnières. Impossible de s'évader! En pleine nuit, ils nous ont obligées à courir à nouveau, à monter dans un autre train et c'est ainsi que nous sommes arrivées dans ce camp où nous sommes toujours.

Autour, il y a des barbelés, des tours de contrôle, des gardes qui nous surveillent et des chiens. Une femme âgée a essayé de sortir de sa baraque après le couvre-feu. Elle était malade et voulait se rendre jusqu'aux latrines. Les soldats ont tiré et ils l'ont tuée. Pauvre vieille dame! Nous sommes plu-sieurs centaines ici, et je ne la connaissais pas, mais j'ai eu l'impression de perdre quelqu'un de très proche.

Tola, la responsable de notre baraque, une ancienne chef-taine scoute, a organisé des prières pour le repos de son âme. Cela n'a pas plu aux Boches et pendant deux semaines, ils nous ont supprimé notre ration de margarine.

Notre camp s'appelle Bergen-Belsen et c'est un terrain immense coupé au milieu par une voie de chemin de fer. Il semble que d'autres prisonniers sont là depuis plus longtemps que nous, parqués de l'autre côté de cette voie. C'est étrange!

Une fumée noire monte constamment au-dessus de cette partie du camp et quand nous déchargeons les navets cela prend à la gorge et fait tousser. C'est une fumée qui a une odeur âcre très particulière et qui ne ressemble pas du tout à celle qui flottait au-dessus de Varsovie pendant l'insurrection.

Bonne nouvelle ce matin. Nous repartons. Juste un petit groupe, il est vrai, mais Danka et moi sommes du voyage. Plus encore, nos camarades qui restent nous considèrent comme de véritables héroïnes, ce qui n'est pas du tout désagréable. Pourtant les choses se sont passées très vite et nous n'avons aucun mérite dans cette histoire.

Notre commandante, Madame Lesniakowa, professeure de physique du lycée où papa avait passé son bac, nous a réunies après l'appel que les Boches font chaque matin à cinq heures très exactement, avant le lever du jour. Elle nous a annoncé que le commandant allemand exige quatre-vingts filles, jeunes et solides, pour les envoyer travailler dans une zone bombardée. Madame Lesniakowa qui a le rang de capitaine et qui est plutôt âgée, nous a dit que sa conscience ne lui permettait pas de prendre la responsabilité de nous désigner.

— Je demande des volontaires, a-t-elle crié, parce que celles qui partiront ne reviendront peut-être pas vivantes. J'ai essayé de protester, mais cela n'a servi à rien. Si les quatre-vingts filles ne se présentent pas, tout de suite, le commandant va les choisir lui-même, ce qui serait déshonorant pour nous, soldats de l'insurrection. En vous portant volontaires vous protégez vos camarades et vous faites votre devoir à leur égard.

Danka et moi, nous avons échangé un clin d'œil et nous sommes sorties des rangs les premières. Il pleuvait, le ciel pâlissait et devenait gris. Les gardes observaient la scène, leurs mitraillettes pointées dans notre direction. Je n'avais pas peur, bien au contraire, j'étais heureuse! Quelque chose allait enfin changer... D'autres filles imitaient notre exemple et à la fin nous étions plus d'une centaine. C'est alors que le capitaine Lesniakowa s'est approchée, m'a regardée droit dans les yeux et m'a dit un seul mot: Merci!

Hanovre. Notre baraque est située près de l'usine où travaillent plusieurs prisonniers de guerre. Ce sont des Français. Nous, nous réparons les rues. C'est dur et pénible, les plaques d'asphalte sont lourdes, nos mains saignent, mais les bombardements alliés se succèdent nuit et jour, et les soldats allemands qui nous surveillent ont plus peur que nous. Danka se moque de moi, parce que je suis certaine qu'aucune de nous ne sera blessée, ou tuée. Les pilotes britanniques, américains et polonais qui sont là-haut, dans le ciel, doivent savoir que nous sommes prisonnières de guerre et soldats de l'insurrection de Varsovie, et ils vont certainement faire attention!

Madame Dorota avait raison. Il est important de connaître plusieurs langues. Malheureusement mon français est très mauvais et j'ai eu de la difficulté à comprendre le prisonnier qui a essayé de me parler pendant que les gardes nous faisaient courir vers les abris. C'était un homme, grand et mince qui portait sur sa tête un béret et qui avait un très joli sourire. Demain, je vais essayer de le rencontrer à nouveau. Il y aura sûrement une alerte! Depuis que nous sommes là il y en a tous les jours.

Mon Français s'appelle Maurice Ferré. C'est un lieutenant. Il a été déporté après la capitulation de la France, mais cela fait quelques semaines seulement qu'il est à Hanovre. Avant, il était dans un camp et il n'avait aucune chance de s'évader, mais maintenant il est persuadé qu'il peut réussir. Si j'ai bien compris, il me propose de partir avec lui. J'ai répondu que nous serions deux et j'ai montré Danka du doigt. Il a fait un signe de la tête comme s'il acceptait.

Je l'envie. Il a son uniforme d'officier français. Moi je n'ai que ma jupe noire, un chemisier gris, mes bottes trouvées par Tomek dans les décombres d'une maison à Varsovie et le manteau noir de maman. Soldat de l'insurrection je n'ai même pas le droit de porter le brassard rouge et blanc. Au camp, je devais le cacher pour qu'on ne me le prenne pas lors des perquisitions et des fouilles. Danka me console en me disant que nous avons plus de chance de passer inaperçues dans nos vêtements civils, sales et usés. Depuis, je me demande comment Maurice Ferré va faire pour trouver des vêtements civils. Je suis très excitée et j'ai du mal à tenir ma langue.

Nous avons dans notre baraque un poêle et le soir on chauffe de l'eau et on se fait une sorte de café, puis on bavarde tard dans la nuit. Il est difficile, à ces moments-là de ne pas se confier, mais Danka et moi sommes bien obligées de nous taire. En fait, nous sommes en train de préparer une trahison à l'égard de nos camarades. Impossible de les emmener toutes avec nous! Je trouve cela très pénible de leur cacher nos plans. J'y pense sans cesse, le matin surtout quand nous descendons la côte qui mène de nos baraques à la ville, en chantant à tue-tête des chants patriotiques. Les gardes qui nous accompagnent enragent, nous menacent et crient. Nous, nous marchons en rangs, solidaires, unies et prêtes à faire n'importe quoi l'une pour l'autre.

Il est beaucoup plus facile de trahir que je ne l'imaginais...

La campagne est grise et calme. Il pleut et il fait froid. Dans le compartiment vide j'ose prendre mes aises et je m'installe à côté de la fenêtre. Je suis sûre que nous allons réussir. Jusqu'à présent cela a été facile et il n'y a pas de raisons pour que notre bonne étoile nous abandonne.

Tout d'abord il y a eu l'alerte et un bombardement pire que les précédents. Cela a commencé aux environs de minuit. Notre baraque ressemblait à un bateau ivre. Les lits superposés se décomposaient dans un grand bruit de planches qui tombaient les unes sur les autres. Couchée par terre à côté de Danka, je ne voyais rien dans le noir, puis, soudain, je fus aveuglée par une lumière étrange, rougeâtre et j'ai cru que j'étais en train de pénétrer dans un autre monde, celui d'où il n'y a pas de retour. Un souffle avait enlevé le toit et, au-dessus de ma tête, une sorte de feu d'artifice géant couvrait le ciel. À travers le bruit infernal, j'ai entendu quelqu'un hurler et sans trop savoir comment je me suis retrouvée dehors avec Danka que je tenais par la main. L'artillerie anti-aérienne tirait, les bombardiers arrivaient par vagues, par centaines, la terre tremblait, mais nos gardes étaient là avec leurs mitraillettes et leurs chiens. Comme un troupeau nous avons couru avec eux vers l'abri de la gare centrale. Derrière nous, roulait l'ambulance dans laquelle on avait fait monter des blessées de notre baraque et de deux baraques voisines. Les explosions éclairaient la ville, une lumière blanche, légèrement verdâtre noyait pendant de longs moments les façades des maisons qui tenaient encore debout, tandis que d'autres disparaissaient derrière les langues de feu qui se mettaient à les lécher. Quand nous sommes arrivées devant la gare, les sirènes ont commencé à hurler. Déjà les voitures de pompiers et les ambulances avançaient à toute vitesse vers le centre de la ville. La rue s'animait. Des gens se précipitaient avec des civières, des couvertures, et des bidons remplis d'eau, tandis que ceux qui étaient dans l'abri de la gare, sortaient et formaient une foule compacte devant l'édifice surmonté de la grande horloge. C'est à ce moment là que j'ai vu Maurice Ferré. J'ai reconnu son béret et j'ai réussi à me glisser jusqu'à lui en tirant Danka qui me tenait toujours par la main. Il portait une longue capote cirée, comme celle des soldats allemands, il paraissait très calme et sans un mot il nous entraîna à l'intérieur.

Le hall de la gare était éclairé chichement, mais il y avait des gens partout, sur les bancs, devant les caisses et devant l'entrée qui donnait sur les quais. J'ai senti dans mes mains l'argent que Maurice venait de me passer et j'ai répété bêtement le nom de la station pour laquelle je devais demander des billets. Je me suis placée ensuite dans la queue, derrière une femme et j'ai attendu. Mon cœur battait si fort que j'avais peur qu'elle l'entende, mais elle ne faisait pas attention. Quelque chose venait de changer. Ils avaient tous l'air aux abois, même les S.S. qui se tenaient devant une autre caisse, un peu plus loin. Ils n'observaient plus personne. Ils regardaient droit devant eux, comme s'ils voulaient éviter ainsi de croiser les regards des civils.

La caissière m'a vendu trois billets, nous sommes montés dans le train et nous nous sommes séparés par mesure de prudence. D'une station à l'autre, les wagons se vidaient. Maintenant c'est la dernière étape. Danka est dans le wagon en avant et Maurice dans celui qui est derrière le mien. Le jour se lève.

La porte qui donnait sur l'autre côté des voies, n'était pas verrouillée. Je l'ai ouverte et j'ai sauté juste au moment où le train s'ébranlait à nouveau, puis j'ai roulé en bas, dans le ravin et je me suis couchée à plat ventre sur la terre humide. C'est là que Danka et Maurice, qui eux aussi ont sauté, m'ont retrouvée. Nous avons marché ensuite jusqu'au sous-bois où Maurice a sorti de sa poche une petite carte. Il n'était pas facile de s'orienter à partir de ce plan-là, mais il paraissait sûr de lui. Nos vêtements étaient mouillés, nous avions faim et moi je me disais que d'un instant à l'autre les S.S. allaient surgir devant nous et nous arrêter. Je comprenais de moins en moins bien le français de Maurice et son allemand m'énervait parce qu'il a cet accent dur, authentiquement prussien, que j'exècre.

C'est étrange, tant que nous marchions à travers le sous-bois Danka parvenait à garder sa bonne humeur. Nos pieds s'enfonçaient dans le sol boueux, mais on pouvait s'accrocher à un tronc d'arbre, sentir sous les doigts son écorce, dure et rugueuse et avoir ainsi l'impression que nous n'étions pas isolés entre le ciel et la terre. Les arbres nus, fouettés par le vent, nous protégeaient à leur manière. Par la suite, cependant, ce fut la plaine à perte de vue, des maisons au loin, le chemin étroit entre les champs, la terre mouillée, la grisaille des nuages et la sensation d'être des cibles de choix dans ce paysage désolé.

Parfois, quelques corneilles passaient en croassant au-dessus de nos têtes et moi je pensais aussitôt aux vautours, ou encore un chien aboyait et Danka me serrait convulsivement le bras. Maurice, qui nous précédait, tombait souvent. Ses bottes aux semelles cloutées glissaient dans la glaise et il avait du mal à se relever. Il ne cessait, pour autant, de nous rassurer, tantôt d'un sourire et tantôt d'un geste, comme s'il se sentait responsable de ce que nous pensions et de ce que nous ressentions. Le temps se traînait.

Vers midi nous avons entendu un train rouler quelque part sur notre gauche et nous nous sommes couchés aussitôt à plat ventre, les visages collés contre la terre de crainte qu'on ne nous remarque et qu'on ne commence à tirer dans notre direction. C'était stupide et ridicule, puisque nous étions très loin des voies, mais Maurice estimait que c'était une précaution à prendre. Quand nous nous sommes redressés, nos visages barbouillés de boue étaient aussi drôles que ceux des clowns qui se maquillent pour faire plaisir aux enfants et, comme eux, nous avons éclaté de rire.

146

Comment se fait-il que moi, qui ai abandonné ma mère, je sois encore capable de rire ainsi en toute innocence? Je me suis posé cette question à maintes reprises déjà, mais je ne trouve toujours pas de réponse. Je suis un monstre, voilà tout...

Nous sommes parvenus, tard dans la nuit, jusqu'à la grange à moitié détruite où nous attendaient deux jeunes Hollandais qui devaient nous aider à franchir la frontière. Nous avions plus d'une journée de retard, mais ils étaient là, fidèles, dévoués et pleins d'admiration pour notre courage. Ils nous ont appris que Paris était libéré et que les Alliés étaient déjà en Hollande. Notre évasion me paraissait soudain stupide, dérisoire et dans un certains sens, criminelle. Je pensais à nos camarades qui là-bas à Hanovre subissaient peut-être des représailles à cause de Danka et de moi, et ce qui était hier encore une nécessité, notre devoir de soldats, m'a paru être une lâcheté sans nom. J'avais honte et je ne pouvais le dire à personne, puisque Maurice jubilait et que Danka m'embrassait comme une folle.

Dehors, c'est la grande ville, c'est Paris, mais ici, dans notre chambre, tout est calme et propre. J'aime vivre dans ce couvent, où les vieux murs épais me protègent, où l'odeur d'encaustique chasse toutes les autres et où on parle à voix basse pour ne pas troubler la paix de la chapelle. Ici, l'été est parfumé à l'odeur des fleurs qui poussent dans le jardin et du savon avec lequel on lave les draps.

Dans le fond, près du mur de pierre, les religieuses ont installé un lavoir et, du matin au soir, on les voit, à travers les portes ouvertes, frotter le linge jusqu'à ce qu'il devienne immaculé et se retrouve sur les cordes. Serviettes et nappes flottent alors au vent comme des drapeaux blancs d'un pays qui n'existe pas.

J'aime cette propreté méticuleuse, les manies de la mère supérieure qui me gronde parce que je suis mal coiffée, les murmures de la prière qu'on récite en se mettant à table dans la salle à manger qui donne sur le jardin et jusqu'au goût des pommes de terre bouillies qui nagent dans la soupe claire. Les sœurs sont pauvres et nous aussi. En dehors de Danka et de moi, il y a une vingtaine de pensionnaires, des étudiantes pour la plupart, des Polonaises nées en France, et nous les filles de l'insurrection de Varsovie, qu'on observe à la sauvette comme des phénomènes plutôt étranges, difficiles à classer et à étiqueter. Que vais-je devenir?

Danka a obtenu une bourse. Dès l'automne elle va commencer à suivre des cours à l'Alliance française. Maurice Ferré vient la chercher tous les dimanches. Ils s'aiment et ils vont se marier. Mais moi, je ne peux pas rester en France. Je dois retrouver maman. C'est cela mon devoir. Parfois, il m'arrive de penser à Tomek, mais aussitôt je me sens coupable et égoïste. Je n'ai pas le droit de penser à lui tant que je n'aurai pas la certitude que maman est installée quelque part et qu'elle ne manque de rien...

La méfiance est la pire des calamités! Je ne me rendais pas compte jusqu'à présent ce que cela peut signifier de se retrouver devant un fonctionnaire qui vous examine avec des yeux vides et qui ne croit pas un traître mot de ce que vous dites. Cela a commencé pas plus tard qu'hier, à la Préfecture de police.

J'avais reçu une convocation et j'y suis allée à pied. Je suis partie tôt du couvent pour arriver à l'heure et j'ai eu le temps de flâner. Il faisait très beau et il y avait beaucoup de monde dans les rues. Des filles en robes légères, ou en jupes et chemisiers me paraissaient belles, mais j'étais contente de ne pas leur ressembler, moi qui portais l'uniforme que l'armée britannique a bien voulu nous donner. Avec ma casquette sur la tête et ma vareuse, étroitement serrée à la taille, j'avais la certitude que ceux qui me croisaient ne pouvaient ignorer que j'étais un soldat, venu de Pologne, qui s'était battu pour la cause commune. Mes épaulettes en témoignaient. J'appartenais à la grande famille des Alliés qui avaient vaincu les Nazis, et par le fait même j'étais quelqu'un, bien que je n'aie eu que cinq francs dans mes poches.

Sur les Champs-Élysées, des grands gars en uniformes américains se détachaient distinctement dans la foule. Ils étaient différents des autres hommes. Leurs jambes, leurs bras, paraissaient plus longs, leurs mouvements plus souples. Ils avançaient dans le soleil comme s'ils étaient dégagés des contraintes de la chaleur et de la fatigue. J'avais du mal à distinguer les officiers des soldats et je les trouvais tous semblables, ceux qui étaient noirs de peau, comme ceux qui étaient blancs.

Au coin des Champs-Élysées et de la place de la Concorde, deux Américains distribuaient de la gomme à mâcher à un groupe d'enfants qui se tenait devant eux. Ils ressemblaient ainsi à de bons géants, mais derrière mon dos une femme disait à une autre que ces G.I. se conduisent en vainqueurs et qu'ils ont des manières détestables. Elles parlaient assez fort pour que n'importe qui puisse les entendre et j'ai eu l'impression qu'elles tenaient à ce que les soldats les remarquent. Moi, j'aurais aimé en cet instant être aussi riche qu'eux, avoir des bonbons dans mes poches et pouvoir les donner aux enfants que nous avons vus sortir de Varsovie entourés de S.S., de gardes et de chiens qui n'attendaient qu'un signe pour se lancer en avant et pour mordre...

À la Préfecture de police, il y a eu tout d'abord beaucoup d'escaliers à franchir, puis des corridors et finalement l'attente. Dans la foule de gens qui se tenaient debout dans l'étroit espace, je n'étais plus qu'un objet de curiosité. On m'observait, on me dévisageait, j'étais une personne déplacée autant à cause de mon uniforme que de ma façon de sourire à la ronde.

Au bout, derrière une petite vitre, une femme, la préposée à la réception, ou la secrétaire, je ne sais trop, était en train de faire ses ongles. Lentement, elle appliquait le vernis avec un minuscule pinceau, puis portait son doigt à ses lèvres, soufflait un peu et recommençait. C'était agaçant! Un peu plus près de moi, derrière l'ouverture protégée en partie par une grille, un homme recevait les gens et posait des questions.

Les heures passaient. J'avais mal aux pieds et je ne souriais plus. Quand vint mon tour, l'homme me regarda à travers ses lunettes, manifesta de l'étonnement, m'assura qu'il s'agissait d'une erreur et m'annonça que je ne devais me présenter que plus tard, quand je serais démobilisée. Comme j'insistais, il accepta, condescendant, à examiner les documents que j'avais reçus de la Mission militaire polonaise et aussitôt les choses commencèrent à se compliquer.

— Soldat, à votre âge, mais c'est insensé, marmonnait l'homme en hochant la tête. On se moque de l'administration française! Ce n'est pas une maternelle ici! Ah! ces Polonais, vous ne faites jamais rien comme tout le monde et cela dure depuis des siècles. Ce n'est pas chez moi qu'il fallait vous présenter. Voyons, vous ne savez pas lire? Regardez donc ici, sur ce papier, c'est indiqué clairement. Bureau 45! Mais il est trop tard déjà, c'est fermé. Revenez demain...

Je ne l'ai pas cru et je suis allée quand même frapper à la porte du bureau qui se trouvait à l'étage du dessus. Comme il n'y avait personne dans le corridor, j'ai pu entrer tout de suite. Derrière la table trônait un monsieur qui m'a paru important. Il me dévisagea d'un air étonné, puis m'ordonna de m'asseoir et commença à me poser des questions. Je répondais de mon mieux dans mon français hésitant, mais j'avais beau dire la vérité, il me regardait d'une telle façon que j'avais l'impression de mentir. À la fin de ce long interrogatoire je ne savais plus qui j'étais, et pourquoi j'étais venue, tandis que lui paraissait songeur. Il sonna, deux autres messieurs sont arrivés et le plus âgé, un Polonais, se chargea de traduire.

Au fur et à mesure que je parlais, les yeux du Polonais devenaient de plus en plus brillants, tandis que ceux des deux Français n'exprimaient que le doute. Pour ma part je n'étais plus sûre de rien. Me suis-je vraiment évadée de Hanovre, ou ai-je rêvé tout cela? Et l'insurrection de Varsovie, les barricades, les bouteilles remplies d'essence, la Gestapo, était-ce une réalité, ou juste un cauchemar fou? J'étais épuisée, je transpirais à grosses gouttes et j'avais envie de leur lancer des injures à la tête, mais en français cela m'était impossible faute de connaissances et je ne voulais pas faire de peine au Polonais.

Le monsieur important, se leva finalement, se mit à bâiller, puis dicta quelque chose au Polonais qui s'empressa de prendre des notes. Mon présent, comme mon passé et mon avenir avaient beau être douteux dans son esprit, la République française acceptait quand même de m'accorder un permis de séjour temporaire. Selon lui, c'était une bonne chose et un véritable cadeau de la haute administration. Le Polonais, de son côté, confirmait et ajoutait des explications. Dès que je recevrais mes papiers de la Mission militaire polonaise, attestant que j'étais démobilisée, j'aurais droit à une carte de séjour verte valable pour six mois et renouvelable à l'étage du dessous, dans le même édifice, sur présentation et explication des motifs de la demande de ladite prolongation. Bref, j'avais de la chance! Je pouvais rester à Paris, vivre en France et tout cela malgré mon jeune âge, mes expériences passées, à la fois curieuses et douteuses et le fait que je n'avais ni famille, ni moyens de subsistance, ni aucune capacité particulière de gagner ma vie.

Le monsieur important insista sur ce dernier point et cela me rendit brusquement tout mon courage. Je lui répondis que je connaissais un Français, un vrai, Maurice Ferré, et qu'il serait décoré prochainement de la Légion d'honneur. J'aurais voulu ajouter que moi-même j'allais recevoir la Croix de guerre polonaise, mais je n'ai pas osé. J'étais à bout de souffle. J'ai bien fait cependant de parler de Maurice. Aussitôt le monsieur important s'est mis à me sourire et il m'a paru ainsi plus jeune et moins intimidant. Il m'a demandé de lui apporter une attestation signée par Maurice tout en me faisant comprendre que bien que mon histoire à moi ne tienne pas debout, la parole de ce valeureux officier suffirait pour lui faciliter la tâche. Il m'a tendu la main, je l'ai serrée et je suis sortie.

Dehors, les ombres du soir caressaient les statues noircies par le temps. La Seine coulait sous le pont. Pour la première fois de toute mon existence j'ai douté de moi, de mon pays et des miens. J'ai osé penser que Dieu avait été particulièrement bon pour ceux qui sont venus au monde ici, et plus encore pour cet autre continent d'où arrivent les soldats américains avec leurs poches remplies de bonbons. C'était mal de ma part de trahir ainsi mon propre pays et cela me rendait d'autant plus triste, mais fort heureusement le Polonais qui avait servi de traducteur m'avait rejoint à ce moment-là.

Il se présenta. Il s'appelait Hofman, vivait en France depuis toujours, était marié avec une Française, avait un garçon de mon âge et voulait absolument m'emmener avec lui. J'ai refusé, la mère supérieure n'aime pas qu'on arrive en retard pour le repas du soir, mais j'ai retrouvé aussitôt ma bonne humeur.

Il y a un avantage à être polonaise, on rencontre partout dans le monde des compatriotes et ils se conduisent tous comme si on se connaissait depuis toujours et si on était responsable, par définition, les uns des autres.

Je n'ai plus beaucoup de temps à moi. Je suis des cours avec Danka, à l'Alliance française et, en fin de semaine, Renée, la sœur de Maurice, vient nous chercher et nous emmène chez elle, à Mantes-la-Jolie. Tous les quinze jours, le jeudi soir, je sors avec monsieur et madame Hofman et leur fils Gilbert.

Celui-ci est plus vieux que moi, il a dix-sept ans, il est très gentil, mais il ne connaît pas le polonais. Généralement nous allons au cinéma ou au théâtre, monsieur et madame Hofman s'installent dans la rangée en arrière et moi avec Gilbert dans celle de devant. Il me semble alors qu'ils entendent chacune de nos paroles et que la mère de Gilbert ne cesse de m'évaluer et de me juger. Je n'ose pas parler français devant elle et monsieur Hofman ne s'adresse jamais à moi en polonais ne voulant pas paraître impoli à l'égard de sa femme et de son fils.

D'ailleurs, que pourrais-je leur dire d'intéressant? J'ai pris une décision et je m'y conforme à la lettre. Je ne raconte plus notre guerre, celle que nous avons vécue, maman, Tomek, Danka, madame Dorota et aussi, à sa façon, Maurice. C'est madame Hofman qui me raconte sa guerre où il est surtout question du rationnement et des tentatives de Gilbert de se montrer trop tôt indépendant, autant à la maison qu'à l'école.

En ce qui concerne mes conversations avec la sœur de Maurice, c'est plus compliqué. Selon Renée, ce sont les Soviétiques qui ont gagné la guerre et elle voue à Staline une admiration sans bornes. J'ai beau la contredire, elle me traite de réactionnaire et affirme qu'elle doit entreprendre mon éducation à la base.

Renée n'est pas mariée. Elle est plutôt vieille, elle doit avoir plus de trente ans, adore Maurice, travaille comme institutrice et milite dans le parti communiste. Elle se méfie de Danka et il me semble qu'elle voudrait que Maurice ne l'épouse pas l'hiver prochain comme il est entendu entre eux. Alors, pour aider Danka et Maurice, je me suis efforcée de l'amadouer, mais j'ai découvert que cela ne sert pas à grand-chose de cacher ses propres convictions et d'être hypocrite. Cela est arrivé dimanche dernier et je crois que j'ai eu ma leçon, mais Renée aussi, par ricochet...

Le matin, je suis allée à la messe avec Danka. Maurice n'était pas là. Il est à Toulouse, où il vient de trouver du travail. Il a du mal à exercer son métier d'ingénieur, et il faut absolument qu'il réussisse. Selon lui, le mariage, cela exige un emploi stable, des bons revenus et un plan de retraite. Danka ne pense pas comme lui et moi non plus, mais elle est amoureuse et complètement stupide. Si son Maurice s'avisait de prétendre que la terre n'est pas ronde, elle dirait qu'il est génial et qu'il vient de faire une grande découverte. Je me suis donnée à Tomek, mais je lui tenais tête, tandis que Danka se conduit d'une façon plutôt étrange et j'ai du mal à la comprendre. Soumise, docile, elle ne cesse de parler et de rêver de Maurice, de le parer de toutes les vertus et, même dans son sommeil, elle crie son nom ce qui me réveille puisque nous partageons la même chambre au couvent. C'est à croire que l'amour n'est pas du tout universel et qu'il varie selon les gens qui l'éprouvent!

Donc, de retour de l'église, nous avons trouvé Renée à la salle à manger en train de boire son café crème et de manger son croissant. C'est une vieille maison, entourée de rosiers et elle a beaucoup de charme. Elle appartient à la famille de Renée et de Maurice depuis plusieurs générations. À la mort de leurs parents ils en ont hérité tous les deux.

La France est un pays heureux. Ça doit être merveilleux de pouvoir vivre parmi les objets qui ont appartenu aux gens qu'on a connus et aimés. Chez nous, en Pologne, il y a trop de morts et trop de ruines. Le jardin planté par mon arrière-grand-père a été rasé lors de la Première Guerre mondiale et les rosiers, que mon père avait cultivés quand j'étais petite, ont été déracinés par des bombardements et écrasés sous les ruines de la Seconde...

Renée était de bonne humeur, nous avons déjeuné et elle m'a proposé de m'emmener avec elle à la réunion du parti où elle devait se rendre. Prudente, Danka travaillait déjà dans le jardin et avait les mains couvertes de terre. Pour faire plaisir à Renée et pour assurer à Danka une journée de liberté, j'ai accepté.

La réunion avait lieu dans la grande salle où, le soir, on projette des films. Cela avait commencé très bien. Sur l'estrade un jeune homme, très grand et très maigre chantait «J'attendrai, le jour et la nuit j'attendrai toujours...» d'une façon si émouvante que j'ai eu l'impression de voir à côté de lui la silhouette frêle de maman, puis le visage souriant de Tomek. Par la suite, cependant, ce fut moins drôle. Un bonhomme parlait des réactionnaires et des pétainistes qui ont trahi la France et qui se sont enrichis pendant l'occupation. De leurs crimes aussi, restés impunis, contre les héros de la résistance et de la nécessité de les traquer jusqu'au dernier. Sur l'écran on projetait l'inscription *Americans go home* et un autre homme montait sur la scène.

— C'est un journaliste, me chuchota Renée à l'oreille, il écrit dans *L'Humanité*.

Le journaliste parlait du rôle de l'Armée rouge, de son avance victorieuse et de la façon suivant laquelle elle avait libéré Varsovie. Au début, je suis restée sagement à ma place, mais quand j'ai compris qu'il s'agissait de mon pays, de ma ville, je n'ai pas hésité. Je me suis levée d'un bond, j'ai couru le long du passage du milieu, j'ai grimpé sur l'estrade et debout, ma casquette dans mes mains, mes cheveux en bataille, je me suis mise à hurler, moitié en français et moitié en polonais, qu'il mentait. Le journaliste, surpris, recula un peu et un brouhaha s'éleva du côté de la salle. Les gens semblaient désorientés, mais cela n'a pas duré. J'ai eu juste le temps d'expliquer au micro que j'étais de l'insurrection de Varsovie et déjà quelqu'un me l'arrachait des mains.

— Sale fasciste, hurla le journaliste en pointant son poing dans ma direction.

Maman serait horrifiée par la conduite de sa fille, mais je n'ai pas hésité. J'ai levé mon bras et de toutes mes forces je l'ai giflé. Aussitôt d'autres m'ont saisie par derrière et ont essayé de m'immobiliser, mais je me suis débattue en distribuant des coups de pied, puis j'ai enfoncé mes dents dans la main de la bonne femme qui voulait me retenir par le bras. Elle hurla à son tour, de douleur cette fois-ci, et j'ai pu me dégager. J'étais entourée d'hommes et de femmes qui me dévisageaient, mon nez saignait, ma chemise kaki était tachée et mes cheveux tombaient sur ma figure. Quelqu'un se pencha et me tendit ma casquette qui était tombée par terre. Je me suis secouée et en essayant de paraître digne, j'ai répété à haute et intelligible voix que j'étais polonaise et soldat de l'insurrection de Varsovie. Aussitôt après le journaliste annonça une pause au micro et Renée est venue me chercher. C'est avec elle que je suis descendue de l'estrade.

Devant nous, la salle se vidait lentement. Renée gênée, bafouillait quelque chose, et moi, je marchais vers la sortie aussi calmement que possible. On venait de me traiter de fasciste, en France, pays de liberté, de fraternité et d'égalité, comme disait madame Dorota, de la culture et de la tolérance, patrie de Victor Hugo et de Balzac!

Une fois arrivées à la maison, je me suis mise à pleurer de rage, Renée assise à côté de moi, ne savait que faire et que dire pour me consoler, tandis que Danka voulait absolument me faire avaler une tasse de thé, comme le faisait autrefois maman quand elle ne parvenait pas à comprendre mes chagrins d'enfant et mes crises de larmes.

La dame que je vois régulièrement au bureau de la Croix Rouge Internationale m'a annoncé ce matin qu'on abandonne les recherches. Aucune trace de ma mère dans les registres disponibles. Aux bureaux de l'I.R.A., même réponse, mais il y a quand même une lueur d'espoir. J'ai parlé de Karol à monsieur Hofman et bien que j'ignore son vrai nom, nous sommes allés ensemble rencontrer le directeur des services juifs. Malgré la foule qui là aussi attendait dans le corridor, il nous a bien reçus et il a promis de faire ce qu'il pourra.

Danka n'a plus le droit de porter son uniforme. Elle est démobilisée. Désormais, elle a sa carte d'identité verte émise par la Préfecture de police, et valable pour un séjour de six mois. Elle est tout aussi gauche dans sa robe brune, cadeau de Renée que dans le tailleur beige acheté par madame Hofman. C'est comme si elle avait perdu brusquement son identité au profit de celle d'une étrangère qui n'est plus qu'une «personne déplacée». Heureusement, elle ne s'en fait pas trop. La date de son mariage est fixée. En décembre, elle va épouser Maurice, deviendra madame Ferré et ira vivre à Toulouse. J'ai du mal à m'imaginer ce que je vais devenir, moi, et j'attends la décision de la Mission militaire polonaise qui seule peut disposer de mon sort.

J'ai des nouvelles, maman est vivante et elle m'aime. Je viens de recevoir une lettre, je l'ai lue et relue, je ne sais trop combien de fois.

«Mon amour, ma merveilleuse petite fille. Je pense à toi sans cesse. Je caresse tes cheveux, tes boucles folles, j'embrasse tes fossettes qui se creusent dans tes joues quand tu souris, je te serre dans mes bras de toutes mes forces et je suis trop heureuse de te savoir vivante pour pouvoir l'exprimer. Le soir, quand je me couche, je te parle tout doucement, je te récite des poèmes comme autrefois, quand nous étions encore dans notre maison et que tu refusais de dormir. Sans le savoir tu m'as donné tant de bonheur et tant de joies que ma vie en est illuminée et que je porte en moi l'image de ta frimousse comme si tu étais là, à côté de moi. Je t'aime et je sais que nous allons être réunies à nouveau, mais attends de mes nouvelles et profite bien de ton séjour à Paris. Ce que je veux, c'est surtout de te savoir en bonne santé, libre et capable de reprendre tes études. Tâche d'être courageuse et d'apprendre le français.

Je t'embrasse, ma merveilleuse petite fille, et je te remercie d'exister car sans toi la vie n'aurait ni parfum, ni beauté et ne vaudrait pas la peine que je livre à chaque instant une lutte épuisante pour que tu puisses être fière de moi.»

C'est étrange, ce n'est ni l'écriture, ni le style de maman. Elle a dû beaucoup souffrir pour m'écrire une lettre pareille. Ce qui me fait de la peine c'est que je ne peux pas lui répondre. Je n'ai pas son adresse. Sur l'enveloppe, le timbre est polonais et il y a aussi le tampon de la poste de Varsovie, mais c'est tout. Peu importe! Ce qui compte c'est que maman soit vivante. Je n'ai plus de remords de l'avoir laissée seule et puis, grâce à sa lettre que je porte sans cesse sur moi, je n'accepte plus d'être ballottée comme une feuille au vent, et de continuer à attendre qu'à la Mission militaire polonaise on décide ce qu'il va advenir de moi. Il est de mon devoir de me débrouiller puisque maman m'attend et qu'il faut qu'elle puisse être fière de sa fille.

Mon uniforme ne me donne plus droit à la gratuité des transports. Pour prendre le métro, je dois payer mon billet et, comme je n'ai pas d'argent, j'ai décidé de me rendre à pied à la Porte de Vincennes. Quand je suis arrivée à la Mission militaire polonaise je savais exactement ce que j'allais dire au capitaine dont je relève et qui normalement se contente de me donner des ordres sans me laisser le temps d'ouvrir la bouche. J'ai eu de la chance. La salle d'attente était vide et le capitaine était seul dans son bureau. J'ai frappé à la porte, je suis entrée, je me suis mise au garde-à-vous et j'ai parlé.

J'ai dit que je voulais obtenir l'adresse de ma mère et retrouver Tomek sans être obligée de faire appel à des services autres que ceux de notre armée. J'ai osé même expliquer à ce capitaine, décoré par Sa Majesté le roi d'Angleterre, que nous, les soldats de l'Armée du Pays, nous étions capables de retrouver des gens pendant l'occupation, tandis qu'eux, en temps de paix ne réussissaient pas à retracer nos familles.

— Comme ça, le soldat de première classe estime que l'armée régulière est moins efficace que le maquis, m'a-t-il répondu en adoptant un air faussement martial. Allons, assieds-toi et explique-moi ce qui se passe au juste dans ta tête.

J'ai parlé de Tomek et il a pris quelques notes. Par contre il a affirmé que ce n'est plus la peine de chercher maman puisqu'elle va certainement indiquer son adresse dans sa prochaine lettre. Ensuite, j'ai eu droit, à titre confidentiel, à une grande nouvelle. À La Courtine-Le-Trucq, dans la Creuse, l'armée française a accepté de recevoir plusieurs milliers de soldats polonais. Grâce aux accords qui ont été passés par notre commandement avec le ministère de l'Éducation, on va y installer un collège temporaire où je vais être envoyée pour passer mon bac. Si je réussis, j'aurai droit à une bourse et je pourrai m'inscrire à l'université. D'ici là, j'aurai tout le temps pour communiquer avec ma mère et pour m'entendre avec elle où et comment nous allions nous retrouver.

— Reviens me voir dans une semaine, m'a-t-il dit. J'aurai peut-être quelque chose sur ce garçon que tu cherches. Sait-on jamais...

Sa bouche souriait, mais ses yeux étaient tristes et j'ai eu envie d'oublier la discipline militaire et de lui demander si lui aussi avait laissé au pays une femme, des enfants, une famille qu'il ne retrouvait pas malgré son grade, ses états de service et ses relations... Mais, comme s'il avait deviné mes intentions, le capitaine me tourna brusquement le dos et je suis partie après avoir claqué les talons de mes lourdes bottines lacées comme cela est d'usage dans l'armée régulière.

Danka a pris ce matin le train pour Toulouse et me voilà seule. Je vais me coucher tôt, parce que je tombe de sommeil. Nous avons passé cette dernière nuit à bavarder, ou plus exactement Danka parlait et moi j'écoutais. Ses parents sont morts. Il ont été tués pendant l'insurrection, juste au moment où le quartier de Starowka est tombé. Elle n'a plus personne en dehors de moi. Je suis le dernier témoin d'une époque de sa vie qui est en train de s'achever. Alors avant de tourner la page, avant de commencer à oublier, elle voulait faire resurgir de l'ombre son père que je trouvais si séduisant autrefois, notre passé commun et nos camarades. Elle essayait d'exorciser ainsi sa peur du lendemain, de l'inconnu, du mariage et de la nuit de noces.

J'aurais dû la rassurer et lui parler de ce que j'ai vécu moi-même avec Tomek, mais je ne l'ai pas pu. Cela serait déchoir aux yeux de ma meilleure amie que de lui avouer que je ne suis plus vierge. J'aime trop Danka pour envisager un risque pareil. Et puis, l'amour, cela se vit, mais cela ne se raconte pas. Personne ne peut profiter de l'expérience d'un autre. Je lui souhaite d'être aussi heureuse dans les bras de Maurice que je l'ai été dans ceux de Tomek, mais je sais à l'avance que cela n'est pas possible. Maintenant encore, il me suffit de fermer les yeux, de penser à ces moments-là, uniques et inavouables, pour sentir mon corps se cabrer et vibrer à faire mal...

Maurice a voulu payer mon voyage à Toulouse pour que je puisse être le témoin de Danka, mais j'ai refusé. Renée, de son côté, s'était déclarée malade. Elle ne croit pas en Dieu et ne veut pas de ce mariage à l'église qu'elle trouve ridicule. C'est sa façon de manifester sa désapprobation à son frère. Il me semble que si j'avais un frère je n'agirais jamais de cette façon-là, car pour moi il serait la plus importante personne au monde après ma mère.

Il est long ce voyage de Paris à La Courtine-Le-Trucq.

J'ai eu le cœur serré en quittant le couvent. Les sœurs m'ont donné beaucoup de choses. Deux chemises de nuit en toile blanche, finement brodées au col et aux manches, une paire de bas noirs et épais que je ne porterais pour rien au monde et un petit sac avec des sandwichs et des pommes. La mère supérieure a essuyé une larme et moi aussi. Ensuite la lourde porte en bois sculpté s'est refermée derrière moi, il y a eu les rues de Paris, cette ville que j'aime et que je ne suis pas sûre de revoir et le bruit de la gare où je me suis sentie perdue.

Me voilà à Clermont-Ferrand, assise sur un banc particulièrement dur dans une salle d'attente parfaitement déserte. Il me faut être patiente. Mon train pour La Courtine-Le-Trucq, n'arrivera que demain matin. Autant me coucher et dormir, au lieu d'écrire. Pourvu que les sœurs n'oublient pas de me réexpédier les lettres de maman quand elles arriveront...

— Zosia!

Personne au monde ne peut prononcer ainsi mon nom. Personne en dehors de Tomek. Il était derrière moi, de l'autre côté du banc et j'ai vu d'abord son visage. Comme je croyais rêver, je n'ai pas osé bouger de crainte qu'il ne disparaisse.

— Zosia, ma Zosia, c'est moi. réveille-toi!

J'ai sauté sur mes pieds et il a pris mes mains dans les siennes. Nous fûmes seuls pendant un long moment, même si des garçons et des filles nous entouraient et riaient. Puis, petit à petit, je me suis dégagée, les joues en feu, persuadée que cela se voyait ce qui a eu lieu entre nous et que tout le monde a deviné que j'appartiens à Tomek. Je lui ai tourné le dos et je me suis mise à parler avec les autres.

Ils étaient une vingtaine environ. Ils avaient des uniformes neufs, de la joie dans les yeux, mais ils racontaient leurs malheurs à qui mieux mieux. Ils ont été libérés en avril, et depuis ils n'ont fait qu'attendre au camp en Allemagne une affectation quelconque. À les entendre, cette attente paraissait plus dramatique que tout ce qui s'était produit dans nos vies pendant l'occupation et la captivité. Eux, comme moi ne pouvaient plus supporter l'insécurité! Désormais, nous nous rendions à La Courtine-Le-Trucq pour étudier et passer notre bac.

Quand le train est entré en gare, nous nous sommes rués sur le quai comme si notre vie en dépendait. Pourtant les wagons étaient vides et il y avait de la place pour tout le monde. J'avais honte. Le chef de gare nous dévisageait comme si nous étions une bande de sauvages. J'ai appris à Paris à m'imposer une sorte de discipline particulière, tandis qu'eux se conduisaient comme des libérés de prison qui profitent enfin de la vie à leur manière sans se soucier de ce que les gens normaux peuvent penser.

J'ai trouvé une place à côté de la fenêtre et Tomek s'est installé en face. Sans nous toucher, nous étions rivés l'un à l'autre, juste à nous regarder dans les yeux et à échanger des sourires. Le train roulait, les roues chantaient sur les rails et dans mon cœur, dans ma tête il n'y avait rien en dehors du nom de Tomek. La gorge serrée, je me taisais tandis que lui racontait, sur le mode drôle, sa vie au camp de prisonniers de guerre et faisait rire aux éclats les garçons et les filles qui nous entouraient.

Une grande pièce propre, des lits avec de vrais draps, des douches au bout du corridor, des livres, des cahiers, du papier à volonté et des crayons bien aiguisés. Une sorte de paradis militaire dont nous sommes les princesses, nous la douzaine de filles qu'on ne cesse d'observer et de surveiller.

C'est pire qu'au couvent où les sœurs avaient des exigences, mais où je pouvais quand même sortir à ma guise à condition de rentrer avant neuf heures du soir. Ici, c'est la discipline particulière qui, selon notre colonel, sert à nous protéger contre nous-mêmes et à nous aider à travailler.

Ils sont plus de deux mille au camp, les soldats et les officiers qui ont combattu aux côtés des Alliés sur tous les fronts. Le vieux capitaine qui habite à côté est venu le premier jour nous raconter leur guerre. Planté devant une grande carte géographique il indiquait avec un long bâton les endroits où ils se sont battus, citait des noms de diverses localités et des dates, puis indiquait sèchement les statistiques des pertes. Nous l'écoutions et nous, qui n'étions que des maquisards de l'Armée du Pays, nous étions gênés.

Eux se sont battus pendant quatre ans, nous, nous avons résisté à l'occupant et quand finalement on a pu attaquer ouvertement les Boches ce fut l'insurrection de Varsovie qui n'a duré que deux mois!

Le vieux capitaine s'appelle Laskowski. Il dirige notre école. J'ai beaucoup de respect pour lui, mais je n'ai pas su me dominer. Je me suis levée et j'ai dit que nous n'avons pas pu faire plus, que les Boches étaient déchaînés, que nous aussi nous avons perdu nos parents et nos camarades, mais que nous ne pouvons pas citer, comme lui, des statistiques, ni même indiquer des places au cimetière où ils ont été enterrés. Malgré moi, ma voix tremblait. J'ai serré mes mains l'une contre l'autre et je me suis efforcée de parler aussi lentement que possible, puis, quand je me suis tue, il y a eu un long silence.

Le capitaine Laskowski a sorti son mouchoir et il s'est mis à tousser drôlement. Autour de moi les filles me regardaient. J'ai avalé ma salive et j'ai ajouté qu'il est inutile de nous traiter comme des enfants et que le règlement affiché à l'entrée de notre baraque est injuste. Le capitaine a mis beaucoup de temps à ranger son mouchoir. Quand il s'est remis à parler sa voix était comme enrouée.

— Vous êtes des combattants à part entière, nous a-t-il dit, et j'attends de vous une conduite irréprochable. Les soldats ici ne sont pas vos camarades du maquis et de l'insurrection. Essayez de le comprendre! Ce sont des hommes et pour eux vous êtes des femmes. Vous devez vous tenir ensemble, suivre vos cours, travailler et ne pas vous laisser entraîner. Sous aucun prétexte, je ne veux vous voir dans les casernes, ni en promenade en dehors du camp, ni avec les soldats de l'Armée française qui a ses quartiers de l'autre côté de la grille de séparation. Celles qui transgresseront ces directives

166

seront mise aux arrêts. Les filles polonaises doivent savoir être des filles fières.!

Depuis, j'ai tout le mal du monde à passer un instant avec Tomek. Nous nous rencontrons aux cours qui ont lieu dans la caserne du centre, près de la grande place où se trouve également le bâtiment où nous prenons nos repas.

Samedi, notre groupe d'étudiants, comme on nous appelle ici, va au cinéma au village. Tomek se débrouille généralement pour être assis à côté de moi et, quand les lumières s'éteignent, il me prend par la main. Samedi dernier, j'ai pleuré. On donnait un film français *L'éternel retour*. La salle était pleine de gens qui habitent le village et dans les environs et j'avais honte de me conduire ainsi devant eux, mais c'était vraiment très beau. Selon Tomek, ce film est un symbole de la résistance française, mais pour moi ce n'est qu'une très belle histoire d'amour et j'avais envie qu'il me prenne dans ses bras...

Nous recevons des rations militaires, des cigarettes, du chocolat et de l'alcool. Notre groupe échange les bouteilles de whisky contre de l'argent. C'est Tomek qui le premier a trouvé le moyen de les vendre aux recrues de l'Armée française bien qu'en principe nous ne devions pas avoir de contact avec eux. On les voit en passant de l'autre côté des grilles mais c'est tout. Ils fument des cigarettes dont le tabac est noir et paraissent, à cause de leurs uniformes frippés, moins riches que nous. Selon le capitaine Laskowski, cependant, ce sont eux qui ont de la chance. Il prétend qu'ils ont un avenir, tandis que nous, nous n'avons que des rêves et des incertitudes.

J'attends toujours une lettre de maman, mais elle n'arrive pas, Danka, par contre, m'écrit régulièrement. Maurice a des ennuis. Ils ont loué un appartement meublé et ils ont eu la visite de la police. Ensuite des hommes sont venus et ils ont saisi leurs meubles. Il paraît qu'ils ont appartenu aux israélites, déportés par les Allemands dans des camps de concentration, dont les biens ont été volés par des salauds qui se sont empressés d'en profiter. Danka et Maurice ne sont pour rien dans cette histoire, mais ils ont été interrogés quand même par le juge d'instruction. Pour Danka cela a été très pénible de comparaître parmi les gens accusés d'avoir collaboré avec des Allemands. Selon Danka, plusieurs personnes ont été condamnées déjà à la prison, ce qui fait que ceux qui étaient là au même moment qu'elle et Maurice paraissaient avoir très peur.

Le boucher où Danka achète sa viande a été battu par des inconnus et il est à l'hôpital. Il paraît que c'est un règlement de comptes pour les affaires qu'il faisait au marché noir pendant la guerre. La propriétaire de la maison où habite Danka prétend que ce n'est que justice, parce qu'il s'était enrichi grâce aux malheurs des autres. Maurice affirme que les gens sont méchants et se vengent comme ils peuvent, puisque lui-même ne sait comment démontrer qu'il n'avait pas pris les meubles des israélites déportés et qu'il était prisonnier de guerre en Allemagne à l'époque. Je me demande ce qui se passe chez nous, en Pologne?

Ah! si seulement j'avais l'adresse de maman, ou de tante Fela et si je pouvais leur écrire! Selon le colonel, commandant de notre camp, la correspondance avec la Pologne est très lente à cause de la censure. Je n'ai pas compris cependant s'il s'agit de la censure polonaise ou soviétique, puisque les

Russes sont maintenant à Varsovie et Dieu seul sait ce qu'ils y font pour empêcher les gens de protester contre leur présence!

Nos professeurs ne ressemblent pas à ceux que nous avions en Pologne. Ils sont beaucoup plus âgés et nous avons du mal à les comprendre. Le capitaine Laskowski qui a au moins quarante ans, sinon plus, a été professeur d'histoire à l'Université de Varsovie, mais ses explications sont claires, tandis que le professeur de mathématiques, le capitaine Lachewski, nous donne des problèmes que personne ne parvient à résoudre. Dans le civil, il a été ingénieur et il ne cesse de nous traiter d'imbéciles indignes de recevoir son enseignement et juste bons pour retourner à l'école primaire. Tomek trouve cela très pénible, tandis que moi je suis persuadée qu'il a raison de me considérer comme une nullité. Dans un certain sens, j'ai de la chance d'être aussi gourde, puisque je viens d'obtenir la permission de travailler avec Tomek. Désormais, nous nous voyons après les cours, mais malheureusement là non plus nous ne sommes pas seuls. On a constitué tout un groupe de garçons et de filles qui se réunissent le soir, après le repas, pour faire leurs devoirs avec Tomek, considéré comme le meilleur élève de notre classe.

Il pleut et il fait froid. Nous avons passé la matinée à essayer les capotes militaires qu'on vient de nous distribuer. Genia, dont le lit se trouve à côté du mien et qui est une fille formidable, prétend que nous devons trouver un moyen de les faire ajuster. Elle est grande, blonde, plus âgée que moi et elle me traite comme sa petite sœur. Nous sommes toujours et partout ensemble et, cette fois-ci, nous sommes donc allées toutes les deux, déléguées par notre groupe, chez le magasinier. C'est un caporal qui, pendant toute la guerre, a été interné en Suisse où il travaillait dans une usine de montres. Cela lui donne des complexes face aux sous-officiers qui ont eu la chance de combattre contre les Boches et il est particulièrement gentil, mais chroniquement débordé. Il nous a suggéré de revenir lundi, mais Genia voulait qu'on puisse être élégantes le soir même, puisque c'était samedi et qu'on devait aller au cinéma.

Le caporal s'est moqué gentiment de nous, puis il a mentionné en passant, qu'au village à la teinturerie, il y a une couturière qui est très capable de faire des ajustements.

— On y va, décida Genia.

Nous avons vendu nos rations de whisky et j'ai beaucoup de francs dans mes poches. Je les garde pour le cadeau de maman, mais je pouvais quand même me permettre de dépenser un peu et Genia aussi.

À la barrière, la sentinelle nous demanda notre laissez-passer, mais Genia l'a convaincu avec son sourire angélique, que nous les avions oubliés à la baraque et que nous étions trop pressées pour retourner les chercher.

Il est joli le chemin du village et je me suis sentie étrangement libre en montant la côte. Il faut que je l'écrive ici parce que ce fut vraiment une sensation merveilleuse.

Au camp, quand nous marchons pour nous rendre à nos cours, je sens dans mon dos les regards qui nous suivent. Les soldats nous observent, nous détaillent et nous dévisagent, comme si nous étions des créatures d'une autre planète. Au mess des officiers où nous prenons nos repas, nous, les filles, nous avons une table à part, mais là aussi de fringants lieutenants s'arrangent pour être aussi près que possible et pour engager la conversation. À vrai dire, cela m'amuse, mais Tomek est très jaloux et je reçois sans cesse de lui des petits mots désagréables. Chaque matin, quand nous arrivons dans notre salle de classe, Tomek me glisse une lettre. Tantôt ce sont des poèmes, tantôt des mots d'amour et tantôt des remarques acerbes concernant ma conduite à l'égard des officiers...

Sur ce chemin du village j'étais enfin seule avec Genia. Le vent nous lançait des feuilles arrachées des arbres, la pluie fine était tiède et douce, comme cela n'arrive qu'au printemps et j'avais envie de chanter à tue-tête.

Le village est très petit. En fait il n'y a que la rue principale, où se trouve la gare, le Restaurant de la Gare, le Bistro de la Gare, la teinturerie, deux ou trois maisons, le boulanger qui vend du pain et des gâteaux et la boutique du cordonnier dont la vitrine est toujours couverte de poussière. Au bout de la rue, il y a la salle de cinéma qui ouvre ses portes les samedi et dimanche, et à côté une autre maison, plus cossue, dont les lourdes portes sont toujours fermées et qui est entourée d'une haute clôture en fer forgé.

La couturière a été très gentille, elle nous a demandé d'attendre et elle a placé le manteau de Genia sur sa machine. Comme le français de Genia est inexistant bien qu'elle l'apprenne avec beaucoup d'application, je me suis chargée de faire la causette. La couturière voulait savoir où nous étions pendant la guerre et je m'efforçais de le raconter avec force détails. Bêtement, je me suis prise au jeu. Quand je suis arrivée au moment où il me fallait décrire comment j'ai réussi à m'évader avec Danka et Maurice, elle s'était mise à sourire d'une drôle de façon. J'ai compris qu'elle ne me croyait pas et j'ai eu honte. Jamais plus je ne raconterai de cette façon-là ce que j'ai à dire. Jamais, je le jure!

Nous avons payé et nous sommes parties en refermant soigneusement la porte. Derrière il y avait la voix de la couturière qui parlait à un homme et qui riait... Sur le chemin du retour, nous sommes tombées sur un officier qui arrêta sa voiture et nous ordonna de monter. Ce fut la fin de notre escapade. Il conduisait, ses mains gantées posées sur le volant et il se taisait. Nous étions en état d'arrestation, nous étions coupables et il était là pour nous emmener confesser notre faute à l'officier chargé de la sécurité. C'était clair et c'était pénible.

Au lieu de nous laisser descendre après la barrière, il roula jusqu'à la grande caserne, tourna à gauche, sur une voie que je ne connaissais pas et nous déposa devant une porte. Ensuite ce fut le bureau, un capitaine derrière sa table de travail, nous deux debout, nos manteaux, sur le dos, la chaleur de la pièce et l'interrogatoire. Genia confessa notre crime et prit sur elle la responsabilité de ma conduite. Le capitaine fit tourner la manivelle du téléphone interne, parla à quelqu'un à voix basse, puis se leva et quitta le bureau. Peu après le capitaine Laskowski, notre directeur, nous faisait face. Il s'appuya contre la table, alluma une cigarette et aspira profondément la fumée.

— Je ne veux pas crier, nous a-t-il dit, ni vous menacer, ni vous mettre aux arrêts. Vous êtes trop intelligentes toutes les deux pour de pareilles méthodes, mais écoutez-moi bien.

Il écrasa sa cigarette avec brusquerie, se frotta le front, soupira et commença à marcher de long en large, les mains dans le dos.

— Ce n'est la faute de personne, mais comprenez donc une fois pour toutes, que vous êtes dans un camp militaire. La guerre est finie, mais nous ne sommes pas chez nous. Allons-nous pouvoir rentrer dans notre pays, retrouver nos familles, revivre une vie normale? C'est loin d'être sûr! Pour le moment, la France nous reçoit et il est essentiel d'éviter des incidents. Vous portez l'uniforme polonais, s'il vous arrive quelque chose, n'importe quoi, ne serait-ce qu'une peccadille, c'est cet uniforme qu'on salira. Je ne veux pas vous décevoir, mais il y a des communistes, prêts à nous traiter de fascistes et des braves gens qui considèrent que la place des jeunes filles qui veulent faire leur bac, n'est pas dans un camp miitaire, mais dans un pensionnat. S'ils se mettent ensemble à écrire des faussetés sur notre compte, cela nuira à nous tous. Hier nous étions des alliés, mais aujourd'hui nous ne sommes que des anciens combattants qui attendent leur démobilisation et les ressortissants d'un pays dont l'avenir est d'autant plus incertain que l'Armée rouge veut le soviétiser.

J'ai ouvert la bouche, je voulais poser des questions, mais il a fait un geste de la main et m'a tourné le dos. Le capitaine Laskowski paraissait fatigué, désabusé et mortellement triste! Il avait tort de ne pas crier et de ne pas nous punir. Une fois de retour dans notre baraque, Genia et moi, nous nous sommes moquées de lui.

— Il est vieux jeu, disait-elle, et il ne comprend pas que nous sommes jeunes et que nous avons des droits. C'est un héros, à juger par ses décorations, qui a peur de la jeunesse, voilà tout!

Il avait neigé ce matin. Les flocons blancs dansaient devant mes yeux pendant que je me rendais chez le commandant du camp. J'avais peur! Personne de notre groupe n'avait été convoqué jusqu'à présent par une si haute instance. Le commandant n'était pas là et j'ai rencontré un civil. Il avait des vêtements trop légers pour la saison et il ressemblait à quelqu'un que j'ai déjà connu autrefois, pendant la guerre, mais dont je ne parvenais pas à retrouver le nom, ou le pseudonyme. C'est maintenant seulement, en écrivant, qu'il me semble qu'il y avait en lui quelque chose qui rappelait Toto quand il est venu avec Luk se réfugier chez nous.

L'homme m'a annoncé qu'il avait des bonnes nouvelles. Ma mère allait bien et il avait une lettre pour moi. J'ai saisi l'enveloppe et j'ai commencé à l'interroger. Il me raconta que Varsovie est rasée, mais qu'on est déjà en train de reconstruire. Maman et tante Fela habitent dans les environs, mais il n'a pas leur adresse.

Une lettre de maman! Le plus beau cadeau de Noël que je pouvais recevoir! J'étais trop impatiente de l'ouvrir pour rester plus longtemps avec lui. Je suis repartie en le laissant seul. D'ailleurs, il paraissait incapable de me dire quoi que se soit de plus. Ensuite, je me suis enfermée dans les toilettes et j'ai lu.

«Mon adorée, mon unique, ma bien-aimée. J'ai appris que tu étais en train de faire ton bac et je suis très contente de toi. J'espère que tu réussiras. Je pense à toi sans cesse. Il me semble parfois que je te vois, que tu entres dans l'appartement et que tu me parles. Cela ne dure pas, mais ce sont des moments tellement beaux que je me plais à croire qu'ils sont réels. Ne t'inquiète pas pour moi. Je mange, je dors et bientôt, je vais pouvoir t'envoyer mon adresse. En attendant, n'oublie pas que tu es toute ma vie, que je désire plus que tout au monde de pouvoir te serrer contre moi et de te bercer dans mes bras comme quand tu étais petite. Te souviens-tu encore de nos réveillons de Noël d'autrefois? Le grand sapin trônait dans le salon, j'allumais les bougies cachées entre les branches et je t'emmenais par la main pour que tu puisses bien l'admirer sans risquer de te brûler. J'ai gardé une photo de toi qui date de cette époque. Tu ressemblais à une poupée dans ta petite robe en velours rouge, tes bas blancs, tes chaussures vernies, tes tresses déjà longues qui tombaient dans ton dos et ton sourire. Ma grande, mon garçon manqué, ta mère t'écris des choses qui ne t'intéressent sans doute plus, mais pour mieux t'aimer, moi j'ai besoin de remonter dans le temps. Je te souhaite un beau Noël, des amis, de la joie et surtout la paix de l'esprit, la satisfaction de ce que tu as pu accomplir jusqu'à présent et de ce que tu portes en toi comme projets, ambitions et rêves. Je t'embrasse très, très fort, ta mère.»

J'ai recopié la lettre, mot à mot, et je suis presque sûre maintenant que maman ne va pas bien. Ce n'est ni son style, ni son écriture. Pourtant, l'homme qui me l'avait donnée disait... On me cache la vérité comme autrefois, quand personne ne voulait m'expliquer qui était monsieur Karol, et ce qu'il faisait dans la vie de maman. Pourtant la guerre est finie, les Boches sont vaincus et les juifs ne sont plus obligés, Dieu merci, de se terrer pour échapper aux tueurs.

Elle est noire, longue et très moulante, ma robe du soir. Des volants en organdi cachent les bras, il n'y a pas de décolleté et pourtant je la trouve, je ne sais trop pourquoi, indécente. Je vais la porter pour réciter les poèmes le soir de la Saint-Sylvestre. Genia a tout organisé. Nous serons deux à avoir des robes longues et nous avons la permission de les garder ensuite pour danser au mess. Nous allons jouer à Cendrillon, mais qui sera le prince charmant? J'ai honte de moi, de mes pensées et de mes rêves. J'appartiens à Tomek, je lui dois fidélité et pourtant ses attentions m'agacent. Pendant que nous répétons avec notre professeur de littérature, il se tient dans un coin et m'observe. Il est jaloux de tout et de chaque être humain qui m'approche. Le fait que j'aie été choisie pour lire des œuvres de Mickiewicz et de Slowacki, lui déplaît et il a été désagréable avec Genia parce qu'elle avait réussi à se procurer deux robes longues par l'entremise de la couturière qui travaille à la teinturerie. L'amour est-il une forme d'esclavage?

— Tu m'appartiens, m'a-t-il murmuré, et dès que nous aurons passé nos examens nous allons nous marier.

Je ne sais trop ce qui m'arrive, mais je n'ai pas envie d'épouser Tomek et de m'installer comme Danka et Maurice quelque part en France. Je veux vivre, retrouver maman, voyager et être libre! Cette contrainte qu'il m'impose par sa présence et ses attentions me pèse de plus en plus. Suis-je devenue une fille de mauvaise vie?

Tomek a été arrêté par la police militaire française et placé aux arrêts. Il doit y rester pendant deux semaines. Tout le monde le sait et on en parle beaucoup dans notre groupe. Cela est d'autant plus pénible que c'est de ma faute et que je ne peux rien faire pour l'aider.

Un matin il est venu me voir. Il neigeait et il faisait froid. C'était le lendemain du réveillon et, dans notre baraque, les filles étaient encore couchées. Je suis sortie et j'ai marché à sa rencontre. La neige rendait le paysage féérique. Les baraques, les casernes, ressemblaient à de vraies maisons avec leurs chapeaux blancs d'où s'échappaient des rubans de fumée bleutée que le vent faisait monter très haut.

— J'ai la clef de la chambre d'un officier, m'a dit Tomek. Viens.

Il était complètement soûl et avait du mal à se tenir debout. Il s'accrochait à moi, cherchait à m'embrasser et moi je me détournais parce que son haleine empestait l'alcool et me donnait la nausée. J'ai reculé, il s'est rapproché et, soudain, il commença à me frapper. Il m'attirait vers lui d'une main et de l'autre me donnait des coups. Je n'osais pas crier et je me suis défendue seule tant bien que mal. Finalement nous nous sommes retrouvés par terre, couchés dans la neige.

— Je n'ai pas besoin de toi, bafouillait Tomek. Je préfère les putains! Va au diable!

Je me suis relevée et j'ai couru jusqu'à la baraque, bien que ce fût parfaitement inutile, puisqu'il s'éloignait déjà de son côté d'un pas vacillant. Le même jour, au repas du soir, Romek, un de nos camarades qui habite avec Tomek, m'a demandé de l'attendre à la sortie.

— Il a été arrêté, m'a-t-il dit. Il est allé au bordel, tu sais la maison qui se trouve à côté du cinéma, et il a fait peur aux filles. Il paraît qu'il s'est mis à casser les miroirs et à hurler. Elles l'aiment bien, mais elles ont eu peur et elles ont appelé le camp à côté chez les Français. C'est un joli scandale. Tout d'abord nous n'avons pas le droit d'aller au bordel, nous les étudiants, et puis il était à ce point ivre qu'il a injurié l'officier qui est venu l'arrêter. Tout cela à cause de toi! Va, inutile de me mentir, je sais bien que tu le traites comme il n'est pas permis. Il t'aime et il est désespéré. Cela fait déjà un certain temps qu'il boit parce que toi tu joues les saintes nitouches. Tu n'est qu'une allumeuse, Zosia, et il est temps que quelqu'un te le dise! Est-ce que tu te rends compte qu'il peut être expulsé de l'armée et se retrouver dehors? Nous organisons une délégation et nous allons rencontrer demain le commandant. Tu peux être sûre que je vais lui parler de toi et de ta responsabilité dans cette afffaire.

J'ai bafouillé n'importe quoi, mais j'ai quand même réussi à lui arracher la promesse de me tenir au courant. Romek est un brave gars. Il a beau me détester à cause de ce qui est arrivé, il a tenu parole quand même, et je sais que Tomek ne sera pas renvoyé. Dans deux semaines, il va retourner aux cours et on ne prendra aucune autre mesure disciplinaire contre lui.

Genia me console, mais les autres filles ne me parlent pas. Je suis devenue une brebis galeuse et personne ne s'adresse plus à moi. Je passe mes journées sur mon lit, à réciter des poèmes à voix basse et je ne vais plus au mess. Genia m'apporte une gamelle de soupe, du pain et du saucisson que je mange assise sur mon lit. Je voudrais disparaître, cesser d'exister, mais Genia se moque de moi et me rassure à sa façon. Selon elle, il faut que je tienne tête et que je fasse bonne figure à la fête de la Saint-Sylvestre.

— C'est la seule solution, dit-elle. C'est juste un mauvais moment à passer. Ensuite, ils vont oublier l'affaire et tout reviendra à la normale.

Je ne veux plus revoir Tomek. Ce n'est plus le même garçon que celui que j'ai connu à Varsovie. Il est devenu un homme et il me fait peur avec ses manières brusques, sa jalousie et sa façon brutale de me traiter comme s'il ne se souvenait plus de ce que nous étions l'un pour l'autre autrefois.

Nous avons décoré la salle. Les guirlandes en papier se balançaient sous le plafond, descendaient le long des murs et cela suffisait pour rendre son aspect complètement différent. L'orchestre militaire jouait quand je suis montée sur l'estrade avec Genia et, dans ma robe longue, je me sentais transformée. Genia s'est mise au piano, les lumières se sont éteintes, à l'exception d'une seule lampe et ce fut mon tour de commencer à réciter. Je ne me suis pas trompée une seule fois. Je ressentais, comme jamais avant, le poids de chaque mot, l'émotion qui s'en dégageait et j'ai réussi à la rendre à ma façon.

Quand on a rallumé j'ai vu notre commandant, debout, en train d'applaudir avec les autres. J'ai su alors que j'avais gagné. Les filles m'entouraient et me félicitaient. Au dîner, j'étais assise à côté du commandant. Ensuite nous avons dansé. J'étais prise dans un tourbillon. Il faisait chaud, j'avais soif, des mains tendaient vers moi des coupes remplies de champagne, je buvais, je riais et je repartais sur la piste. Ma tête tournait, j'avais l'impression de ne plus toucher terre et j'éprouvais de la reconnaissance à l'égard de mes cavaliers dont les bras forts m'empêchaient de tomber.

L'année 1945 mourait enfin et avec elle mes remords et mes cauchemars. La guerre était derrière moi, je n'étais plus coupable d'avoir laissé seule madame Dorota, d'avoir quitté ma mère pour aller me battre et de ne plus aimer Tomek. Je me transformais.

Dans ma robe longue je devenais une fille libre qui n'avait de comptes à rendre à personne et qui était maîtresse de son avenir. Devant moi les visages d'hommes souriaient. Nous partagions le même bonheur, la même joie et le même oubli. Eux aussi semblaient ne plus penser à ce qui les attendait, à leur famille restée au loin, ou peut-être disparue, à leurs camarades enterrés dans la terre étrangère et à leur longue épopée de survivants.

Brusquement, peu après minuit, les lumières se sont éteintes et dans le noir, quelqu'un me souleva de terre et m'emporta dehors. Le camp dormait sous son manteau de neige. La nuit silencieuse et froide pénétrait en moi, me faisait trembler et en même temps calmait les battements de mon cœur. Je n'avais plus envie de m'amuser, mais juste le sentiment d'une paix totale, absolue, où rien ni personne ne pouvaient m'atteindre. Ni heureuse, ni malheureuse, j'étais bien ainsi dans le froid, mais l'homme s'est mis à parler et le charme a été rompu. Je ne voyais pas son visage, et seuls ses mots m'atteignaient. J'aurais voulu qu'il se taise, qu'il m'embrasse et qu'il m'emmène quelque part où il fait chaud, mais il marchait sur la route entre les bâtiments comme s'il voulait échapper à quelqu'un ou à quelque chose, une menace, une malédiction, je ne sais trop! Je ne pouvais plus l'écouter. Je me suis libérée, j'ai senti sous mes pieds la brûlure du froid et comme je portais des sandales, cela m'a fait mal.

L'officier m'embrassait sur la bouche et me serrait contre lui, mais moi j'avais l'impression de tourner comme une toupie. Un flot de salive monta dans ma gorge et j'ai commencé à restituer. Morte de honte, je vomissais, tandis que des relents de champagne remplissaient mes narines et m'empêchaient de respirer.

Au lieu de me laisser, il m'a prise par la taille et m'a retenue ainsi solidement, pour que je puisse rester pliée en deux sans risquer de tomber.

— Va, disait-il. Ce sont des choses qui arrivent. Il y a toujours une première expérience, celle qui ne s'oublie pas! Il faut apprendre à être adulte et ce n'est jamais aussi drôle qu'on le raconte. Allez, ne te retiens pas!

Quand les spasmes de mon estomac se sont calmés un peu, il m'a prise par le bras et m'a aidée à avancer jusqu'à ma baraque. La lune l'éclairait, j'ai poussé la porte et je suis entrée dans la chaleur du corridor. Sans réfléchir je me suis dirigée du côté des douches en marchant sur la pointe des pieds de crainte de réveiller quelqu'un. Il ne fallait surtout pas qu'on me voie et qu'on m'entende.

L'eau qui coulait des robinets était tiède, douce et fraîche. Je me suis lavée et, à tâtons, je suis revenue sur mes pas jusqu'à ma chambre. Genia n'était pas là. J'ai enlevé ma belle robe, mes sandales dorées et mes bas et je me suis couchée. En fermant les yeux, juste avant de m'endormir, j'ai pensé à cet inconnu, cet officier qui m'avait traitée en camarade et je me suis promis de découvrir qui il était et de quoi il avait l'air en plein jour.

Tomek ne me parle plus. Il a cessé aussi de m'écrire ses petits billets doux. Nous nous rencontrons aux cours, et le soir quand il nous aide à faire nos devoirs de mathématiques, mais nos relations se limitent à cela et nous ne sommes jamais seuls en tête à tête. C'est comme si nous nous connaissions à peine et si nous n'avions aucun passé commun.

Genia, pour sa part, est amoureuse du lieutenant Zabicki. Ils ont dansé ensemble pendant cette nuit de la Saint-Sylvestre, ils se sont embrassés et depuis elle ne cesse de soupirer. Zabicki semble être un homme débrouillard. Il a réussi à convaincre notre cher capitaine que nous devons recevoir des cours de piano et il s'est offert à nous les donner. Cela lui permet de nous rendre visite tous les deux jours et de nous raconter les potins qui circulent parmi les officiers.

Deux femmes sont arrivées au camp, paraît-il, et se sont mises à la recherche de leurs maris. Elles ont eu beaucoup de mal à sortir de Pologne, à passer par l'Allemagne occupée, à se débrouiller pour parvenir jusqu'à Paris et de là à La Courtine-Le-Trucq. Elles n'avaient pas un sou en poche, elles étaient épuisées et le commandant du camp ne savait trop ce qu'il lui convenait de faire. Selon le règlement, les familles d'officiers n'ont pas le droit d'habiter sur le terrain du camp, mais il y a pire! Il ne s'agit pas en effet d'officiers, mais de soldats! Il n'en reste pas moins que les deux couples ont été installés finalement dans le bâtiment où logent les officiers, ce qui est contraire aux usages. Notre colonel a été forcé de rencontrer les autorités de l'Armée française et de parlementer.

— Vous avez un avenir, leur a-t-il dit, nous ici, nous n'avons que le présent. Un tel précédent n'a, en somme, aucune importance!

Zabicki s'était amusé à mimer la scène et à nous faire rire Genia et moi. À force de ne pas réfléchir, je deviens cruelle. C'est le soir seulement, couchée dans mon lit, que j'ai commencé à m'imaginer par où les deux femmes ont dû passer pour parvenir jusqu'à cette oasis que notre camp constitue dans l'immense pagaille des pays libérés des Boches. Je me suis imaginée aussitôt une jolie histoire, dans laquelle maman effectuait le voyage de Varsovie jusqu'à Paris et arrivait dans notre chambre, comme ça, par surprise!

En m'endormant j'ai pleuré, la tête enfoncée dans l'oreiller, pour que Genia ne puisse pas m'entendre.

L'hiver s'achève et cela me rend à la fois heureuse et angoissée. J'attends le printemps, mais j'ai de plus en plus peur. Si je rate les examens, je n'oserai jamais l'avouer à maman et il me faudra mentir. Maurice ne cesse de me rassurer dans ses lettres. Selon lui on peut repasser ses examens, recommencer... Il ne comprend pas qu'une fille qui a eu assez de cran pour l'aider à s'évader de Hanovre puisse avoir peur d'un professeur.

Maurice est plus âgé que Danka et moi. En Allemagne cela n'avait pas d'importance, mais la vie normale accentue les différences qui nous séparent. Quand il craignait ne pas trouver de travail à Toulouse, je ne comprenais pas. J'étais certaine que quelqu'un qui a le titre d'ingénieur, des diplômes et qui est dans son propre pays, ne pouvait pas avoir de problème. Je l'admirais et je l'enviais.

Et puis, dans notre chambre, la vie devient infernale. Il y a Genia qui, couchée sur son lit, soupire, parle du lieutenant Zabicki, espère qu'il va la demander en mariage et me demande des conseils. À force de l'écouter, à force de respirer le vent tiède qui annonce le printemps je me mets malgré moi, à rêver. Je ne sais toujours pas qui est l'inconnu qui m'a emportée dans ses bras, lors de la fameuse nuit de la Saint-Sylvestre. J'ai beau tendre l'oreille quand nous sommes au mess, chercher à reconnaître sa voix, ses intonations, mais le temps passe et je n'y parviens pas. Parfois, le soir, en revenant à notre baraque il me semble reconnaître mon prince charmant dans un officier que je vois de dos, mais il suffit que je le dépasse et que j'examine ses traits pour que je sois déçue une fois de plus. Suis-je amoureuse d'un spectre? Qu'est-ce que l'amour?

Tomek évolue. Il est souple, intelligent et sait s'adapter aux circonstances. En ce moment, il joue auprès de moi le rôle du grand frère, me traite en bon camarade et se conduit comme s'il n'avait jamais eu aucun autre sentiment à mon égard. Ses scènes de jalousie m'étaient insupportables, mais son indifférence m'agace et me stimule. Je lui lance des œillades et je m'occupe beaucoup de lui, bien que je sache, je le sens, que s'il recommence à me parler d'amour je vais le repousser une fois de plus. Suis-je une garce?

Je me suis donnée à Tomek et, en fille honnête, je n'ai pas d'autre solution que de l'épouser, mais cela est impossible! C'est comme si de mon propre gré j'acceptais de passer le reste de mon existence en prison. Danka est heureuse avec son Maurice et attend un enfant, mais Danka ne me ressemble pas. Elle est morale, tandis que moi je ne le suis pas du tout. Je veux être libre comme l'air.

Je suis coupable à l'égard de madame Dorota et surtout de maman et je ne veux pas éprouver le même sentiment à cause d'un homme. Tomek avait essayé de me forcer à lui appartenir. Ses crises et ses exigences m'étaient odieuses. Jamais plus je ne risquerai de me retrouver dans une situation pareille...

Mais il y a mon corps qui se révolte! Sur le terrain, en classe, au mess, des regards me suivent. Autrefois, tous ces hommes m'énervaient et leurs attentions m'humiliaient mais, lors de la nuit de la Saint-Sylvestre, mon danseur m'a jeté un sort. Je ne réagis plus de la même façon! J'ai cessé de tenir ma tête baissée, je croise les regards, je les affronte et je les provoque. J'attends l'homme qui me prendra dans ses bras et qui saura m'aimer sans exiger que je l'épouse et, comme il me semble que mon mystérieux danseur demeure le seul être au monde capable de ne pas me juger immorale, c'est lui que je cherche partout sans oser me l'avouer!

Pas de nouvelles de maman, mais tout le monde m'envie dans notre groupe parce que j'ai beaucoup de courrier et des colis. Maurice m'écrit deux fois par semaine, ses lettres arrivent par paquets à cause des retards de la poste du camp et je reçois des quantités incroyables de livres.

Maurice est un grand patriote. L'amour de la France est pour lui un but en soi. Il veut que j'apprenne à comprendre la grandeur de sa civilisation et il y parvient. À force de lire les classiques je m'attache à ce pays, j'établis un pont entre la Pologne et la France, je fouille dans les ouvrages d'histoire et tout cela me passionne. Personne parmi mes camarades ne connaît aussi bien que moi les idées des Encyclopédistes, l'épopée napoléonienne et les romans de Victor Hugo. J'ai l'impression que Maurice me tient par la main et m'emmène petit à petit dans un univers étranger qui m'éblouit. Je suis constamment fatiguée parce que je passe mes nuits à lire. Heureux encore que Genia dorme comme une marmotte et n'exige pas que j'éteigne la lumière. Assez curieusement, grâce à Maurice, je retrouve mon père.

Autrefois, avant la guerre, dans une autre vie, papa m'emmenait au parc le samedi après-midi et me tenait des longs discours dont je ne comprenais pas grand-chose. N'empêche que j'aimais ces tête à tête parce que papa me traitait alors comme une adulte. Tantôt il m'expliquait les causes de la révolution russe et tantôt il se mettait à réciter les poèmes de Pouchkine. Pour papa, la Russie c'était la sauvagerie et l'analphabétisme, tandis que l'Europe était la quintessence de la civilisation avec ses grandes capitales, Vienne, Paris, Londres et Rome. L'Allemagne hitlérienne, lui paraissait n'être qu'un phénomène passager. Pour papa l'Allemagne, c'était Heine et Gœthe. Le reste, la réalité, le fascisme, n'était qu'une sinistre plaisanterie de l'histoire, la crise d'un peuple trop discipliné pour se soulever et renier le pouvoir du dictateur.

Papa m'avait promis que j'étudierais à l'étranger, mais il n'a pas pu tenir parole... Dans ses lettres Maurice écrit:

«Un jour tu seras étudiante et tu t'inscriras à la Sorbonne. Je suis en mesure de t'aider financièrement, donc ce n'est pas cela qui entre en ligne de compte. Ce qui est le plus important c'est que tu saches que seule la philosophie cartésienne permet de comprendre le monde. Tu es slave, passionnée et enthousiaste. La combinaison de ton caractère et de la grandeur de la culture française dont tu vas alors t'imprégner donnera des résultats fantastiques et te mènera loin.»

Je n'ose pas lui répondre que je dois d'abord retrouver maman et que je veux retourner en Pologne. D'ailleurs, de mon côté, je corresponds surtout avec Danka. Pour Maurice je ne suis pas Zosia, mais Sophie, maman, ce n'est pas Janka, mais Jeanne et Karol, c'est Charles. Cela me paraît plus exotique, mais je ne suis pas tout à fait certaine que cela corresponde vraiment à notre histoire. Il n'y a que le prénom de Danka qui demeure ce qu'il est puisqu'il est intraduisible, semble-t-il.

Je suis persuadée, en outre, qu'il est plus facile de parler d'amour en polonais qu'en français. Je l'ai écrit à Danka en lui demandant de ne pas le répéter à Maurice, mais elle s'est contentée de me répondre qu'elle a des migraines et attend avec impatience la naissance de son enfant. Cela ne doit pas être drôle de se promener avec un gros ventre et de se sentir constamment malade.

C'est curieux, les romanciers français dont je lis les livres ne traitent pas des difficultés de ce genre. Dans les romans que je reçois de Maurice, les gens s'aiment ou se haïssent, sont riches ou pauvres, trichent, mènent une vie dissolue, ou au contraire sont prudes et puritains, mais ne se posent jamais les mêmes questions que moi. Dans les romans polonais, par contre, que notre professeur nous demande d'analyser, on se bat et on meurt pour la patrie et les filles qui commettent le péché de la chair finissent par avoir un sort épouvantable.

Je voudrais bien trouver un jour une héroïne aussi immorale que moi qui, au lieu d'être fidèle à un Tomek, rêve à un
inconnu, se soûle et n'ose pas l'avouer à la confession...

J'ai des ennuis. Le pire, c'est que je ne comprends pas ce
qu'on attend de moi et pourquoi le capitaine Bromberg me
convoque deux fois par semaine pour me poser toujours les
mêmes questions sur notre existence pendant la guerre. Je
réponds honnêtement, mais à force de sentir son regard
incrédule posé sur moi, j'ai l'impression de mentir. Il est gentil,
m'offre des cigarettes, du thé et du chocolat, mais je le déteste
de plus en plus. Dernièrement encore, il a exigé que je lui
montre les lettres que j'ai reçues de maman, mais je n'ai pas pu
supporter l'idée qu'un étranger les lise et j'ai dit que je les avais
détruites.

Je n'ose raconter à personne mes conversations avec le
capitaine Bromberg, mais tout le monde sait que je passe
beaucoup de temps à son bureau. Selon le lieutenant Zabicki,
le capitaine fait partie du Deuxième Bureau, le service secret
chargé, entre autres, du contre-espionnage. Il m'a même
conseillé de lui demander de retrouver ma mère. Pas plus tard
que la semaine dernière j'ai suivi son conseil et en guise de
réponse, j'ai eu droit à une réaction tout à fait surprenante.

— Je n'ai pas son adresse, m'a-t-il dit, mais nous savons
qu'elle se porte bien et je suis sûr qu'elle va te l'envoyer tôt ou
tard. En attendant parle-moi donc de ce Karol. Il avait l'air de
quoi au juste?

J'ai été obligée de décrire à nouveau toutes les caractéristiques physiques de Karol bien que je l'aie déjà fait à plusieurs reprises lors de nos rencontres précédentes.

Dans notre groupe, les garçons et les filles réagissent drôlement. Je ne suis plus entourée et enviée. On m'évite! Au début, j'essayais de me persuader que je m'imaginais des choses qui n'existent pas, mais cela devient de plus en plus clair. Quand j'arrive avec Genia qui ne me quitte pas, les conversations cessent. Personne ne s'approche de moi en dehors de Tomek qui, tout en continuant à maintenir ses distances, se conduit quand même d'une façon naturelle. Les autres, Wiesiek, Jozek, Marie et Lila, qui semblaient autrefois m'aimer bien, filent comme des lièvres. C'est comme si j'avais une maladie honteuse et s'ils voulaient tous éviter la contagion.

— Ne t'en fais pas, me répète Genia. Ils boudent! Cela passera.

N'empêche que je n'ai plus personne en dehors de Genia et de son lieutenant. Pour me faire plaisir, Zabicki prétend que je suis douée pour la musique et m'encourage pendant ses leçons de piano.

Ah! si seulement je pouvais retrouver mon officier de la Saint-Sylvestre, j'aurais enfin quelqu'un à qui poser des questions. D'après mes souvenirs, il était plus âgé que le lieutenant Zabicki. Au fait, est-ce un lieutenant, ou un capitaine?

Les examens écrits sont finis et nous attendons les résultats. Je suis nerveuse, angoissée et je ne parviens plus à lire. Le temps, les heures, se traînent, longues et creuses.

Le pire c'est que je ne me souviens de rien. Ma tête est vide. Les autres discutent entre eux, font des comparaisons, évaluent, tandis que moi je ne sais vraiment pas ce que j'ai répondu en mathématiques, ni comment j'ai terminé ma dissertation en français. Tout ce qui me revient à la mémoire c'est l'atmosphère de la salle où nous étions enfermés, le soleil sur les tables, le sourire encourageant du capitaine Lachewski qui nous surveillait et celui de Genia qui était assise à côté de moi et qui de temps en temps relevait la tête et m'envoyait des clins d'œil.

Heureusement, le capitaine Bromberg ne me convoque plus à son bureau. Il vient de partir en mission et j'espère qu'il ne reviendra pas de si tôt.

Autour de moi l'atmosphère change. Mes camarades de classe ne m'évitent plus aussi ostensiblement que par le passé. Je ne suis pas redevenue populaire pour autant, mais j'ai cessé d'être traitée comme une pestiférée. On m'accepte dans le cercle et je participe aux discussions.

Le capitaine Laskowski nous a expliqué que nous devons choisir. Il nous déconseille de retourner en Pologne, bien que désormais cela soit possible. Il nous lit des lettres envoyées par ceux qui sont rentrés et qui racontent qu'on arrête les gens de l'Armée du Pays. Ils sont considérés comme antisoviétiques, agents du gouvernement en exil à Londres et réactionnaires. Une nouvelle législation doit même être promulguée prochainement selon laquelle nous serons tous condamnés comme des criminels, responsables de la destruction de Varsovie. J'ai du mal à concevoir que cela puisse être possible, mais notre vieux capitaine a un regard si triste quand il en parle, que nous sommes bien obligés de le croire.

— Moi, je vais rentrer, nous a-t-il dit. Ma femme et mes enfants sont vivants et m'attendent. Vous, vous êtes jeunes, vous n'avez pas de responsabilités et vous devez réfléchir. Ceux qui ont réussi leurs examens, les bacheliers, recevront des bourses et pourront aller étudier à Lille ou à Paris. Retourner dans ces conditions serait trahir notre idéal de liberté et d'indépendance.

Dans sa lettre, Maurice m'écrit que lui et Danka m'attendent avec impatience, mais moi, j'attends une lettre de maman. Dès que j'aurai son adresse, je partirai. Je ne l'ai confié à personne, ni à Genia, ni à Tomek, mais c'est cela que je vais faire. Je n'ai pas le droit de laisser maman seule. Maurice prétend que plus tard il parviendra, en tant que citoyen français et ancien combattant, à la faire venir en France, mais je n'y compte pas.

J'ai rencontré les deux dames qui sont arrivées au camp et qui sont maintenant avec leurs maris. Au début, elles se taisaient et me répondaient n'importe quoi, mais par la suite, elles m'ont entraînée dans leur appartement et m'ont parlé.

La caserne était vide. Nous étions seules dans une petite pièce en train de manger des gâteaux et de boire du thé. À travers la fenêtre on voyait le chemin, désert à cette heure, les bâtiments qui se trouvent en face, où sont logés les soldats, le jeu des ombres et du soleil sur les murs gris et le bleu du ciel.

— Des exilés, des milliers de gens sur les routes, des dénonciations et des arrestations, des officiers soviétiques, des réquisitions... Ce n'est pas un pays libéré. C'est abominable à quel point cela rappelle le début de l'occupation allemande. Ne retourne pas!

Elles parlaient d'une façon précipitée, cahotique, comme si elles voulaient se libérer de leurs souvenirs après des mois de silence, tout en craignant d'être punies pour leur franchise par Dieu sait qui. Devant mes yeux, les murs gris de la caserne se transformaient, il me semblait voir une prison et j'ai frissonné, bien qu'il fît chaud.

Peu importe ce qui m'attend en Pologne, l'essentiel c'est de retrouver maman et de ne plus l'abandonner quoi qu'il advienne!

Quand j'ai lu les résultats affichés au babillard je me suis mise à crier de joie. J'étais comme folle. Je criais et je courais le long du sentier qui mène au mess où Genia m'attendait. Elle ne voulait pas venir avec moi. Elle préférait m'attendre avec son lieutenant, assise à la même table que Tomek et Maria. Nous étions tous reçus, mais Maria devait passer un examen oral en français. Notre bonheur commun avait donc des gradations et moi j'avais l'impression d'être au sommet de l'échelle

Ensuite, le lieutenant Zabicki est allé rencontrer notre capitaine pour obtenir des autorisations et nous sommes partis avec lui, dans le grand camion ouvert. La campagne était belle, vallonnée, calme et accueillante. Le soleil me chauffait le visage et le vent jouait avec mes cheveux en les envoyant en avant. Il fallait se tenir aux montants en fer qui entouraient la plate-forme, je ne pouvais pas les écarter et je voyais le paysage à travers mes mèches folles. Il paraissait ainsi strié, découpé selon leurs mouvements, et semblait m'appartenir. Je n'étais plus une fille ballottée par les événements, coupable d'avoir laissé sa mère seule, mais quelqu'un d'important.

J'avais enfin un diplôme bien à moi, gagné à force d'application et de travail et un parchemin en deux langues, français et polonais. J'imaginais déjà le plaisir de maman à le toucher et à le déchiffrer. Grâce à ce papier, j'effacerais un peu de ma faute à son égard, je justifierais ma longue absence et je pourrais la rassurer sur mon avenir. J'étais heureuse comme jamais auparavant et, puisqu'il était impossible de parler à cause du vent qui emportait nos paroles, je me sentais merveilleusement seule. Il me semblait que je dominais cette terre qui, sans être mienne, commençait à m'être proche.

Le chauffeur a freiné doucement et nous nous sommes arrêtés devant une maison de campagne, dont le toit noir descendait très bas, comme incliné sous le poids de l'âge. Le lieutenant Zabicki a ouvert la porte et nous nous sommes retrouvés dans l'ombre d'une grande pièce dont on pouvait toucher le plafond avec ses poutres brunes et poreuses. Dans le fond il y avait une cheminée où une bûche se consumait. Une marmite couverte de suie, était suspendue au-dessus. La vieille femme assise à côté se tourna vers nous, se leva et vint à notre rencontre.

— C'est la plus vieille auberge de France, disait le lieutenant Zabicki. Il paraît que Napoléon s'y est restauré un jour avec sa suite. Vous allez voir ce que vous allez voir mes enfants. Un vrai dîner à la française, avec du vin qu'on prendra à la table sur laquelle Bonaparte a déplié ses cartes. Cela vous va?

Nous étions tous très gais. La vieille femme nous aida à pousser la longue table vers le milieu de la pièce, nous installa sur des bancs et commença à faire des préparatifs. Un homme, surgi de l'ombre, s'affairait, puis deux jeunes filles, tandis que nous, nous nous contentions de boire du vin et de parler à qui mieux mieux, du présent et de l'avenir.

Tomek annonça qu'il partait étudier à Paris. Le capitaine Laskowski lui a promis que les formalités concernant sa bourse seront réglées très rapidement. Ensuite, il se tourna de mon côté et me regarda fixement, mais je n'ai pas osé dire à ce moment-là que ma décision était prise et que je rentrais en Pologne. Quelque chose m'a retenu. Quelque chose qui ressemblait à la crainte d'être à nouveau exclue du groupe. C'était sûrement de la lâcheté, mais cette fois-ci je n'avais vraiment pas envie de les provoquer. J'étais bien, j'étais heureuse et le simple fait de pouvoir rire avec les autres me paraissait trop précieux pour que je prenne le risque de gâcher cette atmosphère de camaraderie et d'amitié. Je ne désirais plus qu'une seule chose; rencontrer avant mon départ, mon bel officier et savoir enfin si c'est cela l'amour, cette subite attirance que j'avais ressentie dans ses bras. C'est à cause de lui que j'avais compris que je n'aimais pas Tomek et que j'avais osé lui faire tant de peine malgré tout ce qui nous liait depuis toujours. C'est à cause de lui que, pendant ce repas fantastique que nous avons pris à la lueur des chandelles, Tomek avait l'air de souffrir pendant que moi je ne cessais de plaisanter avec les autres...

J'ai vu notre aumônier. Il a été très bon et très patient. Il m'a écoutée sans m'interrompre.

— Personne ne peut décider pour toi, m'avait-il dit. Ne te laisse pas influencer. C'est une affaire de conscience. Ceux qui te demandent de ne pas retourner le font pour des raisons qui sont valables, mais qui sont collectives. Nous devons protester contre la soviétisation. Crier à la face du monde qu'on est en train d'asservir notre pays et que c'est une abominable injustice! Toi, tu as ta mère là-bas et elle t'attend.

Monsieur l'aumônier a été le seul à qui j'ai osé me confier. Officiellement je m'en vais avec notre groupe de bacheliers à Paris pour y étudier. J'ai mon diplôme, les documents militaires et la recommandation du capitaine Laskowski qui doit me permettre d'obtenir ma bourse. Genia ne comprend pas pourquoi je suis triste.

Dans le train qui nous emmenait à Paris, je suis restée silencieuse dans mon coin tandis que les autres discutaient du choix de leurs études. Genia veut être médecin et Tomek va s'inscrire à l'École des Mines. Le pire m'attend à Paris. Je vais être obligée de rencontrer Renée et d'écrire à Danka et à Maurice, aller au consulat de Pologne et, pendant tout ce temps-là, éviter Tomek. Je ne veux plus qu'il me parle de son amour. J'ai honte de ne pas l'aimer et de lui faire de la peine, mais je n'y peux rien!

Le couvent. L'atmosphère de calme et de paix. Ma chambre est petite, mais elle est à moi toute seule, ce qui est inespéré. Les sœurs m'ont reçue à bras ouverts et je n'ai plus de doutes. Il me semble que je comprends enfin ce que notre aumônier voulait m'expliquer en me parlant de ma conscience. Depuis que je suis ici, parmi les religieuses, la vie est simple, claire et je me sens sûre de moi.

Tout est changé, transformé, détruit et pourtant je suis heureuse. Cela s'est passé très simplement. Je suis allée au consulat de Pologne où j'ai rencontré un homme désagréable qui m'a interrogée longuement. Ensuite, il m'a donné des papiers à signer et m'a demandé deux photos en m'ordonnant de me présenter à nouveau dans une semaine. En sortant dans la rue, je me suis sentie soulagée. Je n'avais plus besoin de réfléchir et il ne me restait qu'à compter les jours jusqu'à la date de mon départ. Je marchais dans le soleil et je me disais que j'expédierais ma lettre à Danka et à Maurice au moment où je serais déjà à la gare. En ce qui concerne Tomek je lui donnerais rendez-vous au couvent et je lui laisserais là-bas un mot, de façon qu'il apprenne que je suis partie sans pouvoir pour autant me retenir. Ce n'est pas courageux de ma part, mais ce sera plus simple ainsi. Au moment où je pensais à tout cela, une voiture noire, grosse et lourde s'arrêta le long du trottoir juste à côté. Un instant plus tard j'étais dans ses bras.

Il tenait ma main, il parlait, et moi je ne pouvais pas prononcer un mot. J'étais comme paralysée par le bonheur. Ce n'était donc pas un mirage, mais la réalité. Je suis capable d'aimer, je suis comme tout le monde, c'est l'histoire d'un coup de foudre comme on en trouve dans les livres et il est aussi beau, aussi merveilleux et aussi unique qu'il était dans mes souvenirs. Il s'appelle Daniel Turski, il a des yeux merveilleusement noirs et il m'aime. Il vient d'être démobilisé. Il est riche! Ceux de l'armée régulière reçoivent un montant d'argent correspondant à leur grade et à leurs années de service. Ce n'est pas comme nous de l'insurrection de Varsovie. Nous, nous n'avons droit à rien...

En France on parle beaucoup d'amour, beaucoup plus que chez nous. Dans les chansons, dans les livres et même dans les journaux, on suggère des choses inavouables, on fait des blagues et on ne se gêne pas pour les rendre parfois très précises. Tout cela crée une sorte de climat. À Paris, ne pas aimer, c'est un peu comme être infirme. Mais le mot même d'«amour» change de signification dans la vraie vie.

Nous sommes partis dans le soleil Daniel et moi. Il conduisait en tenant ma main et soudain je découvrais Paris. Tout était plus beau; les édifices, les arbres et les visages des gens. J'étais déjà allée aux Tuileries auparavant et même à plusieurs reprises, mais je ne m'étais pas rendu compte alors à quel point les statues étaient vivantes. Il y avait la chaleur de son bras, le rythme de ses pas auxquels j'ajustais les miens et une sensation de plaisir parfait quand son regard se posait sur mon visage. Mes mots ne s'envolaient pas dans le vent; ils restaient et le rejoignaient. Mes enthousiasmes, mes joies, devenaient ainsi les nôtres et nous n'étions plus qu'une seule et unique personne. Mes désirs étaient les siens.

Nous avons retrouvé la voiture et nous sommes repartis au Palais-Royal. Au café du coin, sur la terrasse, nous avons bu du vin blanc léger et froid. J'étais bien, mais je voulais repartir et revoir les autres coins de Paris que j'ai appris à aimer sans lui pour que le miracle se reproduise à nouveau comme aux Tuileries. J'avais deux paires d'yeux pour regarder et je tenais à en profiter au maximum car j'étais profondément persuadée que ce moment béni, cet état second dans lequel je me trouvais ne se reproduirait jamais plus et me laisserait juste des souvenirs. J'avais peur que l'homme à côté de moi disparaisse et que je ne puisse plus retrouver que les lieux où nous avons été ensemble. Des paroles de chansons françaises me revenaient par bribes, me rejoignaient, pénétraient en moi et je mesurais soudain leur véritable signification.

Il faisait chaud et, à force de boire du vin, je racontais ce qui me passait par la tête. Je récitais des poèmes, je fredonnais et je riais, tandis que Daniel me serrait contre lui en me prenant par la taille comme s'il voulait mieux s'assurer que j'étais là, près de lui. Quand nous sommes arrivés sur la terrasse du Trocadéro, l'air était devenu frais. Le soir commençait à tomber. Nous ne portions plus l'uniforme, nous étions l'un et l'autre des citoyens ordinaires, un couple perdu parmi bien d'autres. Daniel m'avait prise dans ses bras...

La boule rouge du soleil descendait au-dessus des toits de Paris. Aucun mal ne pouvait plus nous arriver puisque nous étions ensemble, mais j'ai pensé à maman qui disait que quand le soleil est aussi rouge c'est signe que le diable se déchaîne quelque part et rend quelqu'un très malheureux. À nouveau Daniel m'embrassa, j'ai senti une sorte de courant dans mon corps, j'ai fermé les yeux et je me suis laissée bercer comme une enfant. Il répétait mon nom, le criait presque, puis nous sommes repartis et, une fois assise dans la voiture j'ai fermé les yeux de façon à mieux m'isoler de tout ce qui n'était pas lui et moi. Daniel conduisait en silence. Nous quittâmes les beaux quartiers de Paris, ce fut une route qui longeait la Seine et puis la campagne. Les étoiles brillaient déjà là-haut quand nous nous sommes arrêtés devant une sorte de manoir. Des rosiers blancs, somptueux, entouraient l'entrée. Je me suis penchée pour respirer leur parfum et aussitôt ce fut le vide. Daniel n'était pas là et je ne pouvais partager avec lui mon plaisir. J'avais froid et l'angoisse me prenait à la gorge.

Ensuite tout se passa très vite. Daniel me fit traverser le grand salon du rez-de-chaussée, nous avons monté les marches et il a poussé une porte. La chambre n'était éclairée que par un rayon de lune mystérieux et indiscret. Il me souleva de terre et me porta sur le lit, haut et large, s'allongea à côté de moi et commença à enlever ma robe tout doucement comme s'il ne voulait pas me brusquer. Il m'a prise, toute nue, offerte et consentante et cela n'avait aucun rapport avec ce que j'avais vécu avec Tomek. Daniel me tenait dans ses bras et nous étions unis dans un seul et même mouvement très délicat, à peine perceptible qui provoquait en moi un tel besoin de lui que je voulais qu'il ne me lâche jamais et que cela dure à l'infini. De ses mains il caressait mes épaules, ma gorge et mes seins, tandis que des frissons me parcouraient.

Distinctement, je le sentais en moi, à la fois brutal et doux, attentif à chacun de mes mouvements et à ce désir que nous partagions totalement jusqu'au spasme final. Nous sommes restés immobiles pendant un moment, puis, à nouveau il commença à m'embrasser et j'ai senti son ventre se durcir contre le mien. Le tourbillon nous emportait, nous menait vers un plaisir insoupçonné et nous apportait un bonheur tellement absolu qu'il paraissait plus fort que toutes les autres sensations. J'avais l'impression d'être dans un autre univers, dont lui seul connaissait le chemin. C'était comme un long voyage dans un pays fantastique dont je ne pouvais revenir sans être dépossédée. Quand il me lâcha j'ai eu froid. Aussitôt, il a compris que j'avais besoin de tendresse et m'a attirée vers lui. La tête posée sur son épaule, j'aspirais la fumée de la cigarette qu'il avait allumée pour nous deux et je l'écoutais parler.

— Je suis allé à Londres, disait Daniel, j'ai retrouvé des amis, des camarades, mais pas un instant je n'ai cessé de penser à toi. Ensuite, nous avons été démobilisés et je n'avais qu'un seul désir: te posséder et te garder. Je n'ai pas osé te chercher. Je n'y ai pas droit. Il faut que tu le saches. Ma femme et mon fils, né après mon départ à la guerre, m'attendent à Kielce. Ma décision est prise. Je pars en Pologne. Je veux divorcer le plus rapidement possible. Elle est belle, froide et elle m'a épousé sans m'aimer. Elle a eu des aventures pendant mon absence et je n'ai pas de scrupules à lui demander ma liberté.

Daniel parla longtemps encore de sa femme et moi je la voyais seule obligée de gagner sa vie et celle de son enfant, pourchassée par la Gestapo, comme maman, comme les parents de Danka, comme nous l'étions tous, tandis que lui, Daniel, jeune officier, suivait un entraînement en Grande-Bretagne et se préparait à combattre. Il n'y avait plus rien de commun entre lui et moi, nous étions issus de deux réalités différentes et c'est sa femme et son enfant qui appartenaient à la mienne. Je n'avais pas le droit de les trahir. Cela serait lâche et indigne. Déjà, je me savais coupable et responsable à leur égard. Brusquement Daniel se redressa et me repoussa légèremen. Il me traita de petite fille romantique, alluma la lampe et me dévisagea.

— Je ne l'ai dit à personne, m'a-t-il murmuré, mais autant que tu le saches. En ce moment, elle se cache chez ma sœur, et elle risque d'être arrêtée. Elle a vécu fort bien pendant la guerre, grâce à ses relations avec un officier allemand! Ce que je veux c'est reprendre mon fils. Auras-tu assez de courage pour l'accepter et l'aimer?

Au lieu de répondre, j'ai pleuré. Il croyait que j'avais du chagrin et moi je pleurais de joie. Il y a des sentiments qu'on ne peut exprimer avec des mots. Pour les communiquer à l'autre il faut qu'il parvienne à comprendre tout seul sans explication aucune. Nous nous sommes regardés longuement en silence. J'étais heureuse et je ne parvenais pas à le lui dire. Il jouait avec mes cheveux, caressait mon visage et parlait de notre avenir, mais moi je n'étais plus sûre que nous pouvions encore avoir un avenir, alors pour le faire taire je me suis serrée contre lui, mon corps nu contre le sien. Entre nous, il n'y avait plus de place pour des rêves et des projets. Une force étrangère à notre volonté nous poussait l'un vers l'autre, nous portait comme une vague, puis nous abandonnait pour quelques instants pour nous reprendre encore et encore jusqu'à l'extrême limite de notre résistance.

Nous vécûmes enfermés dans la chambre. Nous avons fermé la fenêtre et nous avons tiré les lourdes tentures. Quand nous ressentions la faim, Daniel téléphonait et demandait qu'on nous apporte le plateau et qu'on le laisse par terre devant la porte. Pendant les rares moments de lucidité, nous buvions du vin blanc et nous mangions des croissants, assis l'un en face de l'autre sur le lit, tandis qu'en nous montait déjà le désir fou, jamais rassasié qui me faisait peur. Daniel paraissait au contraire sûr de lui et de plus en plus autoritaire. Il ne demandait pas, il ordonnait!

— Nous partirons dans deux mois, disait-il, et nous irons directement à Kielce. Ensuite seulement, quand les formalités seront terminées, tu me feras connaître ta mère. Je serai alors un homme libre et capable de me faire accepter comme ton fiancé.

Je n'ai même pas essayé de protester. Daniel se considérait comme seigneur et maître de mon destin et cela ne servait à rien de lui opposer la moindre résistance. Mon désir de retrouver maman au plus tôt n'avait pas la moindre signification pour lui.

Autant je croyais que Dieu nous avait menés l'un vers l'autre pour nous donner ces moments de bonheur absolu, autant j'étais certaine qu'un pareil bonheur ne pouvait survivre au-delà des murs de cette chambre dans laquelle nous étions isolés de tout ce qui n'était pas lui et moi.

À un moment donné, Daniel commença à poser des questions. Il voulait tout savoir : l'histoire de mon premier baiser, de mes rêves les plus intimes de jeune fille sage, de mes amitiés et de mes fréquentations. Son insistance était injurieuse à un point tel que je n'ai pas osé parler de Tomek et des liens qui avaient existé entre nous. Daniel m'écrasait sous son poids, me faisait gémir de plaisir, puis s'écartait légèrement et recommençait à poser des questions de plus en plus précises. J'avais honte de son regard sur mon corps, soudé contre le sien, et je me sentais indigne de la passion que je découvrais grâce à lui.

Je n'oublierai jamais qu'au cours d'une de nos nuits folles, il m'a traitée de putain, puis s'est mis à embrasser mes pieds et à me demander pardon, tandis que moi je tremblais comme une feuille et j'essayais en vain de commencer à le détester...

Je ne sais trop comment Maurice a su le jour et la date de mon départ, mais quand je suis arrivée à la gare il était là avec Tomek qui lui expliquait quelque chose dans son français hésitant, faisait beaucoup de gestes et paraissait ainsi tout à fait ridicule. Pourtant, quand il a pris ma main et l'a embrassée gravement, je fus émue. Entre nous, il y avait les draps froissés et la chambre d'hôtel que je venais de quitter en m'arrachant à la dernière vision de mon amant qui dormait sur le ventre, le visage enfoui dans les oreillers. Je ne partais pas de Paris, je m'enfuyais comme si mon désir de retrouver maman n'était ni normal, ni légitime.

Pour Tomek, je trahissais notre épopée de soldats de l'Armée du Pays, j'acceptais la soviétisation de mon pays et je me soumettais implicitement à la contrainte de l'Armée rouge. Selon Maurice, je faisais une bêtise irréparable et je choisissais un avenir médiocre dans une Pologne dévastée au lieu de profiter de ce que la France pouvait m'offrir de meilleur: sa culture et son savoir. Moi, j'étais encore dans les bras de Daniel et je les écoutais sans les entendre.

Le train avait deux heures de retard. Nous avions beaucoup de temps, en principe, mais il a passé avec une rapidité incroyable. Car nous n'étions plus seuls, d'autres nous rejoignaient: des camarades du maquis et de l'insurrection, des officiers démobilisés de l'Armée Anders, et de celle de Maczek. Vêtus de costumes civils, ils paraissaient mal à l'aise, ou encore surexcités. Certains étaient déjà là-bas, à Varsovie, avec leurs proches, d'autres se posaient encore des questions et surmontaient tant bien que mal la crainte de l'inconnu. Gêné, Maurice m'avait pris à l'écart. Il se rendait bien compte qu'à cause de sa présence ils se croyaient tous obligés de parler français au lieu d'utiliser leur propre langue en trompant leur angoisse sous des rires provoqués par les blagues de Tomek.

— Danka est malade, m'a-t-il dit, et je suis très inquiet parce que les médecins ne savent pas ce qu'elle peut avoir au juste. Il ne faut pas l'énerver. Promets-moi que tu nous écriras et que tu reviendras. Quoi qu'il advienne, nous sommes là prêts à te recevoir. Si tu m'écris que tu veux des bouquins cela signifiera que je dois t'expédier l'invitation et le billet de chemin de fer. Tu te souviendras? On ne sait jamais ce que tu vas trouver là-bas. Tu n'as même pas l'adresse de ta mère! Ne te fais pas d'illusions, à Varsovie, la situation n'est pas revenue à la normale. Je me suis renseigné auprès d'un de nos diplomates. Je sais de quoi je parle.

Daniel, mon amant, s'éloignait, se désincarnait et je ne ressentais plus qu'une sorte de peur diffuse, pénible et difficile à préciser. J'avais beau évoquer l'image de ma mère, sa silhouette délicate et fragile et l'expression de ses grands yeux de biche, j'éprouvais quand même l'étrange sentiment de jouer ma vie à pile ou face. Cela me semblait évident soudain que jamais plus je ne retrouverais Paris. De mon propre gré je partais dans un autre monde d'où je ne pourrais plus revenir. Puis Maurice m'a glissé une enveloppe remplie de billets de banque, Tomek a pris ma valise et nous sommes passés sur le quai où la grosse locomotive essoufflée traînait le chapelet de wagons noirs.

— Je te rejoindrai quoi qu'il advienne, m'a murmuré Tomek. Je t'aime et un jour toi aussi tu vas m'aimer à nouveau.

Ensuite, il s'est mis à chanter «J'attendrai» en français, puis en polonais et il est monté avec moi pour me trouver une bonne place. J'ai eu droit à un bouquet de roses, volé dans un cimetière, comme il le racontait à qui voulait l'entendre, à un baiser sur la bouche, à un sourire tendre et à une solide poignée de main. Tomek, mon copain, égal à lui-même, se croyait être mon futur mari, et s'efforçait de le faire comprendre à ceux qui nous entouraient. Il m'agaçait, mais je n'ai pas protesté. Quand le train s'est ébranlé quand j'ai senti sous mes pieds le mouvement de ses roues sur les rails, j'ai caché mon visage derrière les roses rouges dont les pétales caressaient doucement mes joues. Ce fut là ma façon de ne pas me montrer ingrate à l'égard de Tomek...

Il n'y a que le sommeil qui permette d'échapper à l'incertitude et à l'angoisse, mais nous étions trop nombreux et trop énervés pour dormir. Nous avons bu de la vodka et nous avons chanté des chants des maquisards parce que, quand on entend le son de sa propre voix, cela rassure. Et puis ce pays vers lequel nous allions ne pouvait être plus difficile à vivre que celui de la guerre et de l'occupation. Nous en étions persuadés, malgré tout ce que pouvait raconter un capitaine de l'Armée Maczek qui paraissait particulièrement pessimiste.

Assise à côté de la fenêtre je regardais les champs sagement délimités par des murets, les toits couverts d'ardoises, et des clochers d'églises qui dominaient le paysage et protégeaient les choses et les gens. Ici tout était mesure et modération. À l'horizon le ciel et la terre ne se rejoignaient pas comme cela arrive dans certains coins chez nous et quand le train ralentissait à l'approche d'une gare, des pauvres femmes avec des sacs sur le dos ne se pressaient pas le long des voies. Mon cœur se serrait à l'idée que c'était la France, pays de liberté où j'avais obtenu mon premier passeport pour l'avenir; mon bac, une sorte de droit de pénétrer dans l'univers de l'intellect. Des doutes m'assaillaient. Ma décision de rentrer me paraissait de plus en plus absurde. Certes, je devais m'occuper de maman et racheter mes fautes à son égard, mais je n'avais même pas son adresse et aucune certitude de la retrouver.

En quittant la chambre j'ai laissé une lettre à Daniel, mais me pardonnera-t-il mon départ, lui qui est si entier et si autoritaire? Autant je suis sûre de Tomek, autant l'amour de Daniel est fragile. Avec lui j'ai connu le bonheur qui ne peut durer parce qu'il est trop énorme, trop parfait, trop surhumain!

Dans notre compartiment, la lumière ne fonctionnait pas et je sommeillais au moment où les soldats armés de mitraillettes sont entrés. C'était la frontière allemande, les soldats étaient soviétiques et ils paraissaient éméchés, tandis que nous, soldats démobilisés et désarmés étions à leur merci et avions peur. Ils ouvraient les portes coulissantes, criaient, frappaient les parois des wagons avec leurs mitraillettes et vérifiaient les papiers d'identité. Cela dura longtemps, puis le train s'ébranla et les Soviétiques se mirent à sauter sur le quai de la petite gare en ruines. Un peu plus loin il y avait une rangée de vieux arbres dont les troncs portaient des traces de balles, mais comme la nuit commençait à tomber ils se confondaient déjà avec le reste du paysage et personne en dehors de moi ne le releva. Le visage collé contre la vitre je suivais des yeux les étincelles rouges qui, de temps en temps, trouaient la nuit. Autour de moi les gens parlaient, mais je ne les entendais pas jusqu'à ce que quelqu'un se mette à crier:

— La frontière! Nous sommes chez nous!

J'ai essayé alors de distinguer à travers la vitre sale un visage, le contour d'un bâtiment, mais en vain. Tout était noir, comme mort. Sans nous consulter, nous nous sommes mis debout et nous avons chanté. La mélodie, les paroles venaient spontanément parce qu'elles faisaient partie de notre première enfance et de nos souvenirs, partie intégrante de nous-mêmes. À travers la fenêtre ouverte, le vent s'engouffrait à l'intérieur et les voix des autres wagons nous rejoignaient et se fondaient en un ensemble, comme si nous étions tous une seule et unique personne, dotée de puissance absolue et suprême. Puis, brusquement quelqu'un entonna une chanson militaire, où il était question d'une vie triste et d'une charge contre l'ennemi faussement joyeuse. Dans le wagon à côté, il s'agissait de la sentinelle qui veillait à Tobrouk, dans le nôtre, des barricades de l'insurrection de Varsovie et tout devint confus, les paroles, la trame mélodieuse et le rythme.

Je pensais à maman et j'étais sûre de la retrouver...

Il est inutile d'imaginer l'avenir, de se préparer et même d'y penser à l'avance puisque les événements ne se produisent jamais d'une façon logique et demeurent par conséquent continuellement imprévisibles. Quand le train entra en gare, nous avons hurlé de joie. C'était une toute petite gare, mais les inscriptions étaient en polonais et nous les lisions à voix haute en scandant les syllabes.

«Défense de cracher par terre.» «Il est interdit de traverser les voies.» «Danger.»

Les mots avaient le goût du pain fraîchement cuit, encore chaud et délicieux. Le train s'immobilisa, j'ai réussi à me placer à la fenêtre et, penchée en avant, j'ai tenté de reconnaître un visage parmi tout ceux qui se tendaient vers nous.

— Vous n'avez pas rencontré Wacek?

— Bronia n'est pas avec vous?

Les gens, des femmes surtout, couraient le long du quai et nous suppliaient de leur répondre, comme si nous devions avoir des nouvelles de leurs fils, fille, mari ou amant. Dans la grisaille sale du matin, sous la fine pluie fraîche, elles scrutaient nos visages, puis déçues se détournaient et continuaient à avancer, plus lentement, comme si leur reproche à notre égard pesait lourdement sur leurs épaules. Nous étions coupables de ne pas être ceux qu'elles attendaient.

Soudain, j'ai entendu crier mon nom et j'ai vu Luk. Il se frayait un chemin parmi la foule qui ne cessait de grossir, la dominait de sa haute taille, ses longs bras battaient l'air devant lui et il se dirigeait vers notre wagon à grands pas. Vêtu d'une chemise militaire allemande, largement ouverte sur la poitrine, coiffé d'une casquette noire, il ressemblait à ces vieilles photos de maman où les insurgés contre les tsars s'apprêtaient à partir en convoi en déportation.

— Vite, Zosia, passe-moi ta valise et essaie de descendre par la fenêtre, m'ordonna-t-il. Le train va repartir dans quelques minutes.

Je me suis retournée, j'ai serré des mains, quelqu'un lui tendait déjà ma valise et quelqu'un d'autre me soulevait de terre. Dans la cohue où se pressaient les passagers qui encombraient le corridor, j'étais la privilégiée. Celle qui avait trouvé la première le but ultime du voyage de retour, un membre de sa famille, un ami, quelqu'un qui l'attendait et qui la prenait en charge. J'ai enjambé le parapet, je me suis glissée le long de la paroi du wagon et Luk m'a saisie dans ses bras forts. En cet instant il était mon pays, ma nouvelle réalité, mon lien avec maman. Il m'embrassait sur les joues, me serrait contre lui et m'entraînait de l'autre côté du bâtiment devant lequel le chef de gare se tenait droit comme un piquet au beau milieu de la foule. Au moment où nous sommes montés dans la carriole qui nous attendait sur la route, le soleil a percé les nuages.

Juchée à côté de Luk qui prenait les rênes j'ai cru que c'était un bon présage et sans lui laisser le temps de souffler un peu j'ai commencé à poser des questions.

— Karol nous attend, disait Luk. Il faut que tu fasses attention. Il est très malade et il espère guérir rien qu'en te voyant. C'est fou mais c'est ainsi.

— Maman?

— Il t'expliquera, moi je ne sais pas grand-chose. Cela fait juste une semaine que je suis avec lui. Tu sais, tu n'aurais pas dû revenir. Ici la situation n'est pas drôle. Cela me fait plaisir de te voir, mais autant te prévenir tout de suite...

— Toi aussi tu es là...

— Moi c'est différent, constata Luk, en arrêtant le cheval au croisement. Le camp où nous étions avec notre groupe a été libéré par les Soviétiques, tandis que toi, tu as eu la chance d'être libérée par les Américains.

— Je me suis évadée...

— Bravo, voyez donc ça, la petite Zosia qui parvient à s'évader d'un camp allemand. Tu es formidable ma fille!

Le soleil chauffait mon dos et mes épaules, le gros cheval noir remuait sa longue queue, l'odeur des foins fraîchement coupés apportait quelque chose de rassurant, de familier et je souriais aux gens qui marchaient sur la chaussée et dépassaient notre carriole.

— Fais attention, murmurait Luk, ce ne sont pas forcément des amis. Au village on ne nous aime pas.

— Pourquoi?

— Oh! c'est compliqué! Les Soviétiques font ce qu'ils peuvent pour créer des conflits. Des juifs arrivent de Sibérie. Des trains entiers. Ils prétendent qu'ils reviennent au pays reprendre ce qui leur appartient, mais c'est faux. Ce ne sont pas les nôtres. Les nôtres sont morts, exterminés dans les ghettos et dans les camps de concentration. Ce sont des juifs russes qui espèrent avoir enfin une existence moins misérable que celle qu'ils ont eue là d'où ils viennent. J'ai du mal à les comprendre quand ils me parlent. À dessein les officiers soviétiques qui campent au village les aident et les protègent. Cela crée des haines et nous nous efforçons, Karol et moi, de nous montrer le moins possible. Je comprends les ressentiments des paysans, mais je ne peux pas être de leur côté. Les amis d'hier, du maquis, deviennent des ennemis.

— Luk, les Boches sont partis...

— Eh oui! Pour toi tout est simple parce que tu arrives, mais attends un peu, tu changeras...

Nous avons roulé parmi les champs, à l'horizon le ciel touchait la terre et, au fur et à mesure qu'on avançait, il s'éloignait comme cela arrive parfois dans les rêves. À côté de moi, Luk se taisait et je me retenais pour ne pas me mettre à chanter à tue-tête. La joie était en moi et une sorte de paix telle qu'il me semblait qu'aucune peine ne pouvait plus m'atteindre. Je pensais à maman et, pour la première fois depuis très, très longtemps, je ne me sentais plus coupable à son égard.

Est-ce que cela se raconte le malheur, le vrai, celui avec lequel il faut vivre pendant des années sans jamais pouvoir l'effacer? Quand nous sommes arrivés dans le grand parc, isolé de la route par le mur en pierre, large et haut, j'ai su que c'était celui où madame Dorota avait vécu autrefois. Au bout de l'allée des marronniers, il y avait sa maison toute blanche et sur le perron un homme en chaise roulante que je n'ai pas reconnu. C'était Karol! Je suis descendue de la carriole, je me suis approchée, je me suis agenouillée et j'ai pris sa main entre les miennes. J'aurais dû attendre et lui laisser un peu de temps, parce qu'il avait la gorge serrée et des larmes aux yeux, mais je n'ai pas pu. Je voulais savoir!

Il était avec maman quand la maison s'est écroulée. Il la tenait dans ses bras. Elle prononçait encore mon nom et parvenait à lui sourire, puis, plus rien. Une pierre. Une grosse pierre grise l'avait frappée. Cela n'avait pas duré longtemps...

— Elle paraissait dormir, ma pauvre Janka, répétait Karol. Je suis resté là, je l'ai tenue dans mes bras et puis... Quelqu'un est venu. Des pas, des voix, des gens qui voulaient me sauver comme si cela pouvait avoir la moindre importance... Maintenant que tu es là je sais que je vais guérir. Tu verras, Zosia, je m'occuperai de toi. C'est cela qu'elle me demande. La nuit quand je suis couché, elle vient et me parle de toi. J'essaie de la retenir, mais elle refuse de rester. Les lettres que je t'ai écrites n'étaient pas rédigées par moi. C'est ta mère qui me les a dictées... Ta tante Fela a été tuée le premier jour de l'insurrection. Eh oui! elle passait sous une barricade, une balle perdue... Je n'ai plus personne... Juste toi...

Il parlait à voix basse, parfois entrecoupée de sanglots qu'il étouffait comme s'il ne s'agissait que de profonds soupirs. Entre lui et moi il y avait des taches de soleil, il me semblait voir maman derrière son fauteuil et j'ai su à ce moment-là que jamais je ne pourrais l'abandonner à son sort et redevenir libre! Je me suis sentie enchaînée à cet homme qui ne m'était rien et que j'ai détesté pendant longtemps. Karol avait tenu maman dans ses bras à cet instant ultime où j'aurais dû, moi, sa fille, être à côté d'elle et j'ai contracté ainsi une dette à son égard qu'il me faudra payer jusqu'à la fin des temps...

J'essaie de prier, mais Dieu ne répond pas. Existe-t-il? Quand Luk est avec Karol, je m'échappe et je marche dans le parc. Il me semble alors que Marie est présente dans le souffle du vent, dans le murmure des arbres, dans les nuages qui se poursuivent au-dessus de ma tête. Marie Mère du monde a vécu le sacrifice de son Fils, maman, elle, n'avait pas le droit de mourir. C'est moi qui aurais dû cesser de respirer sous les décombres, moi qui ne suis rien. Elle savait aimer jusqu'à l'absurde, courir tous les risques, sacrifier sa jeunesse, tandis que moi je n'ai ni force, ni courage. Je ne suis pas capable d'aimer. Tomek, Daniel, des moments de plaisirs inavouables suivis de vide. Je suis un corps sans âme, un récipient laid, et pourtant je suis vivante, tandis qu'elle, qui était prête à tout donner, qui savait apporter le bonheur, n'est plus. Cela est à ce point monstrueux, que je ne parviens pas à l'accepter. Je ne peux pas continuer à regarder les fleurs, à m'amuser, à plonger mes mains dans l'eau fraîche du bassin qui est là, au bout du parc, parce que ce plaisir que j'éprouve est une trahison. De quel droit est-ce que je profite de cet été, de ce ciel bleu et de ce soleil, moi qui ne peux plus racheter ma faute à l'égard de maman? La véritable injustice, c'est celà; la mort d'un être unique et la survie d'un autre qui n'apporte que désillusions à ceux qui l'approchent. J'ai déçu Tomek, j'ai abusé de la confiance de Daniel qui dormait comme un enfant, sûr de me retrouver au réveil et je suis revenue pour chercher auprès de maman la rémission de mes fautes et le pardon qu'elle seule pouvait m'accorder. Sans cesse, j'ai devant les yeux ce moment où je l'ai quittée et où elle m'a envoyé un dernier baiser d'un petit geste de sa main...

Il fait chaud dans ma chambre. Des morceaux de papier peint pendent du mur. Sous le plafond haut, des fils noirs qui retiennent un lustre sont emprisonnés dans une immense toile d'araignée, parsemée de mouches. La porte qui donne dans la salle de bains a été arrachée comme toutes les autres d'ailleurs. La maison de madame Dorota n'a plus de portes.

— Ta mère peut circuler d'une pièce à l'autre sans encombre, répète Karol. Dès que j'obtiendrai pour elle une chaise roulante elle retrouvera une vie normale. Nous n'avons pas besoin de portes dans notre maison, bien au contraire, si elles étaient en place je les enlèverais.

Ma présence le gêne. Il est heureux quand il a l'impression que je ne l'entends pas, car il se met alors à parler à sa Janka et à lui demander pardon. Il l'entoure, il la porte dans ses bras, il lui parle à voix basse et quand j'apparais devant lui c'est comme si je le réveillais d'un songe. Luk, pour sa part est très occupé. Il plante des légumes, les arrose, et prétend que nous aurons une récolte de pommes de terre suffisante pour tout l'hiver. Le matin il part au village et revient avec des nouvelles fraîches qui sont invariablement mauvaises.

— La soviétisation progresse, explique-t-il à Karol, nous allons tous crever ici et les Polonais vont nous achever sur l'ordre de nos nouveaux maîtres. Cela servira de prétexte à Moscou pour démontrer à la face du monde que, dans ce pays, il n'y a que des salauds, des antisémites, des gens incapables de se gouverner sans l'aide du Grand Frère.

Il m'énerve Luk, mais malgré moi je m'empresse de le retrouver. C'est mon seul lien vivant avec la réalité. Je lui parle de mon diplôme, de mon avenir dans lequel je ne crois plus, de ce qui viendra après. Karol fait semblant de s'intéresser à ce que je raconte, mais cela ne dure que quelques instants. C'est comme s'il se sentait coupable de soustraire ces rares moments à la contemplation de la photo de maman placée sur sa table de nuit. Je suis obligée de le forcer à sortir, car il ne veut pas que je pousse son fauteuil sur la véranda. Je le comprends. Comme moi il a honte de profiter du soleil, pendant que maman, elle, n'est plus. Ses remords ne lui laissent pas un instant de répit, tandis que moi je peux frotter, nettoyer, aider Luk dans le jardin, cuisiner et servir des repas. Ces besognes sont une véritable bénédiction et, comme la maison est dans un état lamentable, je ne risque pas de manquer de travail

Je suis allée au village. La marchande qui m'a vendu la chemise que je voulais pour Karol m'a regardée d'une drôle de façon. Je ne sais trop pourquoi j'ai commencé à lui parler de la chaise roulante qui grince et qui n'est pas très solide, du plancher du salon dont le centre s'enfonce et de la baignoire qui coule. C'était bon de partager avec cette grosse vieille femme mes soucis quotidiens et de rompre ainsi le silence que Karol m'impose sans le vouloir.

— Comme ça, on ne se refuse rien, a-t-elle marmonné. Vous avez ce qu'il vous faut dans la maison de madame Dorota. Des familles s'entassent comme elles peuvent dans les granges, mais vous, vous êtes à l'aise. C'est à croire qu'il n'y a pas de justice.

Brusquement, je me suis rendu compte que le monde existait, que les réfugiés continuaient à affluer, que les soldats aux casquettes rondes buvaient de la bière à la taverne d'en face, en jurant en russe et en crachant par la fenêtre ouverte, tandis que les paysans qui se promenaient parmi les étalages leur jetaient des regards haineux. J'aurais voulu les interroger, mais ils m'évitaient. Ici, j'étais une jeune fille venue d'ailleurs, une étrangère dans mon propre pays, à laquelle personne ne tenait à faire confiance. Moi, je vivais avec Luk, l'officier considéré comme faisant partie de l'armée de l'occupation, qui en plus était en congé. Car pour mieux protéger Karol, Luk s'était enrôlé et il a maintenant un uniforme soviétique en attendant d'obtenir celui d'un lieutenant polonais. Dans les deux cas il s'agit d'un pantalon et d'une chemise kaki. Certes c'est un pantalon coupé d'une façon différente, il est bouffant et il déborde sur les bottes, mais comme Luk n'a pas de bottes cela ne change pas grand-chose.

J'avais envie de crier à la grosse bonne femme que Luk comme moi, comme Karol, avions été dans le maquis, que nous nous étions battus sur les barricades pendant l'insurrection de Varsovie et que maman avait payé pour tout cela un tribut tellement lourd que nous avons le droit d'habiter la maison de madame Dorota, mais je me suis tue. Personne ne doit savoir que nous avons été dans l'Armée du Pays. Désormais, le nouveau pouvoir nous accuse, nous les anciens maquisards de l'A.K., d'avoir collaboré avec les pays capitalistes, avec l'Occcident, et le gouvernement provisoire de Londres, devenu, pour les hommes qui s'emparent désormais des postes de commande, illégitime! Non, je ne peux plus communiquer avec personne en dehors de Karol et de Luk.

Je suis partie en courant sans me retourner, et je me suis promis de ne plus quitter le parc entouré de son mur de pierres.

J'ai reçu un mot de Maurice. C'est Luk qui l'a rapporté de Varsovie, où il avait été convoqué.

«J'ai absolument besoin de toi, écrit Maurice. Depuis son accouchement Danka est très fatiguée et ne peut s'occuper de notre petite Julie. Je compte sur ton amitié pour elle et pour moi. Je t'avoue que, sans même te consulter, j'ai commencé à faire des démarches pour que tu puisses venir chez nous à l'automne. Ce n'est pas facile, mais je compte bien avoir l'appui de notre ambassade.»

Pendant que je lisais, Luk m'observait d'une drôle de façon. J'ai eu l'impression qu'il avait manigancé quelque chose derrière mon dos et cela me déplaisait, mais je n'ai pu l'interroger à ma façon. Il était très excité et il parlait avec Karol en yiddish, ce que je déteste parce que je ne comprends pas. Tout ce que j'ai pu savoir c'est que le Comité juif américain est prêt à prendre en charge Karol et à le faire soigner.

— Ne te préoccupe de rien, me disait Luk, cette fois-ci en polonais. Nous partirons ensemble, toi et moi. Ici, tout va se terminer par un bain de sang. Trop de gens ont intérêt à ce que cela se produise. Je n'ai pas envie de recommencer à me cacher et à jouer les héros. Le Comité est là pour nous aider, c'est la moindre des choses qu'ils nous doivent, eux qui ont vécu la guerre en Amérique.

— Je ne partirai pas, répondait Karol. Janka est ici dans cette maison qui est aussi la mienne. Elle ne me suivra pas à Varsovie. Ici, je peux encore lui parler quand elle vient, mais là-bas cela ne sera plus possible.

J'ai réalisé à ce moment précis que maman n'avait même pas de tombe au cimetière. À Varsovie, il y a eu trop de cadavres sous les ruines pour qu'on ait pu dégager les corps qui n'étaient pas réclamés par les familles. Il faut absolument que j'aille à Varsovie et que je trouve un prêtre qui voudra bien m'aider! Je l'ai annoncé à Luk qui m'a traitée de folle, tandis que Karol continuait à regarder la photo de sa Janka comme s'il ne m'entendait pas.

C'est le lendemain de ce jour-là qu'ils sont arrivés.

Nous étions assis tous les trois dans la salle à manger en train de dîner. L'ampoule qui pendait du plafond sur sa longue corde noire jetait une lumière hésitante sur la table. Par moment, elle se balançait légèrement à cause du vent qui entrait par la fenêtre et les ombres glissaient sur le visage de Karol qui paraissait verdâtre. Luk dévorait en silence ses pommes de terre et ne levait pas la tête de son assiette. Il faisait très chaud, bien que la nuit fût déjà tombée. J'écoutais le coassement des grenouilles dans le bassin, les cris des corneilles qui envahissaient la véranda, je pensais à madame

Dorota et je sentais en moi une angoisse que je n'avais plus connue depuis longtemps. Ensuite, ce fut le bruit du camion qui freinait sur le gravier; Luk, qui se précipita à la fenêtre, renversa par mégarde un tabouret et la porte d'entrée céda sous les coups. Les officiers soviétiques criaient dans l'escalier. D'un geste brusque, Karol fit tourner sa chaise et elle commença à rouler.

— Silence, hurlait-il. Vous allez réveiller Janka. Il ne faut pas!

Le hall en bas était rempli de monde. Des hommes et des femmes avec des bébés dans les bras se tenaient serrés les uns contre les autre, apeurés et désorientés, tandis que les enfants commençaient à monter sans attendre. Ils prenaient possession de la maison, se répandaient dans les pièces et moi, impuissante, j'étais comme rivée sur place. Luk courut jusqu'à Karol et s'efforça de reculer sa chaise.

— Je suis chez moi, continuait à hurler Karol. Allez-vous-en!

— Cette maison a appartenu à une famille juive, disait un des officiers et il est normal que ce soient des juifs de chez nous qui en reprennent possession. Toi, camarade, tu n'es qu'un intrus. Un Polonais, un profiteur, un voleur des biens juifs!

— Nous sommes juifs, protesta Luk. Cette maison est celle de mon ami infirme. Je suis officier et...

Personne ne l'écoutait. Les femmes et les hommes fourbus et affamés s'installaient, s'interpellaient, déposaient leurs sacs et leurs valises et étendaient avec une rapidité surprenante des couvertures et des douillettes. Luk s'accrochait à l'officier en charge, le prenait par le bras, parlementait, et moi je courais chercher dans la chambre de Karol la photo de maman, l'unique trace tangible qui pouvait encore témoigner de ce qu'elle avait été. C'est en la glissant avec son cadre sous ma blouse que j'ai entendu un bruit qui fit trembler le plancher, puis tout fut silence. Ils étaient tous debout dans le hall. Ils entouraient Karol, couché par terre dans une drôle de pose, comme replié sur lui-même.

— Un accident, un simple accident, disaient les officiers en hochant la tête.

Agenouillé à côté de Karol, Luk marmonnait des mots sans suite. Dans l'escalier monumental quelqu'un lançait des bouteilles vides qui s'écrasaient sur les dalles de l'entrée, ceux du bas protestaient et dans le petit vestiaire, séparé par un rideau, une femme nourrissait son bébé qui pleurait. Dehors, les éclairs striaient le ciel. L'orage se déchaînait, des trombes de pluie s'écrasaient sur les vitres et les pauvres gens, inquiets, attendaient le verdict des officiers.

— Cela n'a aucune importance, a murmuré Luk en se redressant. Viens Zosia. On ne peut rien pour lui. Il est mort.

Cela fait plusieurs mois que je n'ai pas été capable d'écrire une ligne. Tout est fini, consommé, et il n'y a plus que la photo de maman posée sur le bureau, qui me reste. La plupart du temps je suis seule avec Julie qui dort dans son berceau. Danka est à l'hôpital. Les médecins ne savent pas ce qu'elle a. Maurice passe toutes ses soirées avec elle, et moi, je rôde dans la maison vide, ou encore je berce dans mes bras la petite Julie qui est en train d'avoir ses premières dents et qui a mal. À force de la regarder, à force de vivre constamment avec elle, il me semble qu'elle est à moi. Quand Maurice ne m'entend pas, je l'appelle Jeanne; c'est le prénom de maman en français.

En dehors de Julie, je ne vois personne et Maurice ne sait trop que faire pour me forcer à sortir. Le dimanche, il me met à la porte pour tout l'après-midi et exige que j'aille au cinéma. Je marche à travers les rues et les parcs, j'économise l'argent qu'il me donne pour mon billet et je reviens fourbue.

— Toi qui tenais tellement à être libre de toutes attaches, te voilà prisonnière par ma faute, soupire Maurice. Profites-en au moins pour lire. Cela aide, je t'assure.

Il est très gentil Maurice, mais je lui en veux malgré moi. Sans lui, sans son intervention, ses démarches et ce voyage fou qu'il a fait à Varsovie pour me ramener finalement avec lui en France, je serais restée en Pologne. Luk, qui a été engagé par le Comité d'aide juif était prêt à me trouver du travail. Il me semble que là-bas j'aurais pu au moins obtenir une tombe pour maman au cimetière de Powazki, faire poser une croix et y porter des fleurs tous les dimanches.

Luk et moi, nous avons enterré Karol au cimetière juif, parmi les monuments saccagés, pillés et éventrés. Nous avons eu beaucoup de difficultés à obtenir un permis et, prise par les démarches, l'obligation de vivre, de se nourrir et de trouver une chambre, j'avais vécu comme une automate sans penser à rien.

Maintenant, c'est différent. Ici, à Toulouse, je suis parmi des étrangers et Luk me manque. En dehors de mes conversations quotidiennes avec Danka, à laquelle je téléphone aussi souvent que je le peux, je ne suis capable de parler en polonais avec personne. Et puis avec Danka, c'est elle qui raconte, tandis que moi je me contente d'écouter. Elle a de la fièvre, doit rester coucher et tousse beaucoup. Elle a peur! Peut-on vraiment mourir à notre âge autrement qu'à la guerre? Cela me paraît absurde et monstrueux, mais Maurice, lui aussi a du mal à cacher son inquiétude. Comment se fait-il que moi, dont personne n'a plus besoin et qui n'aime personne, je me porte à merveille et j'engraisse? Quand je vois mon visage dans le miroir avec mes joues rondes, j'ai honte...

Renée est arrivée ce matin. Elle va rester trois jours. Je m'efforce de paraître calme, détendue et souriante. Avec Maurice je n'ai pas besoin de jouer la comédie, mais je ne veux pas que Renée puisse s'apitoyer sur mon sort. Être enviée, d'accord, mais plainte, jamais!

La vieillesse n'est pas une question d'âge, mais bien plus une certaine façon de regarder les autres. Maurice a dix ans de plus que moi, et pourtant, face aux événements et aux gens qui les vivent, nous réagissons de la même façon. Renée, elle, ne sait rien évaluer sans une bonne dose de mesquinerie. Elle me fait comprendre que je ne peux pas vivre indéfiniment aux crochets de son frère, que je vais avoir du mal avec mon physique et mes origines étrangères à trouver un mari montrable et que je dois au plus vite m'inscrire à l'école de secrétariat.

Nous étions assises au salon, éclairé par la lumière douce de la lampe à abat-jour et je l'écoutais d'une oreille distraite. Pour la première fois depuis très, très longtemps j'ai pensé à Daniel, le désir montait en moi, me remplissait, me donnait envie de fermer les yeux et de retrouver l'image de son corps nu sous mes paupières. Sa peau était chaude et lisse contre la mienne et il me suffisait juste d'évoquer ce contact pour que des frissons parcourent mon dos. J'ai réalisé soudain qu'il était capable de m'exorciser et de me faire oublier ce que j'avais vécu, juste comme ça, en m'écrasant sur le lit sans me demander ce que je pense et ce que je ressens. Pour Daniel cela n'a jamais eu d'ailleurs la moindre importance!

Entre l'amitié de Maurice, chaleureuse et désintéressée, la camaraderie de Tomek qui m'écrit ponctuellement chaque semaine une lettre de deux pages pour me raconter ce qu'il fait et comment il progresse dans ses études, il y a cette relation parfaitement animale qui me fait honte, mais dont le souvenir parvient à lui seul à me faire sortir de ma léthargie.

J'ai continué à sourire poliment à Renée, mais je la dominais intérieurement parce que je savais, je devinais, qu'elle n'avait jamais vécu de toute son existence une nuit comme celle que moi j'avais connue dans les bras de Daniel. Les réactions des sens ne se raisonnent pas. Elles sont animales et imprévisibles. J'étais obligée de serrer mes poings pour ne pas me trahir. Je retrouvais la vie! Le lendemain, cependant, toutes ces sensations fugitives étaient balayées, la journée se traînait morne et il n'y avait plus que les sourires de Julie. Avec ses remarques et ses conseils, Renée, qui se plaisait à répéter qu'elle les faisait «pour mon bien», suscitait en moi l'angoisse. Comme s'il le devinait, Maurice l'emmena à l'hôpital. La vraie amitié n'a pas besoin de mots pour venir en aide à l'autre.

Je regarde Julie qui dort parmi les falbalas roses dont son berceau est entouré. Elle semble être le centre d'une étrange fleur. Ses menottes potelées, minuscules, posées sur la couverture, sont si jolies que j'ai envie de les embrasser tout doucement pour ne pas la réveiller. La peau est délicate et sent bon.

Non, je ne connais pas d'homme pour lequel je prendrais le risque d'exposer au danger ce bébé et il n'y a pas de cause au monde qui vaudrait qu'on le sacrifie. Maman ne m'aimait pas, car elle, qui m'avait vue telle que je vois maintenant Julie, n'aurait pas pu cacher madame Dorota. C'est presque contre nature d'exposer ainsi son propre enfant. J'étais dans le maquis, il est vrai, et elle n'y pouvait rien puisque je suis une mauvaise tête, mais la peur que j'avais vécue à la maison c'était autre chose.

Maman aimait Karol et personne ne comptait pour elle en dehors de lui. J'aurais dû faire l'impossible pour qu'ils puissent avoir une pierre tombale commune, mais Luk ne voulait pas. Selon lui, il serait sacrilège d'enterrer Karol ailleurs qu'au cimetière juif. Sont-ils unis maintenant, malgré leur différence de religion? Et mon père, lui, où est-il?

Dans ma dernière lettre j'ai demandé à Luk de faire des recherches pour obtenir le certificat de décès de papa. Les Allemands tenaient des registres très détaillés et jusqu'au bout ils se sont efforcés de les préserver, Dieu seul sait pourquoi, donc il se peut que malgré les bombardements et les incendies il trouvera quelque part son nom sur une liste. Maurice considère que cela est morbide, mais moi j'ai besoin de savoir.

Je suis allée voir Danka à l'hôpital. Elle n'a plus de fièvre, mais cette femme dolente et très pâle qui s'efforçait de se soulever sur un coude pendant que j'étais là ne ressemble pas à la fille avec laquelle je me suis évadée de Hanovre. Les médecins prétendent qu'elle a une tumeur au poumon et qu'on doit l'opérer, mais elle est persuadée que c'est la tuberculose.

— Merci pour tout ce que tu fais pour Julie et pour Maurice, me disait-elle. Je ne sais pas ce qu'il deviendrait sans toi.

Je ne me suis pas retenue à temps et j'ai répondu qu'il prendrait tout simplement une bonne qui travaillerait sans doute mieux que moi et serait meilleure cuisinière. C'était vraiment une maladresse de ma part. Danka m'a regardée drôlement, puis s'est laissée retomber sur ses oreillers. Je ne pouvais plus, de la place où j'étais assise, voir l'expression de son visage.

— S'il m'arrive malheur, m'a-t-elle dit, je voudrais que tu épouses Maurice et que tu t'occupes de ma fille. Il ne faut pas qu'une étrangère puisse me remplacer auprès d'elle. Toi, sauras lui parler de moi et elle m'aimera, tandis qu'une étrangère va effacer jusqu'à la trace de mon passage dans la vie. Je crois, je sens, que Maurice est très attaché à toi et que tu n'auras aucun mal à te faire aimer de lui.

Danka disposait de mon avenir, me conférant un rôle, une mission et ne se demandait même pas ce que je pouvais ressentir de mon côté. La maladie la rendait indifférente à mon égard, comme l'était autrefois maman à cause de son amour pour Karol. Il y a donc un lien entre la mort et l'amour absolu...

Je n'ai pas protesté, et je n'ai pas discuté. D'ailleurs Danka avait fermé les yeux et paraissait dormir ce qui m'a permis de m'éclipser. En passant dans le corridor je me suis trompée et au lieu de me diriger vers la sortie je suis entrée dans une grande salle commune. Les malades couchés dans les lits me regardaient, m'enviaient, moi, la fille solide, bien portante, dont la seule présence était une injure à leur état. L'odeur des médicaments flottait dans l'air, s'introduisait en moi et me donnait la nausée. J'avais peur. Il me semblait que jamais je ne parviendrais à quitter ce lieu de souffrances avec ses rites, ses silences ouatés, ses draps blancs, les infirmières ses vestales, et les médecins ses dieux païens.

Une infirmière m'aborda, me signifia que j'étais une intruse et parut offusquée quand je lui ai demandé mon chemin. Finalement quelqu'un m'aida à me retrouver. Une fois dehors sous la pluie, j'ai marché aussi vite que je le pouvais jusqu'à la boulangerie où j'achète d'habitude les croissants. J'avais besoin de manger pour me sentir vivante! J'avais demandé une baguette et un Rocher Suchard et, comme il n'y avait pas de clients, je me suis mise à enlever le papier doré qui enveloppait le chocolat, sans me soucier du regard désapprobateur de la patronne, plantée derrière la caisse.

— La guerre a eu un effet déplorable sur les mœurs, m'a-t-elle dit. Les jeunes d'aujourd'hui se permettent tout. Ils dévorent n'importe quoi, n'importe où, s'embrassent à pleine bouche sur les bancs des parcs et ne se soucient pas de scandaliser les enfants des voisins. Une fille qui habite avec un homme, pendant que sa femme légitime se meurt à l'hôpital, cela était impensable autrefois dans notre quartier. Ailleurs je ne dis pas, il faut de tout pour faire un monde, mais ici c'est un quartier respectable. Et puis quand un ingénieur, un professionnel, vit de cette façon, la fille ne risque rien, mais lui peut bien ne pas avoir d'avancement. Les compagnies sérieuses, solidement établies, font encore attention à ce genre de choses, Dieu merci!

Cette fois-ci, j'ai bien compris l'allusion. En somme la brave boulangère me répétait à sa façon ce que Renée me susurrait pendant son séjour chez nous. Inutile d'en discuter avec Maurice. Il n'admettra jamais qu'il peut avoir des ennuis au bureau. J'ai déjà essayé par le passé de lui demander pourquoi il n'a pas eu le poste qu'il convoitait depuis son arrivée à Toulouse, mais au lieu de me répondre, il s'est contenté d'un vague geste de la main.

— Après quatre années de captivité, m'a-t-il dit, cela n'a vraiment pas beaucoup d'importance. On voit les choses autrement, on a sa propre philosophie et on apprécie ce qu'on a sans se soucier de ce qu'on pourrait éventuellement obtenir. Tu sais Sophie, dès que Danka sera hors de danger je vais me considérer comme un privilégié du sort, même si on me met à la porte de l'usine et si on me force à chercher autre chose. Et puis il y a notre évasion qui me vaudra peut-être la Légion d'honneur, qui sait? Si on me la donne, elle va me protéger d'une certaine façon à l'usine, et moi je vais la diviser en trois, entre Danka, toi et moi...

Maurice riait et me signifiait ainsi, à sa façon, que je ne dois pas me mêler de ce qui ne me regarde pas.

Madame Voisard, la femme d'un collègue de Maurice, est venue à la maison, comme ça, à l'improviste, sans annoncer sa visite. Maurice était au bureau, Julie dormait et moi je m'appliquait honnêtement à faire des exercices de grammaire française. La maison paraissait calme, chaude, accueillante et silencieuse. Puis madame Voisard est entrée et avec elle la médisance et la haine.

Je la connais depuis un certain temps puisqu'elle me téléphone souvent pour prendre des nouvelles de Danka et de Julie. À part cela j'ai dîné une fois au restaurant avec Maurice, madame Voisard et son mari. Il m'avait paru froid et soumis à son épouse que j'ai trouvée conforme à certains personnages de romans que Maurice me fait lire. Elle paraissait incapable de mentionner une de ses connaissances sans ajouter immédiatement plusieurs remarques péjoratives.

Madame Voisard et moi, nous nous sommes assises au salon, je lui ai servi une tasse de café et elle a commencé à parler lentement, posément, en frottant ses mains l'une contre l'autre comme si elle avait froid. À cause de moi, Maurice n'avait aucune chance de s'imposer comme ingénieur en chef. Les gens bien, le président de la compagnie, sa femme qui a eu une dot importante, et dont la famille est haut placée dans la bonne société de Toulouse, condamnent sa conduite. On parle beaucoup de ma présence dans sa maison. Maurice refuse d'entendre raison, mais je suis en train de gâcher son avenir.

Madame Voisard fixait un détail du dessin du tapis et moi je sentais que mes joues devenaient brûlantes. À un moment, je me suis levée, je suis allée dans ma chambre, j'ai mis quelques objets dans ma valise, mon carnet, la photo de maman et quand je suis revenue au salon j'ai dit à madame Voisard que

Julie avait mangé et qu'elle pouvait attendre le retour de Maurice sans lui donner rien d'autre. Je lui ai indiqué où se trouveaient les couches de rechange et je suis sortie. Madame Voisard m'a rattrapée dans la rue et m'a proposé de l'argent, mais j'ai repoussé les billets qu'elle voulait me glisser dans les mains. Je ne ressentais ni amertume, ni déception, mais juste une sorte de soulagement. J'étais libre! Danka ne pouvait pas m'en vouloir. Je partais pour le bien de Maurice. Je n'étais pas une égoïste! Bien au contraire j'agissais d'une façon héroïque et j'avais le beau rôle. L'image de la petite Julie m'a hanté un instant, mais cela n'a pas duré. J'étais obligée de penser à moi et de me débrouiller.

J'ai pris l'autobus jusqu'au terminus, je me suis installée au bord de la route et j'ai attendu. Je n'avais pas assez d'argent pour payer le train et il me fallait faire de l'auto-stop. J'ai eu de la chance! Un camion s'est arrêté presque aussitôt. Le chauffeur m'a dit de grimper en arrière, sur le tas de rouleaux de tissu qu'il transportait. Il faisait noir là-dedans comme chez le loup et je me suis endormie. Quand nous sommes arrivés à Paris et quand le chauffeur m'a réveillée, je ne savais plus qui il était et où je me trouvais. Il était gentil le vieux bonhomme. Il accepta de me déposer devant le couvent et, une fois là, décida de m'attendre. J'avais tiré la chaîne à plusieurs reprises, puis ce fut le visage de sœur Rosalie, sévère et mécontente. Il n'y avait pas de place pour moi. Je n'étais pas étudiante et je n'avais aucune chance de le devenir: toutes les bourses avaient été distribuées et il n'y en aurait pas d'autres. Celles qui, comme moi, se sont permis de partir étaient rayées des listes. En terminant son discours elle m'a donné une lettre. Je n'avais qu'à la prendre et qu'à écrire à mon correspondant, disait-elle, que le couvent n'est pas une boîte postale. Désorientée, j'étais à nouveau dans la rue, seule, ne sachant où aller.

— Je connais une dame qui loue des chambres, me consola le chauffeur, elle sera contente de vous avoir. Mais faudra la payer. Elle n'est pas riche elle-même.

C'était drôle. Il se méfiait et, en même temps, il avait pitié de moi. Entre les intérêts de la dame et les miens, il hésitait, puis il décida de me faire confiance parce qu'il n'avait pas le courage de me laisser tout simplement comme ça, au bord du trottoir.

Je n'ai plus de droits, moi qui avais pensé que le monde me devait quelque chose pour tout ce que j'avais été obligée de supporter jusqu'à présent, mais juste des devoirs. Le premier est celui de gagner de l'argent. Ma logeuse, une vieille femme plutôt pauvre, est autrichienne d'origine. Pendant la guerre, elle a eu des ennuis parce qu'on la prenait pour une Allemande, ce qu'elle n'avait jamais accepté d'être malgré tous les avantages qu'elle aurait pu en retirer à l'époque de l'occupation. Elle parle français avec un drôle d'accent.

Ma chambre est propre, petite et assez jolie. J'ai une armoire, un lavabo, une table, un lit et, de ma fenêtre, on voit une forêt de toits avec un clocher, tout au fond. L'ennui c'est que ma logeuse a du mal à joindre les deux bouts et qu'il faut absolument que je lui paye mon loyer au plus vite. Elle a pris un risque en m'acceptant comme locataire, moi qui n'avais qu'une petite valise pour toute garantie de solvabilité et la chaleureuse recommandation de mon chauffeur qui affirmait me connaître depuis toujours.

Pour ne pas la décevoir je passe mes journées à lire les petites annonces et à me présenter dans les divers endroits qu'on y indique. Mais soir après soir, je rentre découragée, je monte au cinquième étage et je me glisse jusqu'à ma chambre sans faire de bruit. Combien de temps cela va-t-il durer? Tant que je ne gagnerai pas ma vie, je ne communiquerai pas avec Tomek. Cela serait déshonorant! Et puis il y la lettre de Daniel dont je connais chaque mot par cœur. La lettre expédiée de Pologne qui m'avait attendue pendant des mois au couvent. Je ne le reverrai pas, mon beau lieutenant, et jamais plus je ne connaîtrai cette délivrance totale et cette paix que j'avais vécues grâce à lui.

«J'ai compris ici que je n'ai pas le droit de juger, m'a-t-il écrit. C'est ma femme et malgré tout ce qu'elle a fait pendant la guerre, je n'ai pas le courage de l'abandonner sans lui assurer auparavant un peu de bien-être. Pour elle, l'époque de l'occupation à été plus horrible que pour toi qui étais trop jeune pour comprendre. Plus tard, peut-être, je parviendrai à me libérer, à remplir mes engagements et à partir à ta recherche. Je t'aime et je refuse d'accepter que notre histoire à nous deux se termine ainsi. Pour survivre, j'ai besoin d'espérer, alors réponds-moi vite pour que je sache ce que tu fais, et où je pourrai te retrouver un jour.»

J'ai décidé de ne pas lui écrire. Je ne veux pas espérer, attendre et pleurer comme maman! Je veux être libre et indépendante!

Les machines font un bruit infernal, la poussière me fait tousser, mais il paraît qu'on s'habitue à la longue. Ce qui est le plus difficile, c'est de maintenir le tissu en place pour que l'aiguille puisse le piquer en ligne droite. Je n'ai pas le temps de penser. Je suis fascinée par ce minuscule bout d'aiguille qui s'enfonce à intervalles réguliers dans la soie qui glisse sous mes doigts et semble vouloir leur échapper.

Ce qui compte c'est de garder ce travail que j'ai obtenu à grand-peine. Partout où je me présentais, on me posait des questions et on s'étonnait de mes réponses. J'avais l'immense tort d'avoir un baccalauréat, un diplôme beaucoup trop important pour qu'on m'embauche comme serveuse, vendeuse ou ouvrière. Dans les bureaux, par contre, y compris celui de la poste, on me disait que le baccalauréat ne suffit pas pour solliciter un poste aussi important, surtout moi, l'étrangère qui n'ai qu'un permis de travail temporaire.

C'est fantastique de se lever le matin, de se dépêcher, de prendre le métro, de sortir toujours à la même station, de savoir que quelqu'un quelque part m'attend et compte sur moi. Blanche Veillot, la propriétaire de l'atelier de couture est très drôle. C'est une petite femme, roumaine d'origine, dont le mari vient de mourir. Elle se débrouille seule et elle en est très fière. Je crois qu'elle se sent plus à l'aise avec moi qu'avec les autres ouvrières et cela me fait plaisir. Quand j'arrive, elle m'offre son plus beau sourire et me souhaite une bonne journée. Les premières semaines, je gagnais moins que les autres et cela paraissait lui faire de la peine, mais maintenant je travaille beaucoup plus vite et je suis en train de dépasser tout le monde. Il est vrai que c'est épuisant et que le soir je tombe de sommeil, mais cela m'empêche de réfléchir à ce que maman dirait si elle savait où je suis et ce que je fais.

Elle est étrange la vie normale. Rien ne ressemble à ce que j'avais connu auparavant. Même Paris à changé. Mon Paris est triste sous la pluie du printemps et franchement laid. Dans le quartier où je travaille, les maisons sont sales, uniformément grises et habitées par des gens qui n'ont pas l'habitude de sourire beaucoup. Pour l'oublier, je passe mes dimanches à me promener sur les quais de la Seine. Quand j'aurai des économies, j'irai au théâtre, mais pour le moment c'est impossible.

Tout est différent, nouveau, inquiétant! J'étais en train de m'appliquer à coudre aussi rapidement que possible, quand Blanche Veillot est venue me chercher pour m'emmener dans son bureau. Elle me demanda de me déshabiller et de mettre une belle robe blanche. Une de celles que nous étions justement en train de monter bout par bout et que je n'avais pas encore vue finie. Ensuite elle ouvrit la porte qui donne sur le corridor, situé en arrière et elle fit entrer un homme plutôt âgé qui tenait des échantillons dans ses mains. Je tournais devant le miroir, je me penchais, je souriais et la jupe blanche virevoltait autour de mes hanches. C'était une sorte de jeu et, pour la première fois de ma vie, quelqu'un m'examinait de cette façon. Quelqu'un qui ne me connaissait pas quelques minutes auparavant et qui m'évaluait du regard comme si j'étais un objet précieux qu'il avait bon espoir de vendre cher.

— Mais c'est un mannequin né, disait l'homme. Je la veux demain à ma boutique. Tu verras, Blanche, qu'on réussira à écouler toute ta production deux fois plus vite.

Depuis, je n'ai pas une soirée à moi. Directement de l'atelier, je pars à l'autre bout de Paris, je pénètre dans un autre monde, je rencontre des gens, des femmes surtout, qui m'aident à me coiffer, me maquiller et m'habiller. Ensuite je passe dans un petit salon où les miroirs me renvoient mon image. Blanche Veillot est généralement là, entourée d'un groupe d'acheteurs. Parfois elle me présente, mais plus souvent elle se contente de les faire asseoir pour qu'ils puissent mieux apprécier les robes que je porte.

Le jour, à l'atelier, les ouvrières sont désagréables avec moi, tandis que le soir je tiens la vedette et on me félicite. Je ne gagne pas beaucoup plus qu'auparavant, mais Blanche Veillot me promet que cela va changer et je lui fais confiance.

J'ai téléphoné à Maurice et j'ai eu droit à une scène. Dans ma lettre, que j'ai expédiée pour lui expliquer mon départ de Toulouse, je n'ai pas donné mon adresse à Paris et il a été affreusement inquiet. Au couvent on lui a répondu que je n'étais pas pensionnaire et qu'on ne savait pas où je me trouvais.

L'essentiel c'est que Danka soit de retour à la maison et qu'elle aille mieux. Ils ont engagé une bonne et la petite Julie est plus choyée que jamais. En somme, ils n'ont plus besoin de moi. Je suis libre! Complètement, totalement libre et, ce qu'il y a de curieux, c'est que je ne suis pas capable de l'apprécier comme il faut.

Je n'ai pas osé avouer à Maurice comment je gagne ma vie. J'ai réussi à terminer la communication avant qu'il ne parvienne à me le demander. Comme il n'y a pas de téléphone chez ma logeuse, je ne risque pas de recevoir son appel et il me sera plus facile de mentir en leur écrivant, à Danka et à lui.

La saison a été exceptionnelle. Blanche Veillot jubile et me couvre d'éloges dans son français teinté de roumain. J'ai de l'argent, des économies, un compte en banque et une carte d'identité verte dont on a bien voulu prolonger la validité à la Préfecture de police. C'est inespéré! Je n'en croyais pas mes yeux quand j'ai vu la date! Il ne s'agit pas de six mois, mais d'un an! Pendant toute une année, je n'aurai pas à solliciter la permission de fouler le sol français. Je ne serai pas obligée, en somme, de passer des heures à attendre dans le corridor pour comparaître devant des fonctionnaires, chroniquement fatigués et ennuyés par ma présence, comme par celle de mes semblables. D'ici un an bien de choses peuvent changer!

L'été chaud et lourd pèse sur mon toit. J'étouffe dans ma chambre qui ressemble à une cuve. Comme je ne peux pas dormir, je m'arrange pour rentrer tard, quand la fraîcheur de la nuit commence à pénétrer à travers ma fenêtre ouverte. Et voilà qu'avant-hier j'ai eu une surprise, Renée m'attendait, assise sur mon lit.

Il était dix heures environ et elle a commencé par me faire une scène. À l'entendre, ma pauvre mère se retournerait dans sa tombe. Je me conduisais mal. La situation dans laquelle je plaçais ainsi Danka, ma meilleure amie, et Maurice était intolérable. Avec mes façons cavalières de me conduire, j'avais perdu la possibilité d'obtenir une bourse, mais Renée était prête à m'avancer un peu d'argent pour que je puisse m'inscrire à l'université. Maurice, de son côté, ferait le reste. J'étais là, debout devant elle, et je la regardais sans la voir.

— Une fille honnête, disait Renée, se marie. Qu'est-il devenu ce jeune homme? Voyons, ce Polonais?

Comme de bien entendu il s'agissait de Tomek et quand je me suis permis de lui répondre que je ne tenais pas du tout à lui faire signe, à retrouver mes souvenirs et mon passé, elle éleva la voix. Selon Renée je n'avais pas les moyens de faire la fine bouche et de ne pas profiter d'une occasion éventuelle de convoler en justes noces. La destinée des filles comme moi qui, contrairement à elle-même, n'ont pas su ou pu avoir des diplômes universitaires se résume à cela; un mariage!

Dehors les lumières brillaient, Paris respirait la paix moite de la nuit et je ressentais en les regardant une sorte d'indifférence tranquille et rassurante. Mon français est bien meilleur à présent et je suis capable d'user d'ironie. Au lieu de me défendre, j'ai changé de sujet. Le parti communiste français ne prône-t-il pas l'importance du travail manuel, le rôle et le statut supérieur de l'ouvrier dans le processus de la production nationale? Ne suis-je pas, en tant qu'ouvrière, un élément utile, un individu susceptible de préparer avec d'autres les lendemains qui chantent? Contrairement aux professionnels, ces parasites potentiels, ces bourgeois embusqués, moi, je suis en première ligne. Prolétaires de tous les pays unissez-vous, c'est cela l'avenir pour lequel Renée milite, alors de quel droit me reproche-t-elle ma conduite, elle qui devrait au contraire plaider ma cause, auprès de son frère Maurice, ce défenseur de l'ordre établi?

Surprise, gênée, Renée ne savait plus quelle attitude prendre. Je riais. J'étais chez moi dans ma chambre, que j'étais en mesure de payer sans rien demander à personne. J'avais sur elle la supériorité de celle qui pouvait se permettre de braver les règles de son milieu. Je lui donnais mauvaise conscience et je m'amusais ferme. Renée a été obligée de partir pour prendre le dernier métro. Je l'ai accompagnée jusqu'à la station. Nous n'avions plus rien à nous dire et nous nous sommes contentées d'échanger des banalités.

Blanche Veillot, son associé, un certain Khrôl, deux acheteurs et moi, nous sommes allés passer la journée à Versailles. On fêtait la fin de la saison et on discutait des modèles que nous étions déjà en train de fabriquer pour l'automne. Le parc était un cadre merveilleux qui embellissait tout. Nous avons déjeuné sur la terrasse d'un bistro et nous avons bu beaucoup de vin. Comme je dois faire attention à ma ligne, je n'ai pas mangé autant qu'eux et la tête me tournait. Un des acheteurs, un homme plutôt laid, me tenait par la taille et j'avais l'impression de flotter. Soudain dans l'allée qui longe le grand bassin, j'ai vu Tomek. Il était seul et marchait à notre rencontre. Impossible de l'éviter! Il s'arrêta, je fus obligée de le présenter, il marmonna quelques mots sans importance, puis me dévisagea.

— Putain! a-t-il dit, en me prenant brutalement le bras. Tu n'es qu'une horrible putain, Zosia!

Sans comprendre le polonais, Blanche Veillot sentit qu'il lui fallait me venir en aide et s'interposa. Elle se plaça devant moi, me sépara de Tomek et lui fit face.

— Elle travaille avec moi, dit-elle et je lui dois beaucoup. Allez-vous-en.

236

Le visage de Tomek exprimait la haine. Il avait envie de me battre, c'était évident, mais je n'avais pas peur. Était-ce le même garçon que j'avais aimé autrefois? Au moment où il se retournait déjà, j'ai pensé qu'il avait connu maman et qu'il demeurait le seul homme au monde, en dehors de Luk, avec lequel je pouvais encore parler d'elle. Bêtement, je me suis avancée alors vers lui, mais il m'a repoussée d'un geste tellement brutal que j'ai basculé sur mes talons hauts et je suis tombée sur la pelouse. J'ai crié en polonais qu'il n'avait aucun droit de juger ma conduite, mais il était en train de s'éloigner à grands pas et ne s'est pas retourné. Blanche Veillot m'aida à me relever. Assez curieusement, au lieu de me parler en français comme d'habitude, elle me murmurait quelque chose en roumain tout en serrant ma main dans la sienne. J'ai eu l'impression qu'elle avait tout deviné et qu'elle tenait à me dire qu'elle-même avait vécu une histoire semblable à la mienne.

Je n'ai pas pu supporter plus longtemps le sourire apitoyé de Khrôl, les furtives caresses d'un des acheteurs qui, sous prétexte de me consoler, entourait mes épaules de son bras et essayait de glisser sa main sous le tissu de ma robe, généreusement décolletée, ni le soleil et l'odeur des fleurs. Je me suis sauvée comme une coupable avec Blanche Veillot sur mes talons. Elle ne m'a pas quittée. Nous sommes revenues ensemble à Paris et j'ai passé la nuit dans son appartement à boire de la vodka, à échanger des propos décousus en polonais et en roumain et à pleurer.

C'est déjà l'automne et il pleut. J'ai une semaine de vacances et j'en profite pour décorer enfin ma chambre. J'ai reçu de Luk, par la poste, de merveilleux objets faits à la main, des assiettes en bois, peintes et sculptées, une couverture tissée en laine rouge, deux poupées, le dessin de l'aigle polonais qui n'a plus de couronne, mais qui demeure beau quand même, et des cartes postales. Au fur et à mesure que je les suspends sur les murs, l'atmosphère change, maman semble me sourire dans son cadre et il y a de la joie dans l'air.

«Reviens, m'a-t-il écrit dans sa lettre. Je ne sais toujours pas où tu travailles et ce que tu fais, mais il n'est pas normal pour une jeune fille comme toi de vivre seule dans une ville étrangère. Ici, nous sommes en train de construire un monde nouveau. La majorité de mes amis du Comité juif est partie, mais moi je reste. J'ai un poste au ministère de l'Industrie et du Commerce qui me donne beaucoup de possibilités, dont celle de voir de près comment les affaires du pays s'organisent. C'est fascinant! Côté pratique, je campe dans un immeuble à bureaux et j'espère avoir un studio à moi, mais il y a et il y aura toujours une place pour toi là où je me trouverai... Réponds-moi vite!»

La lettre de Luk date de plusieurs mois déjà. Je ne sais trop quoi lui répondre. Je ne veux pas, je ne peux pas retourner à Varsovie! Là-bas, dans les rues qu'on est en train de reconstruire, «telles qu'elles étaient avant», selon Luk, il y a trop de spectres. Il me semble qu'une fois arrivée, je me sentirais à nouveau coupable à l'égard de madame Dorota, de maman et de Karol et j'ai peur de retrouver ainsi ce poids, cette responsabilité, lourde et écrasante qui, à une certaine époque pas si lointaine, m'empêchait de respirer à ma guise. Ici dans cette ville fabuleuse, tout s'estompe. Je suis seule et ils ne me hantent plus. Je suis trop occupée pour penser. Dimanche, à la messe, et chaque soir avant de m'endormir, je prie pour eux et ensuite ils disparaissent et me laissent tranquille.

Je suspendais une croix en argent, joliment sculptée, au-dessus de mon lit, camouflé en sofa à l'aide de coussins rouges, striés de motifs verts et noirs, tissés par des mains de paysannes anonymes de chez nous, quand on a frappé à la porte. La dame était très élégante dans un tailleur de bonne coupe.

— Je me présente, a-t-elle dit. Je suis du Comité juif. Votre ami Luk, avec lequel j'ai déjà eu l'occasion de travailler par correspondance, m'a demandé de vous rencontrer. Est-ce que je peux m'asseoir?

Le passé resurgissait, me rattrapait et me prenait à la gorge. Madame Silberstein voulait tout savoir. Elle posait des questions, prenait des notes et, pendant tout ce temps-là, me regardait d'une drôle de manière comme si j'étais irréelle, une sorte de créature incompréhensible, venue d'une autre planète. Et moi, au lieu de me taire, j'étais incapable de lui échapper. Pour la première fois je racontais tout. La peur de maman et celle de madame Dorota, notre existence à nous trois, l'appartement de la rue Szopena, l'armoire où se cachèrent des hommes, des femmes et des enfants, le bruit des pas de notre concierge dans l'escalier, le sifflement des balles... Je parlais sans pouvoir m'arrêter, j'étalais au grand jour ce que je voulais taire et je tremblais, bien qu'il fît bon dans ma petite chambre. Madame Silberstein avait des larmes aux yeux, mais continuait d'écrire dans le grand carnet posé sur ses genoux, en reniflant discrètement, ce qui cadrait bien mal avec son aspect de femme du monde. Et puis, comme incapable de résister, elle s'est levée et elle m'a embrassée. De sa part, cela fut à ce point imprévisible que j'ai reculé jusqu'à la porte et, gênées, nous sommes restées ainsi pendant un long moment à nous regarder sans proférer un son!

— Je m'excuse, murmurait madame Silberstein. Cela a dû vous faire mal de parler de votre mère qui n'est plus. Ce n'est pas par curiosité, croyez-le. Notre Comité... Enfin dans votre cas, il s'agira peut-être d'une compensation sous forme de prise en charge... Vous êtes si jeune... Vous devez retourner aux études. C'est cela que votre pauvre mère aurait voulu pour vous.

Je ne suis pas très brillante et je ne comprends pas très vite ce genre de discours qui consiste à éviter les mots qui risquent de blesser, mais cette fois-ci tout était clair pour moi. Madame Silberstein me proposait une bourse, de l'argent! C'était gentil de sa part de se préoccuper de mon présent et de mon avenir, en échange de mon passé, mais moi je ne voyais que l'image de maman et une sorte de rage froide me poussait à la mettre à la porte. Au-delà des apparences, au-delà de tout ce qui nous séparait, son émotion était pourtant si sincère et si profonde, que j'ai réussi à me dominer.

J'ai repoussé le formulaire que madame Silberstein voulait me faire signer, je lui ai dit que je n'avais besoin de rien, ni de personne et je l'ai accompagnée jusqu'à l'escalier. Entre elle et moi il y avait quelque chose d'infranchissable, une sorte de mur, et je m'en voulais d'avoir été aussi directe, aussi spontanée et aussi sincère avec elle qui ne pouvait comprendre, mais juste s'étonner, ce qui en soi était pour moi, une forme d'injure!

Pas de nouvelles de Danka, mais beaucoup de cadeaux de Maurice. Je reçois de lui deux à trois livres par semaine, sorte de signe d'amitié qui a le mérite de ne représenter aucune valeur marchande. Certes les livres eux aussi se vendent et s'achètent, mais ceux de Maurice sont ses amis intimes. Entre les pages je trouve des notes écrites de sa main. Tantôt il me demande de relire une phrase, et tantôt il me mentionne un passage qui l'avait particulièrement frappé. Il y glisse aussi des photos de Julie, généralement fort drôles, accompagnées de commentaires sur ses goûts, ses habitudes et ce qu'il appelle ses manies. C'est une étrange façon de communiquer qui nous rapproche plus sûrement que des lettres, mais ses remarques qui concernent certaines scènes d'amour réveillent mes démons. Je m'efforce de ne pas retrouver en moi Daniel, mais mon corps a des réactions que je ne peux contrôler. Et puis il y a l'atmosphère des vestiaires, où j'enfile les nouveaux modèles de robes, les odeurs, les parfums capiteux, la caresse des tissus qui glissent sur la peau, chatoyants, colorés, ou au contraire, noirs, rigides et protecteurs à leur façon.

Je passe de moins en moins de temps à l'atelier et de plus en plus en rendez-vous. Blanche Veillot ne veut pas rencontrer les acheteurs sans moi. Je suis son mannequin, son fétiche et sa confidente. Ceux qui examinent les robes que je porte sont souvent des lourdauds plutôt âgés, qui viennent de province et rêvent de faire à Paris ce qu'ils n'osent pas se permettre dans leur ville. Ils m'évaluent et me jaugent avec des expressions qui ressemblent à celles de mon boucher, quand il sort de la chambre froide la pièce de viande pour me couper une escalope particulièrement appétissante. C'est à la fois répugnant et flatteur, un drôle de mélange, mais toujours charnel et, derrière les têtes chauves, il y a parfois le profil de

Daniel que je vois distinctement, surtout quand il se fait tard, quand je suis fatiguée et quand j'ai du mal à me tenir sur mes talons hauts.

Les séances chez le coiffeur se prolongent. Le vieux Jules qui me fait la mise en plis à rabais en profite pour caresser ma nuque. Il prétend que cela détend, mais en fait cela me met les nerfs en boule, tandis que les souvenirs s'imposent et deviennent plus présents que la réalité.

Pourquoi ne puis-je pas penser à Tomek, mais uniquement à Daniel, l'inaccessible, le lointain Daniel? Par moment, il me semble que je dois faire queque chose, retrouver Tomek, me jeter à sa tête, mais aussitôt je sens que cela ne servira à rien. Tomek va me repousser, ou exiger que je l'épouse. Il est franc, direct, entier et possessif. Pour lui il n'y a que deux genres de femmes, celles qui se marient et celles qui sont des putains. Me marier avec Tomek, cela serait troquer ma liberté contre l'esclavage. Mon corps sait que cela sera un marché de dupes. Dans les bras de Tomek, je ne pourrai jamais oublier Daniel. Bien au contraire, il me rendra l'absence de l'autre, cette faim de lui que je porte en moi, d'autant plus pénible à supporter. J'ai envie de dévorer n'importe quoi et je ne peux trouver la satiété, je fais des rêves inavouables, nuit après nuit et j'ai honte... Pauvre maman... Sa fille n'est qu'une dévergondée, une sorte d'obsédée qui ne peut même pas se confesser. Car je ne puis avouer à un prêtre ce que je ressens! J'ai trop peur de scandaliser et de décevoir. Les prêtres, les religieuses, ont une image idéalisée de la nature humaine et cela serait mal de ma part d'entacher cette vision en avouant les fantasmes que les pulsions de mon corps rendent palpables.

Madame Silberstein m'a invitée chez elle, et ce fut vraiment une soirée mémorable. Je ne savais pas que des appartements pareils existaient à Paris, dans ce Quartier Latin que je connais pourtant, à force de m'y promener souvent le dimanche. Une enfilade de salons, un jardin d'hiver au bout duquel on voit couler la Seine, des tapis, des lustres, des fleurs dans les vases et des tableaux de maîtres sur les murs.

Nous étions plusieurs à table, plus d'une vingtaine, mais j'ai à peine remarqué les autres convives. J'étais fascinée par les cristaux posés devant moi, les porcelaines délicates légèrement rosées et le rituel du repas servi par deux domestiques. Placée à côté du mari de madame Silberstein, je ne me suis pas rendu compte que j'étais une invitée d'honneur. Je n'y ai pas pensé, voilà tout, alors, quand il demanda le silence et porta un toast en mon honneur, je suis devenue rouge comme une pivoine et je n'ai pas su quoi répondre. Au café, ils m'entouraient tous.

— Comment se fait-il qu'après ce qui s'est passé, toute l'horreur et toute l'abjection de la barbarie, vous n'ayez pas été décorée en Pologne? me demandait un monsieur au regard doux et grave.

Je me suis laissée prendre. J'ai raconté la maison de madame Dorota, Karol dans sa chaise roulante et cette dernière nuit, où il n'y avait ni sympathie, ni pitié, mais juste la contrainte qu'on imposait au nom d'une prétendue revanche. Ils m'écoutaient en silence. Je défendais la mémoire de ma mère, de notre curé, de tante Fela et des parents de Danka, de ceux qui ont travaillé au Café des Artistes, comme de ceux dont Toto et Luk sont devenus des frères d'armes. Moi, qui me suis promis de me taire, j'étais comme possédée par le besoin de tout dire, jusqu'au plus infime détail. Je ne les voyais pas! J'étais là-bas, à Varsovie, avec maman et madame Dorota.

— Y a-t-il quelqu'un qui peut corroborer tout cela? me demanda à brûle-pourpoint une femme qui m'avait paru étrangement agressive.

Madame Silberstein répondit à ma place. Elle avait enregistré le témoignage de Luk et même celui de Tomek. Mon témoignage à moi n'était en somme qu'un complément. Ce que les hommes et les femmes rassemblés dans ce salon attendaient, c'étaient des accusations. Ce qui les intéressait surtout c'était les réactions de Wintze, notre concierge! Ma vérité les surprenait. Elle était différente de ce qu'ils avaient appris à croire et de ce qui s'écrivait dans certains livres et journaux. Pourquoi préféraient-ils ne pas savoir et pourquoi madame Silberstein avait-elle décidé de leur imposer ma présence?

Le cercle, autour de moi, se resserrait, tout le monde parlait en même temps et brusquement j'avais cessé d'exister. Ils ne voulaient pas m'entendre leur raconter les ruines, la misère, ce présent, en somme, que Luk vit là-bas à Varsovie. Madame Silberstein m'a prise par la main et m'a emmenée à la bibliothèque où on servait le café.

— Si jamais vous changez d'avis, m'a-t-elle dit, faites-moi signe. Vous êtes seule, vous devez penser à votre avenir et l'argent est une clé qui ouvre beaucoup de portes. Vous êtes idéaliste, très entière, mais la vie peut être dure. La vie normale, j'entends, celle que vous n'avez pas eu la possibilité de connaître jusqu'à présent.

Je ne peux plus rester seule. J'étouffe! Je suis allée à Vincennes, où la Mission militaire polonaise n'existe plus. J'ai rôdé dans la rue, non loin de l'endroit où elle se trouvait dans le temps et je me suis fait aborder par un inconnu. Son français rocailleux était amusant. C'était un Polonais, un compatriote... Il semblait vieux et fatigué, mais j'étais heureuse d'être avec lui. Nous sommes entrés dans un bistro et nous avons commandé du café.

— Je cherche du travail, m'a-t-il dit, et c'est désespérant. Je ne trouve rien. Autrefois, avant la guerre, j'étais avocat. Maintenant je ne suis personne.

Pour lui remonter le moral, j'ai raconté mes propres expériences. Il a été scandalisé. J'avais beau lui décrire, sur le mode drôle, nos séances avec nos acheteurs de province, il ne riait pas. Inutile de nier; à ses yeux je n'étais qu'une fille de mauvaise vie qui ne méritait pas son statut, privilégié par définition, de Polonaise. En me quittant il a eu une légère hésitation, puis il m'a quand même embrassé la main, selon l'usage. J'ai bien compris qu'il ne pouvait pas faire plus et je suis partie en me promettant de ne plus jamais risquer une expérience aussi humiliante.

À l'atelier je suis la vedette. On m'admire, on m'imite et on m'envie. En plus de présentations organisées par Blanche Veillot, j'ai des contrats temporaires pour d'autres compagnies. C'est Blanche qui les décroche pour moi. J'ai l'impression que je suis cette fille qu'elle aurait voulu avoir et l'image idéale de la jeunesse qu'elle n'a pas eue. Petite, grosse, elle a dû rêver secrètement d'être aussi grande et mince que je le suis actuellement. Et puis, entre sa Roumanie natale et ma Pologne, il y a des parentés, des correspondances, des goûts et des souvenirs communs. Ce n'est plus ma patronne, mais mon impresario. Moi, je veux juste gagner assez d'argent pour préserver ma liberté; elle voit grand et ses ambitions sont démesurées. Je défile en robe longue, en robe de mariée, je me change, je cours d'un bout de Paris à l'autre et je recommence. Quand j'ai posé pour le photographe qu'elle avait engagé, j'étais épuisée.

— Passe donc un maillot de bain, m'a-t-elle dit. Tu es bronzée. Cela fera une photo superbe.

Et maintenant cette photo-là est en première page d'un magazine que je regarde sans parvenir à croire que j'ai pu faire une chose pareille. C'est un montage. Un homme me fait face et il y a quelque chose de si indécent dans cette image de nos deux silhouettes, placées debout, trop proches, trop tendues l'une vers l'autre, que je pleure de honte et de rage. Pour quelques malheureux francs que le photographe a bien voulu me payer, me voilà à moitié nue, provocante, en train de m'exhiber aux yeux de n'importe qui! Impossible de revenir en arrière, d'effacer l'image, de détruire la page en papier glacé. Je me sens prise dans un engrenage et je ne sais comment en sortir.

À l'atelier on me félicite, Blanche jubile et, à ma boulangerie, le propriétaire me demande de signer mon nom sous cette horrible photo. Il paraît que c'est une bonne publicité pour lui de m'avoir comme cliente. À Toulouse, les commerçants du quartier me jugeaient mal, parce que Danka était à l'hôpital et moi je vivais sous le même toit que Maurice tout en m'occupant de la petite Julie, ici ils m'admirent! Quelle dérision!

Je me moque de ce qu'ils peuvent penser tous. Ce qui est grave c'est que je ne suis plus en paix avec moi-même et que je n'ai pas le courage de recommencer à chercher un autre travail, un autre milieu et une autre réalité que celle-là!

Des lits, des draps grisâtres, des visages étrangers et la pluie qui sonne drôlement sur la vitre. Est-ce le thème d'un prélude de Chopin? Tout se brouille dans ma tête. Je m'efforce d'écrire parce que j'ai peur de perdre pied. Cela fait combien de temps que je suis dans cet hôpital?

J'étais seule à la maison quand on a apporté le télégramme. Luk m'annonçait qu'il arriverait dimanche matin. J'étais folle de joie. Je me souviens que je voulais lui parler de maman, retrouver un lien avec ma Pologne, mon pays, le toucher, l'interroger, lui montrer Paris et être à nouveau celle que j'avais été. Il me restait deux jours à attendre. Je vivais comme dans un rêve, je comptais les heures et puis, dimanche matin, je suis partie très tôt de chez moi. Au moment où je traversais la rue une voiture a débouché en trombe, je l'ai vue au dernier moment et puis ce fut la nuit.

J'ai mal! Je ne peux pas bouger mes jambes. La fièvre me donne soif et j'ai de la difficulté à respirer. Personne à qui le dire! Personne à qui demander de l'aide! Indifférentes ou surmenées, les infirmières passent, s'occupent de certains malades en particulier et disparaissent. Dans mon coin, il n'y a que deux femmes, dont l'une râle couchée sur le dos, plus morte que vivante, et l'autre, une toute vieille dame, dort ou encore se met à crier, se soulève un peu sur ses coussins, retombe et s'endort à nouveau. C'est le quartier des condamnés et j'en fais partie.

Ils viennent tous pourtant et essaient d'intervenir, mais en vain. Tomek m'apporte tous les jours une fleur, puis discute avec l'infirmière en chef qui le trouve à son goût, sans jamais répondre pour autant à ses questions. Luk est arrivé un jour avec le médecin de l'ambassade de Pologne, où il travaille à présent comme attaché culturel. Évasif et faussement optimiste, le médecin m'a rassurée. Le bon sang ne peut mentir a-t-il dit et il a diagnostiqué que je guérirai certainement parce que je suis trop jeune pour mourir. Ce fut également l'opinion de Maurice qui avait fait le voyage de Toulouse à Paris pour me remonter le moral, comme il disait, et pour m'apporter des livres, à moi, qui ne peut plus lire.

Blanche est la seule qui persiste! Elle remue ciel et terre pour trouver un médecin susceptible de s'intéresser à mon cas. Va-t-elle réussir? Je sais que mes plaies sont infectées. Quand on change mes pansements, l'odeur de pourriture se répand et me donne la nausée. Mon corps se décompose et quelqu'un a parlé déjà d'amputation. Pourquoi, mon Dieu, pourquoi ne suis-je pas morte sur le coup? Est-ce Votre punition pour mes fautes, mes mauvaises pensées, ma façon de préserver ma liberté à n'importe quel prix, ou est-ce une juste rétribution pour ce que j'ai fait autrefois, en laissant maman seule?

Je continue à pécher. Dès que je m'endors, je suis avec Daniel et dans mon délire j'arrache mes bandages. C'est étrange, mes mâchoires sont en train de se serrer. Je ne peux plus proférer un son. Ça fait mal, oh! comme ça fait mal!

Le soleil danse sur son visage. Nous sommes seuls dans la chambre, petite et silencieuse. Il porte une blouse blanche et il resemble à Daniel, mais il me parle en français. Ce qui compte ce n'est pas lui, c'est moi, et ma capacité retrouvée de crier et de me plaindre. Il est le premier être humain qui assiste au miracle

C'est le début de ma convalescence. Daniel Leroux, le magicien comme je l'appelle, ne voulait pas me dire tout d'abord ce que j'ai eu. Il me traitait avec beaucoup de délicatesse, ce médecin que Blanche Veillot avait forcé à s'occuper de mon cas. Puis petit à petit, il a commencé à devenir plus loquace. J'ai eu le tétanos, j'ai passé trois mois dans une sorte de coma, mais mes plaies ne suppurent plus et sont en train de se cicatriser. Je vais sortir de l'hôpital, cela est certain, mais il me faut attendre quelques mois.

J'ai une confiance aveugle dans ce qu'il me dit et cela m'aide à lutter. Je mange, je fais des efforts inouïs pour me coiffer, me laver, m'arranger et pour lire. Ce qui est le pire, c'est la dépendance. L'impuissance de me pencher quand mon livre tombe par terre. L'incapacité de me soulever seule sans l'aide d'une infirmière. L'obligation d'attendre pendant des heures que quelqu'un vienne. L'impossibilité de raconter tout cela à Blanche et à Tomek qui, soir après soir, me rendent visite. J'ai pitié de moi-même, de mon corps, de ce qu'il est devenu et je pleure beaucoup. Cela fait du bien et cela soulage. Depuis que je suis ainsi, fragile et vulnérable, Tomek me comprend comme jamais auparavant. Quand il arrive, il s'installe sur l'unique chaise placée à côté de mon lit et, au lieu de m'interroger sur mon état, il me raconte sa journée, ses angoisses et ses espoirs. Il a beaucoup maigri et, dans son visage, qui a maintenant quelque chose d'ascétique, ses yeux bleus sont très clairs.

J'ai demandé à Blanche de m'apporter la revue où a été publiée ma fameuse photo en maillot de bain et je l'ai montrée à Tomek. Il la regardée un long moment, puis me l'a rendue en disant qu'il l'aime beaucoup.

— Elle date de l'année dernière, a-t-il précisé. À l'époque, je l'avais découpée à ma façon et je l'avais encadrée. Le montage est stupide, mais toute seule sur ce fond jaune, tu as l'air de sourire au soleil. Un vrai symbole de bonheur! Tu sais, je crois que je t'admire. Tu as beaucoup plus de courage que moi!

Contrairement à Tomek, Blanche s'inquiète surtout pour mon avenir. Tantôt elle m'annonce que je vais devenir dessinatrice de mode et tantôt qu'elle me prendra comme associée. Comme moi, elle pense que je sortirai de cet hôpital en chaise roulante et cherche à l'avance des solutions. Pour Luk, le problème ne se pose pas. Il m'apporte des corbeilles de fruits, des bouteilles de vodka dont je ne sais que faire et des livres polonais. Selon lui, je vais devenir traductrice et il s'arrangera pour me faire un pont d'or. Moi, je les écoute, je remercie et je me demande au fond de moi-même si, en chaise roulante, la vie vaudra encore la peine d'être vécue.

Je marche! C'est cela la liberté! Sentir mon corps bouger, se déplacer, avancer et partir ainsi de la chambre jusqu'au bout du corridor, me procure un bonheur tel que tout le reste ne compte pas. La guerre, la paix, la justice et l'injustice, ne sont, à côté de cette réalité-là, que des mots, des concepts abstraits, lointains, et étrangers à ce que j'éprouve. Chaque pas est une victoire, chaque mouvement est une conquête sur l'espace qui, peu à peu, recommence à m'appartenir à nouveau. Je serai dessinatrice, traductrice, ouvrière, ou serveuse, peu importe! Pourvu que je parvienne à marcher un jour comme tout le monde, je me débrouillerai.

Celle qui a aimé Daniel, ce n'est pas moi, c'est une autre. Une fille qui ne savait pas que, pour apprécier la vie, il faut frôler la mort dans un hôpital, en période de paix parmi des étrangers. J'ai envie de retrouver Paris, de me promener au Bois de Boulogne, de regarder fleurir les marronniers aux Champs-Élysées et de boire un grand café crème à la terrasse du bistro de mon quartier. Je veux faire un voyage à Toulouse, embrasser Julie, la faire rire et dire à Danka que nous n'avons plus de passé, mais juste un avenir qui sera beau parce que nous le voulons tel. Tout à l'heure, Tomek viendra et m'apportera un bouquet de violettes de Parme. Nous allons nous embrasser à la sauvette et les infirmières qui entrent toujours dans ma chambre quand je n'ai pas besoin d'elles, nous lanceront des regards scandalisés. Sur ma table de nuit, maman à l'air moins triste dans son cadre comme si elle savait, là où elle est, que je suis en train de découvrir le plus simple, le plus animal bonheur d'exister...

Montréal, juin de l'an de grâce 1986

251

Composition et mise en pages:
LES ATELIERS CHIORA INC.
Montréal